宮本武蔵

요시카와 에이지 대하소설

미야모토 무사시

5

바람의 권 下

잇북
it BOOK

차례

봄을 앓는 두 사람

1

총망하게 녹아 없어진 봄눈이었다. 그저께 내린 눈은 이미 흔적도 없었다. 갑자기 강하게 느껴지는 햇살에 오늘은 솜옷을 모두 벗어던지고 싶어졌다. 훈훈한 바람을 타고 봄이 성큼 다가온 것처럼 천지의 새싹이 파릇파릇 돋아나고 있었다.

"이리 오너라!"

등까지 흙탕물이 튄 젊은 선승이었다.

가라스마루烏丸 가의 현관에 서서 아까부터 이렇게 큰 소리로 사람을 부르고 있었지만 아무도 나오지 않자 잣쇼雜掌(영주나 귀족의 대리로서 연공年貢의 징수 등을 담당하는 사람)가 기거하는 방을 밖에서 돌아가 까치발을 하고 창문 안을 들여다보고 있을 때였다.

"스님, 무슨 일입니까?"

뒤에서 한 소년이 물었다. 선승은 뒤를 돌아보더니 너야말로 누구냐고 묻는 듯한 눈빛으로 괴상한 모습의 아이를 바라보았다.

가라스마루 미쓰히로烏丸光広 경의 저택에 어떻게 이런 아이가 있는지, 그 부조화에 잠시 놀란 모양이다. 선승은 기묘한 표정을 지은 채 가만히 조타로城太郎를 보고만 있을 뿐 아무 말도 하지 않았다.

변함없이 긴 목검을 허리에 차고, 무엇을 넣어두었는지 불룩하게 부풀어 오른 품을 손으로 누른 채 조타로가 물었다.

"스님, 시주를 받으러 오신 거면 부엌 쪽으로 가야죠. 뒷문이 어디 있는지 몰라요?"

"시주를 받으러 온 게 아니다."

젊은 선승은 자신의 가슴에 걸고 있는 편지함을 눈짓으로 가리켰다.

"나는 센슈泉州의 난슈 사南宗寺라는 절에 있는 사람인데, 이 댁에 와 계신 슈호 다쿠안宗彭沢庵 님께 급한 서신을 전해드리기 위해 온 것이다. 넌 부엌일을 하는 아이냐?"

"나 말인가요? 나는 다쿠안 스님과 똑같이 여기에 묵고 있는 손님이에요."

"아, 그래? 그럼 다쿠안 스님께 말씀 좀 전해주지 않을래? 고향인 다지마但馬에서 절로 뭔가 화급을 다투는 편지가 도착해서 난슈 사 사람이 가지고 왔다고 말이다."

"그럼 기다리세요. 지금, 다쿠안 스님을 불러올 테니까."

조타로는 현관으로 뛰어 들어갔다. 더러운 발자국이 현관 마루에 여기저기 남았다. 그런데 현관 칸막이에 발이 걸리는 바람에 그가 손으로 누르고 있던 품속에서 작은 귤이 몇 개 굴러 떨어졌다. 조타로는 떨어진 귤을 황급히 주워 들더니 다시 날듯이 안으로 뛰어갔다.

잠시 후 돌아온 조타로는 기다리고 있던 난슈 사의 사자에게 말했다.

"없어요. 계시는 줄 알았는데 오늘은 아침 일찍부터 다이토쿠 사大德寺에 가셨대요."

"언제 돌아오시는지는 알고?"

"곧 돌아오시겠죠."

"그럼, 기다리게 해주지 않겠니? 기다리는 동안 잠시 머물러도 폐가 되지 않는 방이 어디 없을까?"

"있어요."

조타로는 밖으로 나왔다. 이 저택에 대해서는 속속들이 알고 있다는 듯 의기양양한 표정으로 앞장서서 걸었다.

"스님, 이 안에서 기다리시면 돼요. 여기는 아무한테도 폐가 되지 않으니까요."

조타로가 안내한 곳은 외양간이었다. 짚이며 수레바퀴, 소똥 따위가 너저분하게 어질러져 있었다. 난슈 사의 사자는 놀란 표정이었지만, 조타로는 손님을 남겨두고 이미 저쪽으로 달려가고 있었다.

정원을 따라 넓은 저택 안을 뛰어간 조타로는 햇볕이 잘 드는 '니시노오쿠西の屋'라는 방을 들여다보며 소리쳤다.

"오쓰お通 님, 귤 사왔어요."

2

약도 먹고 있고 치료도 잘 받고 있는데, 어쩐 일인지 이번 열병은 차도가 없었다. 그래서인지 식욕도 없었다.

오쓰는 자기 얼굴을 만질 때마다 깜짝깜짝 놀랐다.

'아아, 왜 이렇게 야윈 거야?'

스스로도 병이 아니라고 굳게 믿고 있었고, 진료를 해준 가라스마루 댁의 의원도 걱정할 필요 없다고 장담했지만 어찌 된 일인지 계속 야위어만 갔다. 거기다 신경질적인 고민과 열병까지 겹쳤다.

그러다 자꾸 입술이 말라서 무심코 "귤이 먹고 싶다."고 흘린 말을 며칠 동안 아무것도 먹지 못하고 있는 그녀를 걱정하던 조타로가 듣고 바로 귤을 구하러 방을 나갔던 것이다.

조타로는 부엌에서 일하는 사람에게 물어보았지만 집에는 귤이 없다고 했다. 그래서 밖으로 나와 과일 가게와 음식점을 돌아다녔지만 어디에도 귤은 없었다. 장이 선 교고쿠京極의 들판에도 가서 귤을 찾아다녔지만 비단실이며 무명, 기름, 가죽 따위를 파는 가게만 있을 뿐 귤을 파는 가게는 한 군데도 없었다.

조타로는 무슨 수를 쓰든 그녀가 먹고 싶어 하는 귤을 구하고 싶었다. 우연히 어떤 집 담장 위에 귤이 달린 줄 알고 다가가 보면 그것은 등자이거나 먹을 수 없는 모과였다.

그렇게 교토京都 거리를 절반가량이나 찾아다니던 조타로는 어느 사당에서 마침내 귤을 발견했다. 감자랑 당근과 함께 굽 달린 쟁반 위에 놓여 신불 앞에 바친 것이었다. 조타로는 귤만 훔쳐 품속에 넣고 도망쳐왔다. 등 뒤에서 신불이 도둑놈이라고 소리치며 쫓아오는 것만 같았다. 조타로는 그것이 무서워서 가라스마루의 집 안으로 도망쳐 들어오기 전까지 마음속으로 빌고 또 빌었다.

'제가 먹을 게 아니니, 제발 벌을 내리지 말아주세요.'

하지만 오쓰에게는 그런 말을 할 수 없었다. 머리맡에 앉아 품속에 있는 귤을 꺼내 하나씩 늘어놓고 그중 하나를 집어 오쓰에게 권했다.

"오쓰 님, 맛있어 보이죠? 먹어봐요."

껍질을 까서 그녀의 손에 쥐여주자 오쓰는 감정이 복받친 듯 얼굴을 옆으로 돌려서 가리고는 귤을 먹으려고 하지 않았다.

"왜 그래요?"

조타로는 그녀의 얼굴을 내려다보며 물었다. 오쓰는 싫다는 듯 베개에 얼굴을 더 깊숙이 묻으며 말했다.

"……아무것도 아니야, 아무것도."

조타로는 혀를 차며 말했다.

"또 울음보가 터졌네. 좋아할 줄 알고 귤을 사왔는데 울기만 하고. ……에이, 짜증나."

"미안, 조타로."

"안 먹을 거예요?"

"으응, 나중에."

"껍질 깐 것만 먹어봐요. 예? 먹어보라구요. 분명히 맛있을 거예요."

"맛있겠지. 네 마음만으로도……. 하지만 먹을 것을 보면 도무지 입에 넣고 싶다는 마음이 들지 않아. 아깝지만……."

"우니까 그렇죠. 그런데 뭐가 그렇게 슬퍼요?"

"네가 너무 친절하게 대해주니까 고마워서 그래."

"울면 싫어요. 나도 울고 싶어지잖아요."

"이젠 안 울어……. 이젠 안 울게, 용서해줘."

"그럼, 이거 먹어요. 뭐라도 먹지 않으며 죽어요."

"난 나중에 먹을게. 너 먼저 먹어."

"난 안 먹어요."

신불이 보고 있을까 봐 두려운지 조타로는 그렇게 말하면서
침을 삼켰다.

3

"너는 늘 귤을 좋아했잖아?"

"좋아하지만."

"그런데 오늘은 왜 안 먹어?"

"아무래도……."

"내가 안 먹어서?"

"으응, 예."

"그럼 나도 먹을 테니까…… 너도 어서 먹어."

오쓰가 얼굴을 돌려서 위를 보며 가는 손가락으로 귤락을 떼
어내자 조타로는 난처한 표정으로 말했다.

"실은 아까 오다가 많이 먹었어요."

"그래?"

오쓰는 메마른 입술 사이로 귤을 한 조각 넣고는 몽롱한 표정
으로 물었다.

"다쿠안 스님은?"

"오늘은 다이토쿠 사에 가셨대요."

"그저께 스님이 어떤 집에서 무사시武藏 님을 만났다던데."

"아아. 들었어요?"

"응. ……그때 스님이 우리가 여기에 있는 걸 무사시 님께 얘기했을까?"

"얘기했을 거예요, 틀림없이."

"다쿠안 스님이 무사시 님을 곧 이리로 불러주겠다고 나한테 말씀하셨는데, 너한테는 아무 말도 없었니?"

"나한테는 아무 말 없었어요."

"……잊어버리셨나?"

"돌아오시면 물어볼까요?"

"그래."

오쓰는 대답하고 그제야 베개 위에서 싱긋 웃어 보였다.

"……하지만 내가 없는 데서 물어봐야 해."

"오쓰 님 앞에서는 물어보면 안 돼요?"

"좀 창피해서."

"뭐가 창피해요?"

"다쿠안 스님이 내 병이 무사시 님 때문에 생긴 거라고 하시잖아."

"어라, 어느새 다 먹었네?"

"뭐, 귤?"

"하나 더 먹어요."

"아니 됐어. 맛있었어."

"이제부턴 틀림없이 아무거나 먹을 수 있을 거예요. 이럴 때 스승님이 오시면 금방 일어날 텐데."

"너까지 날 놀리니?"

오쓰는 조타로와 이렇게 이야기를 나누고 있는 동안에는 열병도 몸이 아픈 것도 잊어버렸다.

그때 가라스마루 가의 어린 무사가 마루 밖에서 말했다.

"조타로 님, 있습니까?"

"예, 있습니다."

"다쿠안 스님이 부르십니다. 어서 가 보세요."

어린 무사가 그렇게 말하고 돌아가자 조타로가 말했다.

"앗, 다쿠안 스님이 돌아오셨나 봐요."

"어서 가 보렴."

"심심하지 않겠어요?"

"아니, 괜찮아."

"그럼, 볼일 마치면 바로 돌아올게요."

조타로가 일어서자 오쓰가 말했다.

"조타로…… 아까 그 얘기 잊지 말고 꼭 물어봐."

"무슨 얘기요?"

"벌써 잊었니?"

"아아, 스승님이 언제 여기로 올지, 그걸 물어보라는 거죠?"

오쓰의 야윈 뺨이 빨갛게 물들었다. 그 얼굴을 이불자락으로 반쯤 가리고 오쓰가 신신당부했다.

"잊지 말고 꼭 물어봐. 꼭, 꼭 물어봐야 돼."

4

다쿠안은 미쓰히로의 방에서 그와 뭔가 얘기를 하고 있던 참이었다. 그때 조타로가 문을 열고 들어왔다.

"다쿠안 스님, 무슨 일이죠?"

조타로는 다쿠안의 뒤에 서서 그렇게 물었다.

"우선 앉거라."

다쿠안이 말하자 미쓰히로는 조타로의 무례를 너그러운 눈으로 웃으며 바라보았다. 조타로는 앉자마자 다쿠안을 향해 말했다.

"아까 센슈의 난슈 사에서 다쿠안 스님처럼 생긴 스님이 급한 용건을 전달하러 와서 기다리고 있는데 불러다 드릴까요?"

"아니다, 그 일이라면 방금 들었다."

"벌써 만났어요?"

"못된 꼬마라고 그가 투덜거리더구나."

"왜요?"

"먼 길을 온 사람을 외양간으로 안내해놓고 그곳에서 기다리라며 버리고 갔다면서?"

"그 사람이 먼저 다른 사람한테 폐가 되지 않는 곳에서 기다리게 해달라고 했단 말이에요."

미쓰히로는 몸을 들썩이며 웃었다.

"하하하, 외양간으로 안내했단 말이냐? 그건 좀 심했구나."

그러나 곧 진지한 표정으로 돌아와 다쿠안에게 물었다.

"그럼, 스님은 센슈로 돌아가지 않고 여기서 곧장 다지마로 떠날 생각인가?"

다쿠안은 고개를 끄덕이며 왠지 서신의 내용이 마음에 걸려서 꼭 그렇게 하고 싶다고 대답하고는 딱히 준비할 것도 없으니 내일까지 기다릴 것도 없이 지금 당장이라도 떠나겠다고 말했다.

두 사람의 말을 듣던 조타로는 의아한 표정으로 물었다.

"다쿠안 스님, 떠나시려고요?"

"급히 고향에 가야 할 일이 생겼다."

"무슨 일인데요?"

"고향에 계신 노모가 몸져누우셨는데 이번엔 위독하시다는 전갈이구나."

"다쿠안 스님한테도 어머님이 계셨어요?"

"그럼, 뭐 내가 하늘에서 뚝 떨어졌겠느냐?"

"그럼, 언제 돌아오시는데요?"

"어머님의 용태에 따라서."

"곤란한데…… 스님이 가시면."

조타로는 오쓰의 심정을 헤아리고, 또 그녀와 자신이 어디로 가야 하는지 따위를 생각하자 마음이 불안해졌는지 다시 물었다.

"그럼, 이제 스님을 못 보는 건가요?"

"그렇지 않아. 반드시 또 만날 게다. 너희 두 사람 일은 가라스마루 님께 잘 부탁해놓았으니, 오쓰도 괜히 사소한 일로 끙끙 앓지 말고 빨리 몸이 회복될 수 있도록 네가 용기를 북돋아주거라. 그 병은 약보다 마음의 힘이 필요해."

"그게 제 힘으로는 안 돼요. 스승님이 오지 않으면 낫지 않을 거예요."

"난감한 병자로구나. 너도 참 골치 아픈 사람과 길동무가 되었구나."

"그저께 밤에 스님이 어딘가에서 스승님을 만났다면서요?"

"으음……."

다쿠안은 미쓰히로와 얼굴을 마주보며 쓴웃음을 지었다. 어디서 만났느냐고 물으면 대답하기가 곤란하다는 표정이었다. 그러나 조타로는 그런 것에는 관심이 없는 듯했다.

"스승님은 언제 여기로 오나요? 스님이 스승님을 여기로 부르겠다고 해서 오쓰 님이 매일 그날만 기다리고 있잖아요. 다쿠안 스님, 스승님은 도대체 지금 어디 있죠?"

조타로는 무사시가 어디에 있는지 알기만 하면 지금 당장이라도 데리러 갈 기세였다.

"음…… 무사시 말이구나."

다쿠안은 애매하게 대답했지만 무사시와 오쓰를 만나게 해주겠다는 생각을 잊은 것은 결코 아니었다. 오늘도 그것이 신경 쓰여서 다이토쿠 사에서 돌아오는 길에 고에쓰光悦의 집에 들러 무사시가 있는지 물어보았더니 고에쓰가 곤란한 표정을 지으며 어찌 된 일인지 그저께 밤 이후에 오기야扇屋에서 아직 돌아오지 않았다는 것이었다. 또 자신의 어머니도 걱정되어서 빨리 돌아오게 해달라는 편지를 요시노 다유吉野太夫(다유는 노, 가부키 등의 상급 연예인 혹은 최고급 기녀를 지칭하는 말)에게 방금 보냈다는 것이다.

5

"허, 그럼 무사시라는 그날 밤의 사내는 그 이후에 요시노에게서 돌아오지 않았다는 게로군."

미쓰히로는 눈이 커지면서 가벼운 질투심과 놀람이 반씩 섞인 말투로 말했다. 다쿠안은 조타로 앞이라 별말은 하지 않고 다만 이렇게 말할 뿐이었다.

"그자 역시 평범하고 하찮은 인간밖에는 안 되는 모양이네. 하여튼 젊었을 때 천재처럼 보이는 자일수록 앞날을 알 수 없다니까."

"그건 그렇고 요시노도 별난 여자야. 그런 추레한 무사가 어디가 좋아서……."

"요시노나 오쓰나, 여자의 마음만은 나도 도무지 이해할 수가 없네. 내 눈에는 모두가 다 병자로밖에 보이지 않지만, 무사시에게도 이제 슬슬 인생의 봄이 찾아온 모양이야. 이제부터가 진짜 수련이거늘, 위험한 것은 검보다 여자의 손길인데 다른 사람이 말릴 수 있는 일도 아니니 그냥 내버려둘 수밖에."

다쿠안은 혼잣말하듯 중얼거리더니 갑자기 길을 떠날 생각에 마음이 급해졌는지 미쓰히로에게 다시 작별을 고하고 당분간이겠지만 병중인 오쓰와 조타로를 잘 돌봐달라며 부탁한 뒤 바로 가라스마루 가를 표연히 떠났다.

여행을 하는 사람들은 보통 아침에 길을 나서지만, 다쿠안에게는 아침에 나서든 저녁에 나서든 별 문제가 되지 않는 듯했다. 지금도 이미 해가 서쪽으로 뉘엿뉘엿 기울고 있어서 길을 오가는 사람들의 모습에도, 느릿느릿 지나가는 소달구지에도 무지갯빛 저녁놀이 비추고 있었다.

"다쿠안 스님, 다쿠안 스님."

뒤에서 그를 부르며 쫓아오는 사람이 있었다. 다쿠안은 조타로라는 것을 알고 난감한 표정으로 뒤를 돌아보았다. 조타로는 숨을 헐떡이며 그의 소매를 붙잡더니 간절하게 부탁했다.

"제발 부탁이니까 다쿠안 스님, 다시 돌아가셔서 오쓰 님께 무슨 말이라도 좀 해주세요. 오쓰 님이 또 울기 시작하는데 저는 어떻게 해야 될지 모르겠어요."

"네가 말했느냐? 무사시에 대해서?"

"묻는 걸 어떡해요?"

"그랬더니 오쓰가 울기 시작했다는 말이냐?"

"저대로 뒀다간 오쓰 님이 죽어버릴지도 몰라요."

"어째서?"

"죽고 싶어 하는 듯한 얼굴이란 말이에요. 이런 말도 했어요. 한 번만 만나보고 죽고 싶어, 꼭 한 번만 더 만나보고 나서 죽고 싶어, 라고요."

"그럼, 죽을 마음이 없는 거다. 그냥 내버려두어라."

"다쿠안 스님, 요시노라는 사람은 어디에 있죠?"

"그걸 알아서 뭐 하게?"

"스승님이 거기 있다면서요? 아까 미쓰히로 님과 스님께서 얘기했잖아요?"

"넌 그런 것까지 오쓰에게 말했느냐?"

"예."

"그러니 그 울보가 죽고 싶다는 소릴 하는 게 아니냐. 내가 돌아가 봐야 오쓰의 병을 낫게 해줄 묘책이 있는 것도 아니니, 내가 이렇게 말하더라고 전하기나 해라."

"무슨 말인데요?"

"밥 먹으라고."

"쳇, 난 또 뭐라고. 그런 말이라면 제가 하루에도 골백번은 더 하고 있어요."

"그러냐? 네 말이 오쓰에겐 가장 좋은 명약이거늘, 그 말조차 듣지 않는 병자라면 방도가 없으니 모두 사실대로 말해줄 수밖에 없구나."

"어떻게요?"

"무사시는 요시노라는 기녀한테 정신이 팔려서 오늘로 사흘째가 되도록 오기야에서 돌아올 줄 모른다, 그걸 보면 무사시가 오쓰를 조금도 생각하고 있지 않다는 것을 알 수 있을 것이다, 허니 그런 남자를 사모해서 어쩔 셈이냐고 바보 같은 울보 오쓰에게 똑똑히 전하거라."

그 말에 화가 난다는 듯 조타로는 강하게 고개를 저었다.

"그럴 리가 없어요! 제 스승님은 그런 무사가 아니에요. 그런 말을 했다간 오쓰 님은 정말로 죽어버릴 거예요. 뭐야, 정말! 이 엉터리 땡추 같으니라구."

6

"하하하, 내가 야단을 다 맞는구나. 조타로, 화났느냐?"

"제 스승님을 험담하니까 그렇죠. 오쓰 님을 바보라고도 하고."

"귀여운 녀석."

머리를 쓰다듬어주자 조타로는 그 머리를 움직여서 다쿠안의 손을 뿌리치고 말했다.

"이젠 됐어요. 스님 같은 사람한텐 아무 부탁도 하지 않을 테니까요. 나 혼자 스승님을 찾아서 오쓰 님과 만나게 해줄 거예요."

"아느냐?"

"뭘요?"

"무사시가 있는 곳 말이다."

"몰라도 찾아보면 알게 되겠죠. 쓸데없는 걱정은 하지 마세요."

"말은 그렇게 해도 넌 요시노의 집을 쉽게 찾을 수 없을 게다. 가르쳐줄까?"

"필요 없어요. 안 가르쳐줘도 돼요."

"그렇게 화만 내지 말거라. 난 오쓰의 원수도 아니고 무사시를 미워할 이유도 없다. 뿐이더냐, 나는 그 두 사람 다 잘살기를 남몰래 빌고 있는 사람이다."

"그럼, 왜 심술을 부리는데요?"

"네 눈엔 심술을 부리는 것처럼 보이는 모양이구나. 그럴지도 모르지. 하지만 무사시와 오쓰는 지금 모두 병자와 같단다. 몸의 병을 고치는 사람이 의원이고 마음의 병을 낫게 하는 것이 중의 소임이지만, 그 마음의 병 중에서도 오쓰가 앓고 있는 마음의 병은 심각한 상태란다. 무사시는 내버려두면 어떻게든 되겠지만, 오쓰는 나로서도 지금은 어쩔 도리가 없구나. 그래서 나도 단념한 거란다. 무사시 같은 사내를 짝사랑해서 어쩌려고? 깨끗이 마음을 접고 밥이나 양껏 먹고 나으라고 할 수밖에 없지 않겠느냐?"

"그러니까 됐다고요. 스님 같은 사람한텐 아무것도 부탁하지 않는다고요."

"내 말이 거짓말 같으면 6조 야나기마치柳町의 오기야에 가 보거라. 거기서 무사시가 뭘 하고 있는지 잘 보고 와. 그리고 네가 본 그대로의 사실을 오쓰에게 말해주거라. 처음엔 오쓰도 울며 슬퍼하겠지만 그로 인해 정신을 차린다면 된 거다."

조타로는 손가락으로 귀를 틀어막으며 외쳤다.

"시끄러워, 시끄러. 이 까까머리 땡추야."

"고얀 놈. 날 졸졸 따라다니던 놈이 하는 말본새 하고는."

"스님, 스님. 시주할 게 없네요. 시주를 받고 싶으면 노래나 불러보슈."

조타로는 다쿠안의 등 뒤에서 귀를 막고 이런 노래로 욕을 퍼부으면서 멀어져가는 다쿠안을 지켜보았다.

그러나 다쿠안의 모습이 저편 네거리로 사라지자 조타로의 눈에는 눈물이 차오르더니 이내 뚝뚝 떨어져 내렸다. 그렇게 눈물이 떨어져 내릴 때까지 그 자리에 멍하니 서 있던 조타로는 소매로 황급히 눈물을 훔치더니 길을 헤매던 강아지가 갑자기 뭔가 떠오른 것처럼 거리를 두리번거리다 지나가던 여자에게 달려갔다.

"아주머니! 6조 야나기마치가 어디죠?"

여자는 깜짝 놀란 듯 대답했다.

"거긴 기루가 아니니?"

"기루가 뭔데요?"

"어머나."

"뭐 하는 곳이죠?"

"못된 녀석!"

여자는 조타로를 한번 흘겨보더니 그냥 가 버렸다.

조타로는 여자의 반응이 의아했지만 머뭇거릴 시간이 없었다. 싫증도 내지 않고 6조 야나기마치로 가는 길과 오기야라는 곳에 대해 계속해서 물어보고 다녔다.

침향

/

초저녁 무렵, 누각에는 등이 환하게 켜졌지만 미스지三筋의 야나기마치에 아직 손님들의 모습은 보이지 않았다.

오기야의 젊은 사내는 무심코 출입구 쪽을 보다가 화들짝 놀랐다. 두 개의 눈동자가 큰 주렴 사이로 목을 들이밀고 집 안을 두리번거리고 있었기 때문이다. 주렴 아래로 더러운 짚신과 목검 끝을 본 그는 순간 잘못 본 게 아닌가 싶었는지 황급히 다른 사람들을 부르려고 하는데 조타로가 들어와서 난데없이 이렇게 물었다.

"아저씨, 이 집에 미야모토 무사시宮本武蔵 님이 와 있죠? 무사시 님은 제 스승인데 조타로가 왔다고 전해주시면 알 거예요. 아니면 여기로 좀 불러주세요."

오기야의 젊은 사내는 어린애라는 것을 알고 안도하는 표정을 지었다. 그러나 방금 전에 놀란 것에 화가 치밀었는지 얼굴에 핏대를 세우며 말했다.

"넌 누구냐? 거지냐? 무사시란 사람은 여기 없다. 초저녁부터 웬 거지같은 놈이 들어와서는. 썩 나가라. 어서."

사내가 목덜미를 움켜잡고 밖으로 끌어내려 하자 조타로는 복어처럼 성을 내며 말했다.

"뭐 하는 거예요! 난 스승님을 만나러 온 거란 말이에요."

"이놈이 그래도! 네 스승인지 뭔지는 모르지만, 그 무사시라는 자 때문에 그저께부터 얼마나 성가신지 아느냐? 오늘 아침은 물론 방금 전에도 요시오카吉岡 도장에서 그자를 찾는 사람이 와서 똑같이 말해주었다만, 무사시란 사람은 이미 여기에 없단 말이다."

"없으면 어른답게 없다고 말하면 알아들을 텐데, 왜 내 목덜미를 잡고 그래요?"

"주렴 사이로 목을 들이밀고 기분 나쁜 눈으로 안을 엿보기에 난 또 요시오카 도장에서 사람이 온 줄 알고 가슴이 덜컹했단 말이다. 이 기분 나쁜 놈아!"

"놀란 것은 아저씨 사정이고요. 무사시 님이 언제쯤, 그리고 어디로 가셨는지나 가르쳐줘요."

"이놈이 어른한테 실컷 악다구니를 부리더니 이젠 뭘 가르쳐달라고? 뻔뻔하기가 그지없구나. 내가 그자의 시종도 아니고 그걸 어찌 알겠느냐?"

"모르면 알겠으니까 이 목덜미부터 봐요."

"그냥은 못 놓겠다. 이놈, 맛 좀 봐라."

사내가 조타로의 귓불을 힘껏 잡고 한 바퀴 돌리더니 문밖으로 내치려고 하자 조타로는 비명을 지르며 주저앉았다.

"아야, 아야!"

그러고는 느닷없이 목검을 빼서 젊은 사내의 턱을 후려치고는 문 밖으로 달아났다.

"악! 이 새끼가."

사내가 앞니가 부러져서 새빨간 피로 흥건한 턱을 누르며 조타로를 쫓아 문밖으로 뛰어나오자 당황한 조타로는 오가는 사람들에게 소리를 질러 도움을 청했다.

"누가 좀 도와주세요. 이 아저씨가 절 죽이려고 해요."

그러나 고함 소리와는 반대로 들고 있던 목검으로는 언젠가 고야규小柳生 성에서 맹견 다로太郎를 때려죽였을 때와 같은 힘으로 사내의 머리를 힘껏 후려갈겼다.

사내는 지렁이의 울음소리 같은 가느다란 신음을 코피와 함께 토해내며 버드나무 아래로 맥없이 쓰러졌다.

그 모습을 맞은편 격자창 너머에서 보고 있던 호객녀가 나란히 늘어선 격자창을 향해 소리쳤다.

"어머, 어머, 저기 목검을 든 꼬마가 오기야의 젊은이를 죽이고 도망친다!"

그러자 한밤중처럼 인적이 없던 거리로 사람들이 우르르 뛰어나오더니 피비린내 나는 목소리가 초저녁 바람을 타고 어지러이 흩어졌다.

"살인이다!"

"사람이 죽었다."

2

연중행사로 벌어지는 일이 싸움인지라 피비린내 나는 일조차 비밀리에, 또 신속하게 처리하는 것은 기루 사람들에게 익숙한 일이었다.

"어디로 도망쳤지?"

"어떤 새끼야?"

험상궂은 사내들이 찾아다니는 것도 잠시였다. 얼마 후 불을 찾아 날아드는 불나방처럼 삿갓을 쓰거나 화려한 옷차림을 한 손님들이 한껏 들떠서 기루로 몰려들었다. 그들은 불과 반 시진 전에 이 홍등 아래에서 그런 끔찍한 사건이 벌어진 줄은 꿈에도 몰랐다.

미스지 거리는 밤이 깊어질수록 흥청댔지만, 거리 뒤편의 어두운 골목이며 들판, 밭 등은 쥐 죽은 듯이 조용했다.

어디에 숨어 있었는지 조타로는 조용한 때를 엿보다 어두운 골목에서 강아지처럼 기어 나왔다. 그리고 일단 어둠 속을 향해 내달렸다. 그는 이곳의 어둠이 세상의 어둠으로 연결되어 있다고 단순하게 생각했다. 그런데 한 길이나 되는 울타리가 그의 앞길을 가로막았다. 그 울타리는 6조 야나기마치를 성곽처럼 견고하게 둘러싸고 있었다. 끝을 뾰족하게 깎은 통나무를 엮어놓은 울타리를 아무리 따라가도 밖으로 나갈 수 있는 문이나 틈이 보이지 않았다.

얼마쯤 걸어간 조타로는 마을 끄트머리의 밝은 거리로 나오자 다시 어둠 속으로 발길을 돌렸다. 그런데 그의 거동을 주의 깊게 보며 뒤에서 따라오던 여자가 갑자기 손을 들어 그를 불렀다.

"얘. ……애야!"

조타로는 처음에 의심에 찬 눈을 반짝이며 잠시 어둠 속에 서 있다가 이윽고 슬금슬금 여자에게 다가갔다.

"저 말인가요?"

여자의 하얀 얼굴에서 자신을 해칠 뜻이 없다는 것을 확인한 조타로는 한 걸음 더 다가가면서 물었다.

"무슨 일이죠?"

여자는 상냥한 말투로 조타로에게 말했다.

"네가 아까 저녁때 오기야의 출입문으로 와서 무사시 님을 만나게 해달라고 한 아이지?"

"예, 맞아요."

"조타로라고 했니?"

"예."

"무사시 님을 만나게 해줄 테니 조용히 날 따라오너라."

"어, 어디로요?"

조타로가 뒷걸음질을 치자 여자는 그가 안심할 수 있도록 설명해주었다.

"그럼, 아주머니는 요시노라는 기녀가 보내서 온 사람이에요?"

조타로는 지옥에서 부처님이라도 만난 듯한 표정을 지으며 그제야 마음이 놓인 듯 여자를 따라갔다.

그녀의 말에 따르면 요시노는 저녁때의 소동을 듣고 걱정하며 만약에 붙잡혔다면 자신이 힘을 써서 도와줄 수 있도록 바로 알려주러 오고, 또 만약에 어딘가에 숨어 있는 것을 발견하면 다른 사람들 모르게 뒤뜰 문을 통해 그 시골집으로 데리고 와서 무사시 님을 만나게 해주라는 당부를 듣고 왔다는 것이었다.

"이젠 걱정할 것 없다. 요시노 아가씨의 말이라면 이 기루에서 못 갈 곳이 없으니 말이다."

"아주머니, 제 스승님이 정말 여기 계신 거죠?"

"안 계신데 뭣 때문에 일부러 너를 찾아서 이런 곳으로 데리고 왔겠니?"

"도대체 이런 곳에서 뭘 하고 있죠?"

"뭘 하고 있는지는 저기 보이는 시골집에 계시니 문틈으로 들여다보렴. ……그럼 난 바빠서 이만."

여자는 정원의 나무숲 사이로 조심조심 모습을 감추었다.

3

정말일까?

정말 여기 계실까?

아무래도 조타로는 순순히 믿을 수 없는 모양이다.

그토록 찾아 헤매던 무사시가 지금 자신의 눈앞에 있는 오두막 안에 있다는 사실이 그에게는 너무나 간단해서 받아들이기가 어려웠다.

그럼 포기하고 그냥 돌아갈 것도 같지만, 그러기는커녕 조타로는 어느새 시골집을 한 바퀴 돌며 안을 들여다볼 수 있는 창문을 찾고 있었다.

집 옆에 창문은 있었다. 다만 그의 키로는 닿지 않는 높이여서 조타로는 나무숲 사이에서 돌을 굴려와 그 위에 올라갔다. 대나무 창살에 겨우 코가 닿았다.

"……아, 스승님이다."

몰래 엿본 행위를 반성하며 그는 말을 삼켰지만, 당장이라도 손을 뻗어서 잡고 싶은 그리운 스승의 모습이었다.

무사시는 화로 옆에서 팔베개를 한 채 자고 있었다.

"태평하시네."

어이가 없는 듯한 동그란 눈이 대나무 격자창에 딱 달라붙어 있었다.

기분 좋게 낮잠을 자고 있는 무사시의 몸 위에는 누가 덮어주었는지 무거워 보이는 모모야마桃山 자수가 들어간 우치카케裲襠(여자들이 옷 위에 걸쳐 입는 덧옷, 무사 부인의 예복)가 덮여 있었다. 또 그가 입고 있는 고소데小袖(통소매의 평상복)도 평소에 입던 낡고 수수한 옷과는 달리 한량이나 좋아할 법한 호사스런 옷이었다.

조금 떨어진 곳에는 붉은 담요가 깔려 있었고 붓과 벼루, 종이 따위가 흩어져 있었다. 그 종이 중에는 습작을 한 듯 가지와 닭의 상반신 등이 그려져 있는 종이도 보였다.

'이런 곳에서 그림이나 그리고 있다니, 오쓰 님이 아픈 것도 모르고.'

조타로는 문득 화 비슷한 것이 치밀어 올랐다. 무사시의 몸 위에 덮여 있는 여자의 우치카케가 마음에 들지 않았던 것이다. 또 무사시가 입고 있는 호사스런 옷도 괜히 싫었다. 어린 그도 방 안에 떠다니고 있는 야릇한 분위기는 느낄 수 있었다.

지난 정월에 5조 대교에서 무사시를 봤을 때도 어떤 젊은 여자가 무사시에게 매달린 채 울고 있었다. 지금 보니 또 이런 모습이고.

'요즘 스승님은 대체 뭘 하고 다니는 걸까?'

어린 조타로의 얼굴에 흡사 어른이 탄식하는 듯한 씁쓸한 표정이 떠올랐다. 그러다 문득 장난기가 발동했다.

'좋아, 깜짝 놀라게 해주자.'

조타로가 뭔가 생각난 듯 가만히 돌 위에서 내려왔을 때였다.

"조타로, 누구와 함께 왔느냐?"

무사시의 목소리였다.

"예?"

다시 들여다보니 자고 있는 줄 알았던 무사시가 눈을 가늘게 뜬 채 웃고 있었다.

"……"

조타로는 대답도 하지 않고 앞쪽 문으로 달려가더니 문을 열자마자 안으로 들어가 무사시에게 안겼다.

"스승님!"

"그래…… 왔느냐."

무사시는 누운 채 팔을 뻗어서 먼지투성이인 조타로의 머리를 가슴으로 끌어당겨 안았다.

"어떻게 알았느냐? ……다쿠안 스님께 물어보고 온 것이냐?

오랜만이구나."

무사시는 조타로의 목을 끌어안은 채 천천히 몸을 일으켰다. 조타로는 오랫동안 잊고 있던 품속의 따뜻함에 강아지가 재롱을 부리듯 무사시의 무릎에서 떨어질 줄을 몰랐다.

4

"지금 오쓰 님은 병으로 몸져누워 있어요. 오쓰 님이 스승님을 얼마나 보고 싶어 하는지 몰라요. 너무 불쌍해요. 오쓰 님은 스승님을 만나고 싶대요. 그것뿐이래요. 정월 초하룻날 5조 대교에서 잠깐 보기는 했지만 스승님이 어떤 이상한 여자와 다정히 이야기를 나누기도 하고, 또 그 여자가 우는 걸 보고 오쓰 님은 화가 나서 제가 아무리 손을 잡아끌어도 달팽이처럼 웅크린 채 나오지 않았어요. 무리도 아니죠. 저도 그때 왠지 모르게 속이 부글부글 끓고 울화가 치밀었으니까요. 그래도 그런 일은 이제 다 괜찮으니 지금 당장 가라스마루 님 댁으로 가요. 가서 오쓰 님에게 왔다고 말해주세요. 그것만으로도 오쓰 님의 병은 반드시 나을 테니까요."

조타로는 어눌한 말투로 열심히 무사시에게 하소연했다.

"……응……응."

무사시는 몇 번이고 고개를 끄덕였다.

"그랬구나. ……그랬어."

그러나 정작 중요한, 오쓰를 만나러 가겠다는 말은 왠지 하지 않았다. 아무리 부탁하고 애원해도 무사시가 바위처럼 자기 말을 들어주지 않자 조타로는 더 이상 할 말이 없어졌다. 왠지 무사시라는 사람이, 그토록 좋아하던 스승님이 갑자기 미워지기 시작했다.

'확 덤빌까?'

조타로는 마음속으로 이런 생각이 들 정도였다.

하지만 아무래도 무사시에게 못되게 굴 수는 없는 듯 뾰로통하니 심통 난 표정으로 무사시가 반성하기만을 기다리고 있었다.

조타로가 잠자코 가만히 있자 무사시는 그림책을 보면서 그리다 만 그림을 다시 그리기 시작했다. 조타로는 무사시가 그리고 있는 가지 그림을 노려보면서 속으로 욕을 했다.

'엉터리 같으니라고!'

그림을 그리는 것도 싫증이 났는지 무사시가 붓을 빨기 시작하자 다시 한 번 부탁해보려고 조타로가 입술을 핥으며 뭔가 말하려고 할 때 징검돌을 밟으며 다가오는 나막신 소리가 들렸다.

"손님, 옷이 다 말라서 가지고 왔습니다."

아까 그 여자가 차곡차곡 갠 옷가지를 들고 오더니 무사시 앞에 놓았다.

"고맙소."

무사시는 옷소매며 옷깃 따위를 유심히 살펴보고는 말했다.

"깨끗이 지워졌네요."

"사람의 피는 아무리 빨아도 잘 지워지지 않더군요."

"이 정도면 됐습니다. 그런데 요시노 님은?"

"오늘 저녁에도 손님들이 많아서 잠시도 짬이 나지 않는 듯합니다."

"뜻하지 않게 신세를 지게 되었는데, 이렇게 계속 있으면 요시노 님에게 폐를 끼칠 뿐만 아니라 오기야 사람들한테도 폐가 될 뿐이니 밤이 되면 조용히 여기를 떠날 생각이라고 전해주시오. 모쪼록 감사하다는 인사와 함께."

조타로는 얼굴을 펴고 역시 스승님은 좋은 사람이라고 생각했다. 속으로는 오쓰에게 가는 것이라고 이미 확신하고 있는 것이 틀림없었다. 조타로가 그렇게 지레짐작하고 싱글벙글 웃고 있는데 무사시는 여자가 가자마자 옷가지를 그의 앞에 내밀며 말했다.

"오늘 마침 잘 왔다. 이 옷은 얼마 전 이곳에 올 때 혼아미 고에쓰本阿弥光悦 님의 어머님께서 내게 빌려주신 옷이다. 이 옷을 고에쓰 님 댁에 돌려드리고 내 옷을 가지고 오지 않겠느냐? 조타로, 너는 착한 애니까 한달음에 다녀오너라."

5

"예, 알겠습니다."

조타로는 신이 나서 대답했다. 이 심부름만 끝내면 무사시는 여기를 나가서 오쓰가 있는 곳으로 갈 것이라고 생각했기 때문이다.

"그럼, 다녀오겠습니다."

조타로는 돌려보낼 옷가지를 보자기에 싸고, 무사시가 고에쓰에게 보내는 편지도 한 통 그 사이에 끼워서 등에 짊어졌다. 그때 방금 전에 왔던 여자가 저녁을 들고 와서 그 모습을 보더니 깜짝 놀랐다.

"아니, 어디를 가려고?"

그녀는 무사시에게 그 이유를 듣고는 단호하게 말렸다.

"어머, 당치도 않습니다."

그러고는 무사시에게 자기가 왜 안 된다고 하는지 이야기했다.

"이 아이가 저녁때 오기야 앞에서 오기야의 젊은 사내를 목검으로 때려 눕혔는데 어디를 잘못 맞았는지 그 사내는 자리에 누워서 끙끙 앓고 있답니다. 기루에서 일어난 소란이라 그 정도로 끝이 났고, 또 요시노 아가씨께서 가게 사람들에게 입단속을 시켰지만, 조타로가 자신이 미야모토 무사시의 제자라고 떠들어대는 바람에 사람들 사이에 무사시가 아직 오기야에 숨어 있다는 소문이 퍼졌습니다. 그것이 기루 밖에서 진을 치고 있는 요시오카 사람들의 귀에도 들어간 듯하고요."

"허허."

무사시는 그런 일이 있었냐는 듯 조타로를 돌아보았다. 조타로는 숨기고 있던 일을 무사시가 알게 되자 면목이 없는 듯 머리를 긁적이며 구석으로 물러나 웅크려 앉았다.

"그러니 지금 그런 걸 등에 지고 나 보란 듯이 대문으로 나가보세요. 어떻게 되겠어요?"

그러면서 여자는 또 바깥의 동정을 무사시에게 알려주었다.

"그저께부터 어제, 오늘, 이렇게 사흘 동안 요시오카 쪽 사람들이 혈안이 되어 무사님을 찾고 있어서 요시노 아가씨는 물론 가게 사람들도 모두 걱정하고 있어요. 고에쓰 님도 그제 밤에 여기서 돌아가실 때 신신당부하고 가셨고, 저희 가게로서도 그런 위험한 처지에 있는 분을 쫓아낼 수는 없습니다. 특히 요시노 아가씨께서 세심하게 신경 쓰시며 무사님을 감싸고 있어요. 그런데 더 곤란한 것은 요시오카 쪽 사람들이 집요하게 이 기루에 드나드는 사람들을 지켜보고 있다는 것이에요. 어제부터는 가게에도 몇 번이나 요시오카의 문하생이라는 사람들이 와서 무사시를 숨겨주고 있는 것이 아니냐고 행패를 부리는 걸 쫓아내긴했지만, 그쪽에선 여전히 의심을 거두지 않고 오기야에서 나오기만을 기다리고 있는 것 같아요. 잘은 모르겠으나 무사님 한 사람을 치기 위해 요시오카 쪽 사람들은 마치 전쟁을 치르듯이 몇 겹으로 에워싸고 이번에는 무슨 일이 있어도 죽이고 말겠다고 벼르고 있다고 합니다. 그러니 네댓새 더 여기에 숨어 계시는 게 좋겠다고 요시노 아가씨나 가게 사람들이 걱정하고 있어요. 머잖아 요시오카 패들도 단념하고 물러갈 테니까요……."

여자는 무사시와 조타로의 저녁식사 시중을 들면서 친절하게 이것저것 말해주었지만, 무사시는 호의에만 감사할 뿐 오늘밤에 이곳을 떠난다는 생각은 바꾸지 않았다.

"제게도 생각하는 바가 있으니……."

그리고 고에쓰에게 보내는 심부름만은 여자의 충고를 받아들여서 오기야 사람을 보내기로 했다.

6

얼마 후 심부름을 갔던 사람이 고에쓰의 답신을 가지고 돌아왔다.

때가 되면 다시 만나게 되겠지요. 길고도 짧은 인생 길, 부디 몸조심하시길 멀리서나마 기원합니다.

월 일

고에쓰

짧은 글이었지만 고에쓰의 마음을 충분히 헤아릴 수 있었다. 또 고에쓰는 평온하게 지내는 모자에게 누를 끼치고 싶지 않아서 일부러 그의 집에 들르지 않는 무사시의 마음도 충분히 이해하고 있는 듯했다.

"그리고 이것은 얼마 전에 무사님께서 고에쓰 님 댁에 벗어놓았던 옷가지입니다."

심부름을 갔던 사내는 여기서 가지고 간 옷가지와 바꿔 온 무사시의 낡은 옷가지를 내놓았다.

"혼아미 댁의 노모께서도 안부를 전해달라고 하셨습니다."

사내는 이 말까지 전하고 오기야의 안채 쪽으로 물러갔다.

무사시는 보따리를 풀어서 전에 입던 낡은 옷을 보자 무척 반가웠다. 다정한 마음씨의 묘슈妙秀 노파가 빌려준 깨끗한 옷보다, 오기야에서 빌려 입은 화려한 옷보다, 비바람에 바랜 무명옷 한 벌이 자신의 몸에는 딱 맞는 옷이라고 생각했다. 이 옷이야말로 수련을 쌓는 이의 행장이고, 그 이상 필요한 것은 아무것도 없다고 느끼는 것이었다.

해지기도 했고, 비와 땀에 절어 쾌쾌한 냄새도 배어 있을 거라 생각하면서 다리를 넣어 하카마袴(일본 옷의 겉에 입는 주름 잡힌 하의)를 입어보니 생각 외로 주름이 잘 잡혀 있었다. 누더기 같던 낡은 옷이 마치 새로 지은 것처럼 말끔하게 손질되어 있었다.

"어머니란 참으로 고마운 존재구나. 내게도 어머니가 살아 계셨다면……."

무사시는 문득 우수에 젖어 앞으로의 삶을 마음속에서 아련하게 그려보았다.

부모님은 이미 모두 돌아가셨고, 자신을 받아주지 않는 고향에는 누이 홀로 외로이 있을 뿐이다. 그는 잠시 침통한 얼굴로 등불 아래에서 고개를 숙이고 있었다. 여기도 단지 사흘간의 임시 거처에 지나지 않았다.

"자, 일어설까."

무사시는 손에 익은 칼을 끌어당겨 단단하게 조인 허리끈과 늑골 사이에 끼워 넣고 잠깐의 외로움은 강한 의지 밖으로 튕겨냈다. 이 칼이야말로 부모이자 아내이자 형제라며 진작부터 마음속으로 다짐했던 것을 다시 되새겨본다.

"스승님, 가시려고요?"

조타로는 먼저 나가 즐거운 듯 밤하늘의 별을 올려다보았다.

'이제부터 가라스마루 님의 댁으로 가면 시간이 많이 늦겠지만 아무리 밤이 깊어도 오쓰 님은 분명히 자지 않고 기다리고 있을 거야. 얼마나 놀랄까? 아마 너무 기뻐서 또 눈물을 흘리겠지?'

눈이 내리던 그날 밤 이후로 매일 밤, 하늘은 무척 아름다웠다. 조타로는 무사시를 데리고 가서 오쓰를 기쁘게 해줄 생각에 여념이 없었다. 별을 보니 별의 반짝거림마저 자신과 함께 기뻐해주는 것 같았다.

"조타로, 넌 뒷문으로 들어왔느냐?"

"뒤쪽인지 앞쪽인지 모르지만 아까 그 여자와 함께 저쪽 문으로 들어왔어요."

"그럼, 먼저 나가서 기다리고 있거라."

"스승님은요?"

"잠시 요시노 님께 인사를 하고 곧 가마."

"그럼, 밖에서 기다릴게요."

잠시라도 무사시의 곁을 떠나는 게 조금 불안하기는 했지만, 오늘 밤의 조타로는 무사시가 무슨 말을 해도 순순히 따랐다.

7

무사시는 스스로도 지난 사흘 동안 이 집에서 푹 쉬었다고 생각했다. 지금까지 자신의 몸과 마음은 얼어붙은 얼음장과 같았다. 달을 보고도 마음을 열지 못하고, 꽃의 속삭임에도 귀를 덮고, 해를 향해서도 가슴을 펴지 못한 채 얼음장처럼 차갑게 얼어붙어 있던 자신을 돌이켜보았다.

오로지 수련에만 정진하던 자신의 모습이 옳다고 믿고 있지만, 동시에 옹졸하고 편협한 고집덩어리에 지나지 않는 것은 아닐까 하는 두려움도 있었다.

다쿠안에게는 오래전에 이런 말을 들었다.

"너의 강함은 짐승의 강함과 다를 게 없다."

또 오쿠조인奧藏院의 닛칸日觀도 이런 충고를 했다.

"좀 더 약해지게."

그들의 말을 떠올리자 무사시는 이번에 사흘 동안 느긋한 시간을 가진 것이 자신에게는 더없이 소중한 날들이었다는 생각이 들었다.

그런 의미에서 지금 여기 오기야의 모란 밭을 떠나면서도 무익한 날들을 보냈다는 생각은 전혀 들지 않았다. 오히려 술도 마시고, 선잠도 자고, 책도 읽고, 그림도 그리고, 하품도 하고, 기지개도 켜며 바짝 긴장되어 있던 생명이 여유와 자유를 만끽할 수 있었던 소중한 날들이었다고 감사하고 있었다.

'그 인사를 요시노 님에게 한 마디라도 전하고 싶은데.'

무사시는 오기야의 정원에서 서성거리며 맞은편의 화사한 등불을 바라보고 있었다. 그렇지만 안쪽 깊숙한 곳의 방에서는 변함없이 손님들의 시끌벅적한 노랫소리와 악기 소리가 가득해서 요시노를 몰래 만나러 갈 방법이 없었다.

'그럼 여기서……'

무사시는 마음속으로 작별을 고하고, 또 사흘 동안 그녀가 베푼 호의에 진심으로 감사를 표하고 그곳을 떠났다.

뒷문을 지나 밖으로 나온 무사시는 그곳에서 기다리고 있던 조타로에게 손을 들며 말했다.

"자, 가자."

그런데 조타로의 뒤에서 종종걸음으로 쫓아온 사람이 있었다. 링야였다.

"이거 아가씨께서……."

링야는 무사시의 손에 무언가를 건네주고 바로 문 안으로 뛰어갔다.

조그맣게 접은 종이쪽지였다. 종이를 펴자 글에 눈이 가기 전에 희미하게 침향이 먼저 코를 간질였다.

열매를 맺지 못하고 찢기어 떨어지는 수많은 밤의 꽃들보다 나뭇가지 사이로 흘러가는 달빛이 더 잊기 어렵구나.

절절히 속삭일 새도 없이 구름 사이의 이별, 남의 술잔에 한숨 지으며 사람들 몰래 그저 붓을 들어 전하네.

요시노

"스승님, 그거 누구한테 온 편지예요?"

"아무도 아니다."

"여자?"

"모른다."

"뭐라고 쓰여 있어요?"

"그건 알아서 뭐 하게?"

무사시가 쪽지를 접으려고 하자 조타로는 까치발을 하고 쪽
지를 들여다보며 말했다.

"좋은 냄새가 나네요. 침향 같은데."

조타로도 침향의 향기는 아는 모양이다.

뒷문

1

조타로와 무사시는 오기야에서는 나왔지만 아직 기루 안이었다. 어떻게 해야 이 울타리에서 무사히 세상으로 나갈 수 있을까?

조타로는 걱정스런 표정으로 무사시에게 말했다.

"스승님, 그리로 가면 대문 쪽이에요. 대문 밖에는 요시오카 사람들이 지키고 있어서 위험하다고 오기야 사람들도 말했잖아요."

"음."

"그러니 다른 쪽으로 나가요."

"밤에는 대문 외엔 모두 닫아놓는다잖아."

"울타리를 넘어서 도망치면요?"

"도망쳤다는 말을 듣는 건 나에겐 불명예다. 부끄러움도 모

르고 평판도 상관 않고 도망만 치면 된다고 생각했다면 이런 데
서 나가는 것은 식은 죽 먹기지만, 나로서는 그렇게 할 수 없어
서 조용히 때를 기다리고 있었던 거야. 역시 대문으로 여봐란 듯
이 나가야겠다."

"정말요?"

조타로는 조금 불안한 표정을 지었지만 '부끄러움'을 중시하
지 않는 자는 살아 있을 가치가 없는 자로 취급받는 무사 세계의
철칙을 그도 잘 알고 있었기 때문에 반대는 할 수 없었다.

"하지만 조타로……."

"예, 뭔데요?"

"넌 어린애니까 나와 똑같이 행동할 필요는 없다. 난 대문으로
나갈 테니 넌 먼저 기루 밖으로 나가서 어디에든 몸을 숨기고 난
뒤 나를 기다리는 게 좋겠다."

"스승님이 대문으로 보란 듯이 나가는데 저 혼자 어디로 나갈
수 있겠어요?"

"저기 울타리를 넘는 거다."

"저만요?"

"그래."

"싫어요."

"왜?"

"왜라뇨? 방금 스승님이 말했잖아요. 비겁자라고 놀릴 텐데."

"너한테는 아무도 그런 말을 하지 않을 거야. 요시오카 쪽에서 상대하는 것은 나 하나지 너는 안중에도 없을 테니까."

"그럼, 어디에서 기다릴까요?"

"버드나무 마장 근처에서."

"꼭 오실 거죠?"

"그래, 꼭 가마."

"또 말없이 어디론가 가 버리는 건 아니죠?"

무사시는 고개를 가로저으며 말했다.

"너한테 거짓말은 하지 않아. 자, 사람들이 없을 때 빨리 넘어가거라."

조타로는 주위를 둘러보고 어두운 울타리 밑으로 달려갔다. 그렇지만 통나무 울타리는 그의 키보다 세 배는 높았다.

'나한테는 무리야. 도저히 넘을 수 없을 것 같아.'

조타로가 자신 없는 눈빛으로 울타리를 올려다보고 있을 때 무사시가 어디선가 숯 가마니를 들고 와 울타리 밑에 놓았다. 조타로는 그 따위 것을 발판으로 삼아봐야 어림없다는 표정으로 무사시가 하는 행동을 지켜보고 있었다. 무사시는 울타리 사이로 밖을 살피더니 잠시 무언가를 생각하는 표정이었다.

"……."

"스승님, 울타리 밖에 누가 있나요?"

"울타리 너머로 이 주변 일대는 갈대밭이라 물웅덩이가 있을

지도 모르니 조심해서 뛰어내려야 한다."

"그딴 거야 아무래도 상관없지만, 높아서 손이 저 위까지 닿지 않아요."

"대문뿐만 아니라 울타리 밖에도 요소요소에 요시오카 쪽 사람들이 지키고 있을 것이라고 생각해야 한다. 밖이 어두우니까 그것에 대비해서 뛰어내리지 않으면 어떤 놈이 갑자기 어둠 속에서 칼을 빼들고 덤벼들지 몰라. 그러니 내 어깨를 타고 올라간 다음에 울타리 위에서 일단 아래쪽을 확인하고 나서 뛰어내리거라."

"예."

"내가 밑에서 숯 가마니를 밖으로 던질 테니 그 숯 가마니를 보고 있다가 아무 이상이 없으면 뛰어내리면 돼."

무사시는 조타로를 목마를 태우고 일어섰다.

2

"조타로, 닿았느냐?"

"아직, 아직이요."

"그럼, 내 어깨를 밟고 일어서봐."

"신발을 신은 채로요?"

"상관없어. 흙발이어도 돼."

목마를 탄 조타로는 무사시의 말에 따라 그의 어깨 위에 양발을 디디고 일어섰다.

"이번엔 닿았지?"

"아직이요."

"성가신 놈 같으니. 그럼, 울타리의 가로대까지는 뛰어오를 수 있겠느냐?"

"못해요."

"어쩔 수 없군. 그럼, 내 양손바닥에 발을 올리거라."

"괜찮으시겠어요?"

"다섯 명이든 열 명이든 그게 대수냐? 자, 준비 됐지?"

무사시는 조타로의 발바닥을 양손바닥에 올리고 솥을 들어 올리듯이 자신의 머리보다 높이 조타로를 들어올렸다.

"아, 닿았다. 닿았어요."

조타로는 울타리 위에 매달렸다. 무사시는 숯 가마니를 한 손으로 들고 울타리 밖 어둠 속으로 휙 던졌다.

숯 가마니는 둔탁한 소리를 내며 갈대 속으로 떨어졌다. 아무 이상이 없는 것을 확인하고 뒤이어 조타로가 뛰어내렸다.

"뭐야, 물웅덩이고 뭐고 아무것도 없잖아? 스승님, 여긴 그냥 들판이에요."

"조심해서 가거라."

"그럼, 버드나무 마장에서 기다릴게요."

조타로의 발소리가 어둠 속 저편으로 멀어져갔다.

무사시는 조타로의 발소리가 들리지 않을 때까지 울타리 틈새에 얼굴을 대고 조용히 서 있었다. 그리고 조타로가 무사히 빠져나간 것을 확인하고 마음을 놓으며 그제야 홀가분해진 듯 발걸음을 재촉했다.

무사시는 어두침침한 기루의 뒷길을 버리고 미스지에서도 가장 번화한 대문 쪽 거리로 나왔다. 무사시의 모습은 거리를 오가는 다른 사람들과 전혀 다를 것이 없었다. 그러나 삿갓도 쓰지 않고 그 모습 그대로 대문을 한 걸음 나서자 그곳에 숨어 있던 수많은 눈이 의외라는 듯 그에게로 일제히 쏠렸다.

"앗, 무사시다!"

대문 양쪽에는 거적을 둘러친 가마가 모여 있었다. 그곳에서도 두세 명의 무사가 가랑이를 벌린 채 모닥불을 쬐며 대문을 드나드는 사람들을 감시하고 있었다. 그 외에도 삿갓집 걸상이며 맞은편 음식점 등에도 한 무리씩 망을 보는 자들이 있었는데, 그중에서 네댓 명씩 교대로 대문 옆에 서서 기루에서 나오는 두건이나 삿갓을 쓴 사람들을 기리낌 없이 일일이 들춰보거나 내부를 가린 가마가 오면 가마를 세우고 그 안을 확인하고 있었다.

벌써 사흘째다. 요시오카 쪽 사람들은 눈이 내리던 그날 밤 이후로 무사시가 기루 밖으로 나오지 않았다고 확신하고 있었다.

오기야에 가서는 담판을 벌이기도 하고 집 안을 뒤져보기도 했지만 그런 손님은 없다며 상대도 해주지 않았다.

요시노가 무사시를 숨겨주고 있다는 것을 짐작하지 못하는 것은 아니었지만, 지금 이 풍류의 별세계뿐만 아니라 귀족부터 일반 백성에 이르기까지 큰 사랑을 받고 있는 요시노에게 무사 따위가 패를 지어 싸움을 건다는 것은 생각할 수 없었다.

그래서 멀리서 에워싼 채 지구전을 펼친다는 생각으로 무사시가 기루에서 나오기를 기다리며 철통같이 감시하고 있었다. 그리고 무사시가 나온다면 필시 변장하고 나오든가, 가마에 숨어서 도망치든가, 아니면 울타리를 넘어서 다른 쪽으로 탈출할 것이 분명하다는 판단 하에 그에 대한 대비책도 세워놓은 상태였다.

그런데 무사시가 너무나도 태연하게 등불 아래에 자신의 모습을 그대로 드러낸 채 대문을 나오자 오히려 그들은 깜짝 놀라며 그의 앞을 가로막는 것도 잊어버린 듯했다.

3

앞을 가로막는 사람이 없는 이상 무사시도 걸음을 멈출 이유가 없었다. 그가 삿갓집 앞을 성큼성큼 지나 100걸음이나 걸어가고 나서야 요시오카 무리 중의 한 명이 소리쳤다.

"게 섰거라!"

그러자 다른 자들도 합세해서 똑같이 소리치며 무사시를 쫓아갔다.

"게 섰거라!"

"거기 서라!"

우르르, 무사시를 앞질러 간 여덟아홉 명이 그의 정면을 막아섰다.

"무사시, 멈춰라!"

그들은 비로소 정면에서 대치하게 되었다.

"뭐냐?"

무사시는 상대가 의외다 싶을 정도로 큰 소리로 대답하고, 그와 동시에 몸을 옆으로 비켜서 길가의 오두막을 등지고 섰다. 오두막 옆에 큰 목재가 가로놓여 있고, 주위에 톱밥이 쌓여 있는 것으로 보아 목수의 집 같았다.

소란스러운 소리에 "싸움이 났나?" 하고 문을 열던 목수가 바깥 광경을 보고는 화들짝 놀라 황급히 문을 다시 닫아 걸었다. 그러고는 곧장 이불이라도 뒤집어썼는지 사람이 있다고는 생각할 수 없을 정도로 아무 소리도 나지 않았다.

요시오카 무리들은 들개가 들개를 부르듯이 손가락 휘파람을 불거나 큰 소리로 동료들을 불렀다. 그러자 순식간에 모여든 자들이 스무 명이 마흔 명으로도, 마흔 명이 일흔 명으로도 보일 정도로 많았지만, 정확히 세어보아도 서른 명 이하는 아니었다.

그들은 무사시를 새까맣게 에워쌌다. 아니, 무사시가 목수의 오두막을 등지고 있었기 때문에 정확히 말하자면 그 오두막을 둘러싼 형세였다.

"……."

무사시는 세 방향의 적들을 찬찬히 세어보면서 이 상태가 어떻게 바뀔지 가만히 지켜보고 있는 듯했다.

서른 명의 사람이 뭉치면 그것은 서른 명의 심리가 아니라 한 집단은 역시 하나의 심리다. 그 심리가 미묘한 움직임을 보이는 순간을 포착해서 기선을 제압하는 것은 그리 어려운 일이 아니었다.

예상대로 무사시를 향해 단독으로 공격해 들어오려는 자는 없었다. 집합체의 당연한 자세로서 다수가 하나의 개성으로 뭉쳐질 때까지의 잠시 동안은 그저 웅성거리며 멀리서 무사시를 포위하고는 저마다 욕을 해댈 뿐이었고, 개중에는 저잣거리의 불량배처럼 소리치는 자도 있었다.

"야, 이 새끼야."

"애송이 새끼."

그들은 그렇게 소리치면서 개개인의 약점을 드러내 보이는 것에 불과한 허세를 부리며 나무통처럼 원을 그린 채 무사시를 에워싸고 있었다.

반면에 처음부터 하나의 생각과 행동을 취하고 있는 무사시는 그 잠깐 사이에도 그들보다는 훨씬 여유로웠다. 그 많은 사람들 중에 누가 강하고 누가 약한지 번뜩이는 눈으로 살피면서 마음의 준비를 할 여유조차 있었다.

"내가 무사시인데 나에게 멈추라고 한 자가 누구냐?"

무사시가 그들을 둘러보며 말했다.

"우리다. 여기 있는 우리가 불러 세웠다."

"그대들이 요시오카의 문하생들인가?"

"잘 알고 있구나."

"무슨 일이냐?"

"그 또한 새삼스럽게 여기서 말할 필요가 없다고 본다. 무사시, 준비는 됐느냐?"

4

"준비?"

무사시의 입술이 일그러졌다. 그를 철통같이 둘러싸고 있는 살기는 그의 하얀 이 사이로 흘러나온 냉소에 모공이 수축되듯 바짝 움츠러들었다.

무사시는 목소리를 높여 바로 덧붙였다.

"무사란 잠을 잘 때도 준비가 되어 있는 법, 언제든지 덤벼라. 이유도 없고 예의도 모르는 놈들이 걸어온 싸움에 인간적인 대우나 무사의 예의 따윈 필요 없을 터. 그러나 한 가지 물어보고 싶은 것이 있다. 너희들은 나를 암살하고 싶은 것이냐, 정정당당하게 싸워서 죽이고 싶은 것이냐?"

"……."

"앙갚음이나 하려고 온 것이냐, 복수를 하겠다는 결의로 온 것이냐?"

"……."

무사시가 말하는 도중에라도 허점을 보였다면 주위의 칼날은 구멍에서 물이 뿜어져 나오듯이 그의 허점을 향해 달려들었겠지만, 그런 자는 없었다. 대신 침묵에 묶여 있는 무리 속에서 큰 소리로 대답하는 자가 있었다.

"말하지 않아도 알 것이다!"

무사시는 힐끗 그자에게 눈길을 돌렸다. 나이나 태도가 그들 중에서는 그럴 만한 자로 보였다. 그는 수제자 중 한 명인 미이케 주로자에몬御池十郎左衛門이었다. 주로자에몬은 자신이 선두에 서서 공격을 가하려는 듯 자세를 취하며 앞으로 나섰다.

"스승인 세이주로清十郎 님이 패하고 이어서 사제인 덴시치로伝七郎 님마저 너의 칼에 돌아가신 지금, 우리 요시오카의 제자들이 어찌 너를 살려둘 수 있겠느냐! 불행히도 너로 인해 요시오카 가문의 명예가 땅에 떨어졌으니 가문의 은혜를 입은 우리 수백 명의 제자들은 맹세코 스승의 원통함을 풀 것이다. 단순히 앙갚음을 하겠다고 행패를 부리러 온 것이 아니라 스승의 원한을 갚으려는 제자들의 싸움이다. 무사시, 안됐지만 너의 목은 우리가 가져가야겠다."

"그래, 무사다운 대답이군. 그런 뜻이라면 내 한 목숨 주지 못할 것도 없지. 허나 사제의 도의를 말하며 무도武道의 원한을 설욕하려는 생각이라면 어찌 덴시치로나 세이주로처럼 정정당당하게 절차를 밟아 결투를 청하지 않는 것인가?"

"닥쳐라! 너야말로 오늘까지 거처를 숨기고 우리의 눈을 피해 다른 곳으로 도망치려고 하지 않았느냐!"

"비겁한 자는 다른 사람까지 비겁하다고 생각하는 법! 나는 이렇듯 도망치지도 숨지도 않았다."

"발각된 자가 무슨 헛소리냐!"

"무슨 소리. 자취를 감출 생각이었다면 이런 곳에서는 어디로든 갈 수 있다."

"그렇다고 우리가 너를 무사히 살려둘 것 같으냐?"

"언젠가 너희들로부터 인사는 있을 것이라고 생각하고 있었다. 그러나 이런 번화한 거리에서 소란을 일으키며 짐승이나 불량배처럼 막싸움을 벌인다면 우리들 개인의 명예뿐 아니라 무사 전체의 명예에 먹칠을 하는 꼴이다. 너희들이 말하는 사제의 명분도 세상의 웃음거리가 될 것이고, 또 스승을 부끄럽게 하는 일이 아니겠는가. 만일 그렇다면 그것이야말로 스승의 가문을 절멸시키는 일이고, 요시오카 도장을 박살내는 일일 터. 이보다 더한 수치와 불명예가 어디 있겠는가. 끝내 무사의 본분마저 저버릴 마음이라면 내 육신이 숨을 쉬는 한, 내 칼이 녹슬지 않는 한 너희들을 베어서 시체로 산을 쌓아주겠다."

"뭐라고?"

주로자에몬이 아니었다. 그의 옆에서 한 사람이 칼을 빼려는 순간 누군가 외쳤다.

"이타쿠라板倉가 온다!"

5

그 무렵 이타쿠라라고 하면 무서운 관리의 대명사로 여겨지고 있었다.

대로를 달리는 건

누구의 말인가.

이가伊賀의 시로자四郎左인가

모두 도망가네.

이가 님은 본래
천수관음인가 하늘장군인가.
여러 가지 표정에
수많은 부하를 거느렸네.

아이들까지 장난삼아 부르고 다니는 이런 동요는 모두 이타쿠라 이가노카미 가쓰시게板倉伊賀守勝重를 가리키는 노래였다.

당시 교토는 특수한 발달과 변칙적인 호경기로 번창하고 있었다. 그것은 이 도시가 정치적으로도 그렇지만 전략적으로도 일본의 흥망을 가르는 열쇠를 쥐고 중요한 작용을 하고 있었기 때문이다.

그래서 전국에서도 교토가 문화적으로는 가장 진보했지만, 사상적으로 보면 시정을 펴기에 가장 까다로운 곳이기도 했다.

무로마치室町 시대 초기부터 토착민들은 거의가 무가武家의 허울을 벗어던지고 조닌町人(일본 에도 시대의 경제 번영을 토대로 17세기에 등장하여 빠르게 성장한 사회 계층이다. 도시에 거주했으며 대부분 상인과 수공업자들이었다)이 되었으며, 유독 보수적이었다. 지금은 도쿠가와德川나 도요토미豊臣의 색채를 띤 무사들이 서로가 이 분수령에 서서 다음 패권을 호시탐탐 노리고 있었다.

게다가 출신도 모르고 또 무엇으로 생계를 유지하는지도 모르는 무사들이 도당을 짓거나 일문을 세워 그 세력을 넓혀가고 있었다.

또 당장이라도 도쿠가와와 도요토미 양대 세력이 뭔가 일을 벌일 것이 당연하면서도 틀림없었기 때문에 헛된 기대감을 품고 몰려든 낭인들이 개미 떼처럼 우글거렸다. 그런 낭인들과 공모해서 도박, 공갈, 협박, 유괴를 직업으로 삼아 한밑천 잡으려고 설치는 불량배도 날이 갈수록 늘어났고, 음식점이나 매춘부도 그와 더불어 늘어났다.

어느 시대에나 넘쳐나기 마련인 탐욕주의자나 기회주의자 같은 사람들도 노부나가信長가 읊은 "인생 50년, 한바탕 꿈처럼 덧없구나."라는 말을 단 하나의 진리로 받들며 술과 여자와 찰나의 향락에 푹 빠져 살다 일찌감치 생을 마감하는 것조차 마다하지 않았다.

그뿐이라면 상관없지만 그런 허무주의자 같은 인간들도 번드르르하게 정치관이니 사회관이니 떠들어대면서 도쿠가와 쪽인지 도요토미 쪽인지 분간할 수 없는 위장을 하고 그때그때 정세에 따라 진영을 넘나들며 좋은 연줄을 잡으려고 애쓰고 있었기 때문에 교토의 시정은 어지간한 관리가 아니고는 우선 감독을 할 수 없었다.

그래서 도쿠가와 이에야스德川家康의 눈이 되어 교토 쇼시다이所司代(에도 시대에, 교토의 경비와 정무政務를 담당하던 자)로 온 자가 이타쿠라 가쓰시게였다.

게이초慶長 6년(1601)에 요리키与力(에도 시대에 부교奉行·쇼시다이 등의 휘하에서 부하인 도신을 지휘하던 관직) 서른 명과 도신同心(경찰·서무를 담당한 하급 관리) 백 명을 딸려 보내며 가쓰시게를 교토 쇼시다이로 임명했을 때 이런 일이 있었다.

가쓰시게는 도쿠가와의 명을 받았을 때 바로 명을 받들지 않고 이렇게 말했다.

"집에 돌아가서 일단 아내와 상의해보고 나서 말씀드리겠습니다."

집에 돌아온 가쓰시게는 아내에게 임관 사실을 알리고 이렇게 덧붙였다.

"옛날부터 고위 현직에 임명됨으로써 도리어 가문이 망하고, 신세를 망친 자가 한둘이 아니오. 그 연유를 생각하니 모두 문벌門閥과 내실內室의 쓸데없는 간섭으로 인한 것이었소. 그래서 누구보다도 먼저 당신과 상의하는 것인데, 당신은 내가 쇼시다이가 되어도 교토의 장으로서 내가 하는 일에 일체 간섭하지 않겠다고 맹세한다면 그 명을 받들고자 하오."

그러자 아내는 공손하게 약속했다.

"아녀자가 어찌 그러한 일에 간섭하겠습니까?"

다음 날, 가쓰시게가 성에 들어가기 위해 옷을 입는데 속옷 자락이 접혀 있는 것을 본 아내가 그것을 펴주려고 하자 그는 아내를 꾸짖었다.

"당신은 벌써 약속을 잊은 것이오?"

그러고는 다시 아내에게 굳게 맹세를 하게 한 후에야 도쿠가와의 명을 받들었다고 한다.

이런 각오로 부임한 가쓰시게인 만큼 그는 실로 공명정대하고 준엄했다. 엄하고 무서운 사람이 상관으로 있다는 것은 꺼려질 법한 일일 수도 있지만, 교토의 백성들은 오히려 그를 아버지처럼 우러르며 집안에 가장이 생긴 것처럼 안심했다.

그런데 방금 뒤에서 이타쿠라가 온다고 소리친 자는 누구일까? 물론 요시오카 쪽 사람들은 모두 무사시와 대치하고 있었기 때문에 그런 말을 장난으로 할 리가 없었다.

6

이타쿠라가 온다는 말은 당연히 이타쿠라의 부하들이 온다는 의미로 받아들여졌다.

관리들이 참견하게 되면 상황이 난처해진다. 하지만 이런 번화가는 정기적으로 순찰을 돌게 마련이다. 그렇게 순찰을 돌던 관리들이 무슨 일인가 하고 달려왔는지도 모른다.

그건 그렇다 쳐도 방금 소리친 자는 정말 누구일까? 자신들 편이 아니라면 지나가던 사람이 주의를 준 것일까?

그런 생각으로 미이케 주로자에몬을 비롯해서 요시오카 문하생들의 눈이 소리가 난 쪽으로 일제히 쏠렸을 때였다.

"잠깐, 멈추시오."

관례도 올리지 않은 젊은 무사가 무사시와 요시오카 무리들 사이로 나서며 막아섰다.

"어?"

"너는?"

뜻밖이라는 눈빛으로 자신에게 쏠리는 요시오카 문하생들의 수많은 눈과 무사시의 눈앞에 나타난 자는 양쪽 모두 전부터 자신을 기억하고 있을 것이라는 표정으로 오만하게 서 있는 사사키 고지로佐々木小次郎였다.

"방금 대문 앞에서 가마를 내리니 칼부림이 벌어질 것이라고 떠들썩하더군. 설마 하긴 했지만 일찍이 이런 일이 일어날 거라고 각자들 걱정하지 않았는가. 난 요시오카 쪽 편도 아니고, 그렇다고 무사시 편도 아니다. 그러나 무사이자 검객인 이상 무문武門을 위해, 무사 전체를 위해 감히 그대들에게 말할 자격이 있다고 생각한다."

마에가미前髪(관례 전의 사내아이가 이마에 앞머리를 땋아 올리는 것)를 한 겉모습과는 어울리지 않는 웅변이었다. 그리고 그 말투며 사람을 무시하는 듯한 눈빛은 한마디로 오만함 그 자체였다.

"그래서 양쪽에 묻겠는데, 만약 여기로 이타쿠라 님의 수하라도 와서 거리를 소란스럽게 하는 불량배들이라고 시말서라도 받아간다면 양쪽 모두에게 부끄러운 일이 아닐까? 관리들이 끼어들게 되면 지금의 상황은 단순한 싸움으로밖에 취급되지 않을 터. 장소는 물론이고 시기도 나빠. 무사인 그대들이 세상의 질서를 어지럽히는 행동을 한다면 무사 전체의 수치가 될 것이다. 난 무사를 대표해서 양쪽에 말한다. 멈춰라. 여기서는 그만둬! 검으로 해결할 일이 있다면 검의 법도에 따라 다시 때와 장소를 잡아서 해야 하지 않을까?"

그의 연설에 압도되어 요시오카 사람들은 모두 할 말을 잃은 모습이었다. 미이케 주로자에몬은 고지로가 말을 마치자 그 말을 이어서 바로 강하게 말했다.

"좋다. 아무래도 그러는 것이 도리임에는 분명하지. 하지만 고지로, 그때까지 무사시가 도망가지 않는다고 보증할 수 있겠는가?"

"할 수도 있지만."

"그런 애매모호한 말은 받아들일 수 없다."

"허나 무사시도 살아 있는 사람이니……."

"도망치게 할 속셈이군."

"모르는 소리 마라!"

고지로가 질타했다.

"만약 그렇게 된다면 귀공들의 원한은 나에게 향할 터. 그렇게까지 해서 이자를 비호해야 할 우의도 의리도 나에겐 없다. 하지만 무사시 또한 이렇게 된 이상 설마 도망이야 치겠는가. 만약 교토에서 자취를 감춘다면 교토 한복판에 방을 써 붙여 천하의 조롱거리로 삼으면 될 것이다."

"아니 그것만으로는 충분치 않다. 무슨 일이 있어도 다시 약속을 잡는 그날까지 그대가 무사시의 신변을 확보하고 있겠다고 보증한다면 일단 오늘 밤은 돌아가도 좋다."

"잠깐, 무사시의 의향을 물어보기로 하지."

고지로는 빙글 돌아섰다. 아까부터 자신의 등을 노려보던 무사시의 눈길을 정면으로 맞받으면서 고지로는 몸을 앞으로 쭉 밀어내듯이 무사시에게 다가갔다.

7

"……."

"……."

입이 움직이기 전에 두 사람의 뜨거운 눈빛이 날카롭게 부딪쳤다. 맹수가 맹수를 보았을 때와 같은 침묵이었다.

이 두 사람의 성격은 선천적으로 맞지 않았다. 서로가 인정하고 있는 것을 서로가 두려워하고 있었다. 패기만만한 두 사람의 자부심은 부딪치는 순간 바로 불꽃을 튀길 것 같았다.

그리고 그것은 5조 대교 때와 마찬가지로 지금도 같은 심리로 맞부딪치고 있었다. 말을 교환하기도 전에 이미 눈동자와 눈동자가 서로의 감정을 다 이야기해버리며 무언의 의사로 남김없이 싸우고 있는 것이다.

그래도 한마디는 있었다. 이윽고 고지로가 먼저 입을 열었다.

"무사시, 어떤가?"

"어떤가라니?"

"지금, 요시오카 쪽과 내가 타협한 조건 말이다."

"알았다."

"됐나?"

"단, 그대의 조건에는 이의가 있다."

"나에게 몸을 맡기는 것이 불만인가?"

"세이주로 님, 그리고 덴시치로 님과의 두 번의 결투에서 나는 티끌만큼도 비겁한 짓은 하지 않았다. 그런데 무엇이 두려워서 남은 제자들에게 비겁하게 등을 보이고 도망가겠는가?"

"흠, 당당한 태도군. 그 말을 꼭 기억해두겠다. 허면 무사시, 원하는 날짜는?"

"날짜도 장소도 상대에게 맡기겠다."

"그것도 깔끔하군. 그렇다면 오늘 이후로 그대는 거처를 어디로 정하겠는가?"

"정해진 거처는 없다."

"거처를 모르면 결투장을 어떻게 전해주지?"

"지금 정하면 어기지 않고 그 시간에 나가겠다."

"흐음."

고지로는 고개를 끄덕이고 뒤로 물러갔다. 그러고는 미이케 주로자에몬을 비롯한 문하생들과 잠시 이야기를 나눈 후 다시 혼자 무사시에게 왔다.

"상대가 내일모레, 인시寅時 하각下刻(인시는 새벽 3시부터 5시까지. 각은 한 시진을 삼등분해서 상각·중각·하각으로 한다)으로 정하자고 한다."

"알겠다."

"장소는 에이 산叡山의 이치조 사一乘寺 산기슭, 야부노고藪之郷의 사가리마쓰下り松(옛날부터 여행자의 표시로 계속 심어온 소나무. 이치조 사의 상징이 되었고, 지금 남아 있는 소나무는 4대째다). 그 사가리마쓰 아래에서 만나기로 했다."

"이치조 사의 사가리마쓰라, 좋다. 알겠다."

"요시오카 쪽의 명목상 상대는 세이주로와 덴시치로의 숙부인 미부壬生 겐자에몬源左衛門의 아들 겐지로源次郎다. 겐지로는 요시오카 가문의 상속인이기에 그자를 대표로 내세우는 것이지만, 아직 나이가 어린 소년인 관계로 제자 몇 명이 결투에 나설 것이라는 사실을 미리 말해두겠다."

고지로는 그렇게 양쪽의 약속을 잡고 나서 목수 집 문을 두드리고 안으로 들어가 떨고 있는 두 목수에게 말했다.

"여기 쓸모없는 판자가 있을까? 팻말을 세우려 하니 적당하게 잘라서 여섯 자 정도의 말뚝에 박아주게."

목수가 판자를 잘라서 내밀자 고지로는 요시오카의 제자 한 명을 보내 붓과 먹을 가져오게 해서 판자에 결투의 취지를 적었다. 서로 글을 주고받는 것보다 사람들이 오가는 거리에 팻말을 세우는 것은 세상에 절대적인 약속을 공표하는 것이 된다.

무사시는 요시오카 측 제자가 그 팻말을 사람들의 눈에 가장 잘 띄는 곳에 세우는 것을 지켜보고 나서 남의 일처럼 버드나무 마장 쪽으로 걸음을 재촉하며 사라졌다.

8

버드나무 마장에서 우두커니 무사시가 오기를 기다리던 조타로는 몇 번이나 한숨을 내쉬며 드넓은 어둠 속을 둘러보고 있었다.

"늦네."

가마의 등불이 달려간다.

취객의 노랫소리가 비틀거리며 간다.

"정말 많이 늦네."

혹시나 하는 불안이 그에게도 없는 것은 아니다. 조타로는 느닷없이 야나기마치 쪽으로 뛰기 시작했다. 그때 맞은편에서 누군가 그를 부르는 소리가 들렸다.

"조타로, 어디 가느냐?"

"아, 스승님. 너무 늦어서 찾아보려고요."

"그래? 하마터면 엇갈릴 뻔했구나."

"대문 밖에 요시오카 놈들이 많지요?"

"있었지."

"아무 짓도 하지 않던가요?"

"응, 아무 짓도 하지 않더라."

"스승님을 잡으려고 하지 않았나요?"

"응, 그러지 않았어."

"그래요?"

조타로는 무사시의 얼굴을 올려다보며 그 낯빛을 살피듯이 다시 물었다.

"그럼, 아무 일도 없었겠네요?"

"그래."

"스승님, 그쪽이 아니에요. 가라스마루 님 댁으로 가는 길은 이쪽으로 돌아가야 돼요."

"아, 그러냐?"

"스승님도 오쓰 님을 빨리 보고 싶죠?"

"보고 싶구나."

"오쓰 님도 틀림없이 놀랄 거예요."

"조타로."

"예?"

"우리가 처음 만난 싸구려 여인숙 말인데, 거기가 어디였는지 기억나니?"

"기타노北野 말인가요?"

"그래그래, 기타노의 뒷골목이었어."

"가라스마루 님의 집은 아주 좋아요. 그런 싸구려 여인숙 같지가 않아요."

"하하하하, 그런 싸구려 여인숙과 비교가 되겠느냐."

"대문은 이미 닫혔겠지만 하인들이 드나드는 뒷문을 두드리면 열어줄 거예요. 스승님을 모시고 왔다고 하면 미쓰히로 님도 나올지 몰라요. 그런데 스승님, 다쿠안 스님은 정말 못됐어요. 내가 얼마나 화가 났는지 아세요? 스승님 같은 자는 그냥 내버려두라고 했어요. 그리고 스승님이 계신 곳을 분명히 알고 있으면서도 가르쳐주지 않았다고요."

무사시가 말이 없는 사람이라는 걸 잘 아는 조타로는 무사시가 한 마디도 하지 않고 듣고만 있어도 저 혼자 쉴 새 없이 떠들어댔다.

이윽고 가라스마루 가의 뒷문이 저편에 보였다.

"스승님, 저기예요."

조타로는 손가락으로 가리키며 우뚝 멈춰 선 무사시에게 가르쳐주듯 말했다.

"저 담장 위로 불빛이 비치는 곳 있죠? 저기가 오쓰 님이 자고 있는 방 근처예요. 저 불은 오쓰 님이 일어나서 기다리며 켜놓은 불일지도 몰라요."

"……."

"스승님, 빨리 들어가요. 제가 문을 두드려서 문지기를 깨울 게요."

조타로가 문을 향해 달려가려고 하자 무사시는 조타로의 손목을 잡으며 말렸다.

"아직 일러."

"왜 그래요?"

"난 이 집에 들어가지 않을 거다. 오쓰에게는 네가 말을 잘 전해주고."

"예? 뭐라고요? 그럼, 스승님은 왜 여기까지 왔어요?"

"널 바래다주러 왔을 뿐이야."

9

내심 만일의 변화를 우려하며 민감해져 있던 동심은 그 우려했던 예감이 별안간에 현실로 닥치자 크게 낙담했다. 조타로는 순간 절규에 가까운 소리를 질렀다.

"안 돼요, 안 돼! 스승님은 꼭 들어가야 해요!"

조타로는 무사시의 팔을 있는 힘껏 잡아당기며 바로 문 안쪽에 있는 오쓰의 베갯머리까지 어떻게 해서든 데리고 들어가려고 했다.

"소란 떨지 말거라."

무사시는 어둠 속에 깊이 잠겨 있는 가라스마루의 저택 안을 살피며 말했다.

"조타로, 내가 하는 말을 잘 듣거라."

"싫어요, 듣지 않을래요. 스승님은 아까 나와 같이 가겠다고 했잖아요!"

"그래서 여기까지 너와 함께 왔잖아."

"문 앞까지라고는 하지 않았잖아요. 난 오쓰 님과 만나는 걸 말한 거라고요. 스승이란 사람이 제자한테 거짓말을 가르쳐도 되는 거예요?"

"조타로, 그렇게 흥분할 일이 아니다. 진정하고 내가 하는 말을 잘 듣거라. 나는 가까운 시일 안에 또 생사의 갈림길에 서야 한다."

"무사는 늘 아침에 일어나 저녁에 죽을 각오를 배우는 것이라고 스승님이 입버릇처럼 말했잖아요. 그러니 그런 건 지금 새삼스러운 일도 아니에요."

"맞다. 내가 입버릇처럼 하던 말을 이렇게 너의 입으로 듣고 나니 도리어 내가 배우는 기분이 드는구나. 하지만 이번만은 나도 구사일생조차 기약할 수 없구나. 그러니 더욱 오쓰를 만나지 않는 편이 낫다는 거야."

"왜요? 왜요?"

"그건 너한테 말해줘도 이해하지 못한다. 너도 이다음에 어른이 되면 알 수 있을 거야."

"정말로…… 정말로 스승님은 가까운 시일 내에 죽을 수도 있어요?"

"오쓰에게는 말하지 말거라. 아프다고 하니 어서 건강을 되찾아서 앞으로는 더 나은 삶을 살라고…… 조타로, 알겠느냐? 내가 그리 말하더라고 전하거라. 그리고 방금 내가 한 말은 전하지 않는 것이 좋겠구나."

"싫어요, 싫어. 난 무조건 말할 거예요! 그런 일을 오쓰 님에게 어떻게 말하지 않을 수가 있겠어요? 다 말할 거니까 스승님, 들어가요."

"말귀를 못 알아듣는 놈이구나."

"하지만 스승님……."

무사시가 돌아보니 조타로는 눈물을 흘리고 있었다.

"하지만…… 하지만 그러면 오쓰 님이 너무 불쌍하잖아요. 오쓰 님한테 오늘 있었던 일을 말하면 오쓰 님의 병세는 더 나빠질 거라고요."

"그러니까 이렇게 말해주렴. 어차피 무사 수련 중에는 만나봐야 서로에게 아무런 도움이 되지 않는다, 수많은 어려움을 이겨내고 고생길을 찾아서 스스로를 고행의 밑바닥에 내던지지 않으면 수련의 결실을 보지 못한다고 말이다. ……알겠느냐, 조타로? 너 또한 지금 그 길을 가지 않으면 훌륭한 무사가 될 수 없을 게다."

"……."

무사시는 흐느껴 울고 있는 조타로를 보니 다시 가여운 생각이 들어서 그의 머리를 끌어안으며 말했다.

"언제 죽을지 모르는 것이 무사의 운명. 내가 죽은 후에는 너도 좋은 스승을 찾아보도록 하거라. 오쓰도 이대로 만나지 않고 가는 것이 그녀의 앞날을 위해서 좋을 것이고, 훗날 내 마음도 이해해줄 것이다. ……아아, 저기 담장 안쪽에 불빛이 비치는 곳이 오쓰가 있는 방이냐? 오쓰도 적적할 게다. 자, 너도 어서 돌아가서 잠을 자도록 해라."

10

억지를 부리고는 있었지만 조타로도 무사시의 고충을 어느 정도는 이해하고 있는 듯했다. 토라져서 흐느껴 울면서도 등을 돌리고 있는 것은 방금 전보다 이해의 깊이가 조금은 더 깊어졌다는 증거였다. 오쓰도 불쌍하고, 그렇다고 스승에게 더 이상 억지를 부리지도 못하고 갈팡질팡하는 동심의 오열이 토라져 보이는 것이었다.

"그럼, 스승님."

조타로가 갑자기 눈물로 범벅이 된 얼굴을 무사시에게 돌리더니 마지막으로 매달리듯이 말했다.

"수련이 끝나면 그때는 오쓰 님과도 반드시 만나실 거죠? 예, 예? 스승님의 수련이 스스로 이 정도면 됐다고 할 때가 오면 말이에요."

"그거야 뭐, 그때가 되면……."

"그때가 언젠데요?"

"언제라고 말할 수 있는 게 아니다."

"2년?"

"……."

"3년?"

"수련의 길에는 끝이란 것이 없어."

"그럼, 평생 오쓰 님을 만나지 않을 생각이에요?"

"나에게 천부적인 소질이 있다면 그 길에 이르는 날이 있겠지만, 나에게 소질이 없다면 평생이 걸려도 이런 어리바리한 상태로 머물지도 모르겠다. 무엇보다도 당장 생사의 갈림길에 서야 하는 처지야. 사지로 가는 사람이 어찌 앞으로 꽃도 피우고 열매도 맺어야 하는 젊은 여인과 앞날을 약속할 수 있겠느냐?"

무사시가 무심코 그런 말을 하자 조타로는 그 말의 요점을 아직은 이해하기 어려운지 조금 의아한 표정으로 물었다.

"그러니까 스승님…… 그런 약속은 하지 않는 것으로 하고, 그냥 오쓰 님을 만나면 되지 않나요?"

무사시는 조타로에게 말할수록 자기 말에 모순을 느끼면서 혼란스러웠다.

"그건 안 될 말이다. 오쓰도 젊고, 나도 젊어. 게다가 너한테 말하는 것조차 부끄러운데 오쓰를 만나면 나는 그녀의 눈물에 지고 말 것이다. 필시 그녀의 눈물에 나의 굳은 결심이 무너지고 말 거야."

야규柳生 장원에서 오쓰를 보고 도망쳤을 때와 오늘 밤의 심정이 겉으로는 똑같은 형태로 나타났지만 내면에서는 큰 차이가 있다는 것을 무사시는 자각하고 있었다.

하나다花田 다리에서도, 야규 골짜기에서도, 예전에는 단지 청운을 동경하는 혈기왕성함과 패기, 또 결벽증에 가까운 한결

같은 도덕심이 불이 물을 튕겨내듯 여심을 거부한 것에 지나지 않았지만, 지금의 무사시는 천성적인 야성이 서서히 다듬어져감에 따라 자신의 나약한 일면을 당연히 깨달아가고 있었다.

두 번 다시 태어날 수 없는 생명의 고귀함을 알게 된 만큼 그 생명을 잃는다는 두려움도 알게 되었다. 검으로 살아가는 인간 외에도 다양한 삶의 길을 가고 있는 사람들이 있다는 시야를 갖게 된 후로는 독선적인 자부심 또한 약해지게 되었다. 여자에 대해서도 무사시는 그 매력을 요시노에게서 보았고, 자기라는 실체 속에서 '여자'에게 갖는 인간의 모든 욕정을 알기 시작했다. 그래서 지금 무사시는 그 대상을 두려워하기보다도 자신의 마음을 두려워하는 것이었다. 특히 그 대상이 오쓰라면 그녀를 이긴다는 자신감도 없었고, 또 그녀의 일생을 생각하지 않고 그녀를 생각할 수도 없었다.

무사시는 훌쩍훌쩍 울고 있는 조타로에게 말했다.

"알았느냐?"

무사시의 말에 조타로는 눈물로 범벅이 된 얼굴을 들고 그를 보았지만 눈앞에는 눈물에 젖은 안개만이 어둠 속에 자욱하게 보일 뿐이었다.

"앗, 스승님!"

조타로는 쿵쾅쿵쾅 긴 토담의 모퉁이까지 달려갔다.

11

조타로는 큰 소리로 무사시를 불러보았지만, 이내 소용없다는 것을 알고 와락 눈물을 쏟으며 토담에 얼굴을 묻었다.

"……."

옳은 일이라 믿어 의심치 않던 어린 마음이 어른의 판단에 의해 뒤집히면 그것에 복종은 해도, 이해는 해도, 분한 마음은 어쩔 수 없는 모양이다.

조타로는 실컷 울다가 목소리가 잠기자 어깨를 들썩이면서 흐느껴 울었다.

그때 가라스마루 댁의 하녀인지, 누군가 집으로 돌아오다 뒷문 밖에서 잠시 멈춰 서는 사람이 있었다. 그러고는 어둠 속에서 우는 소리를 들었는지 장옷을 뒤집어쓴 채 조타로 쪽으로 조심조심 다가왔다.

"조타로?"

그녀는 다시 확인하듯 불렀다.

"조타로니?"

조타로는 두 번째 목소리에 깜짝 놀란 듯 얼굴을 들었다.

"오쓰 님?"

"그런 데서 왜 울고 있어?"

"오쓰 님이야말로 병자가 왜 밖으로 나돌아다녀요?"

"왜라니, 너처럼 남을 걱정시키는 사람도 없구나. 나에게도 그렇고, 이 집 사람들한테도 아무 말 없이 도대체 지금까지 어디를 돌아다니다 온 거니? 어두워져도 돌아오지 않고, 문 닫을 때가 되어도 모습이 보이지 않으니 얼마나 걱정했는지 몰라."

"그럼, 날 찾으러 나온 거예요?"

"혹시 무슨 일이라도 생긴 건 아닌지 걱정되어서 자고 있어도 잠을 잘 수가 있어야지."

"바보. 병자가 이러고 다니다 또 열이 나면 어쩌려고요? 자, 빨랑 들어가서 누워요."

"그보다 넌 왜 울고 있었니?"

"나중에 말할게요."

"아니야, 예삿일 같지 않으니 무슨 일인지 어서 얘기해봐."

"자고 나서 말할 테니까, 오쓰 님이야말로 빨리 들어가서 자요. 내일 또 끙끙 앓아도 난 몰라요."

"그럼, 방에 들어가서 잘 테니까 조금만 얘기해줘. ……너 다쿠안 스님의 뒤를 쫓아갔었지?"

"예……."

"다쿠안 스님께 무사시 님이 계신 곳을 들었니?"

"그런 인정머리 없는 중은 정말 싫어요."

"그럼, 무사시 님이 계신 곳은 결국 알아내지 못했다는 거니?"

"예."

"알았다."

"그러니까 빨랑 들어가서 자요. 나중에 말할 테니까."

"왜 속 시원히 말하지 못하고 자꾸만 나한테 숨기는 걸까? 그렇게 못되게 굴면 나도 자지 않고 여기에 그냥 있을 테야."

"쳇."

조타로는 또 눈물이 날 것 같은지 눈썹을 찡그리며 오쓰의 손을 잡아당겼다.

"이 병자나 스승님이나 왜 이렇게 내 속을 썩이는지. ……오쓰 님의 이마에 차가운 물수건을 올려놓지 않고서는 얘기할 수 없는 일이에요. 자, 어서 들어가요. 들어가지 않으면 내가 업고 가서 이불 속에 내던질 거예요."

조타로는 한 손으로 오쓰의 손을 잡고 다른 한 손으로는 문을 쾅쾅 두드리면서 짜증스럽게 소리를 질렀다.

"문지기 아저씨, 아저씨! 병자가 이부자리에서 밖으로 도망 쳤잖아요. 문 열어요. 빨리 열지 않으면 병자가 꽁꽁 얼 거예요."

내일을 기다리며 마시는 술

1

송글송글 이마에 땀이 맺힌 혼이덴 마타하치本位田又八는 술도 조금 영향을 준 듯한 낯빛으로 5조에서 산넨 고개三年坂로 한눈 한 번 팔지 않고 한달음에 달려왔다.

전에 묵었던 여관이다. 돌멩이가 많은 고개 중간부터 지저분한 나가야몬長屋門(좌우로 여러 가구가 살 수 있도록 칸을 막아 길게 만든 집인 나가야長屋의 가운데에 있는 문)을 지나 밭 안쪽에 있는 별채까지 온 그는 오스기ぉ杉를 불렀다.

"어머니."

그는 방 안을 들여다보고는 혀를 끌끌 찼다.

"뭐야, 또 낮잠이야?"

우물가에서 한숨 돌린 다음 손발을 씻고 방으로 들어왔는데도 노모는 아직 일어날 줄 모르고 어디가 코인지 입인지 모를 정도로 베개에 얼굴을 파묻은 채 코까지 골며 자고 있었다.

"쳇, 꼭 도둑고양이처럼 틈만 나면 자는군."

깊이 잠든 줄 알았던 오스기가 그 소리에 실눈을 뜨며 벌떡 일어났다.

"뭐라고?"

"깜짝이야, 다 들었어요?"

"어미한테 그게 무슨 말버릇이냐? 이렇게 자두는 것이 내 보양책이다."

"보양이야 좋지만, 내가 잠시라도 방에서 쉴라 치면 젊은 놈이 맥아리가 없다느니 그럴 시간에 단서될 만한 거라도 찾아오라느니 하며 달달 볶으면서 자기는 낮잠만 자고 있으니 아무리 어머니라도 너무하잖아요."

"그건 좀 미안하구나. 마음은 그렇지 않은데 몸은 나이를 속일 수 없으니. ……게다가 그날 밤에 너랑 둘이서 오쓰를 잡아 죽이려다가 실패해서 크게 낙담한 데다 다쿠안에게 잡힌 손목이 아직도 쑤시는구나."

"제가 팔팔할 때는 어머니가 앓는 소리를 하고, 어머니가 건강하다 싶으면 제 기력이 떨어지니, 이래서는 다람쥐 쳇바퀴 도는 거나 매한가지네요."

"그게 무슨 말이냐? 오늘은 나도 좀 쉬려고 하루 종일 잠을 잤지만, 아직은 너한테 약한 소리를 할 만큼 늙지는 않았다. 그건 그렇고 마타하치야, 밖에서 오쓰의 행방이나 무사시의 소식에 대해 들은 건 없느냐?"

"아니요, 듣지 않으려고 해도 벌써 세상이 떠들썩하게 소문이 났어요. 그걸 듣지 못한 사람은 낮잠이나 자고 있는 어머니밖에 없을걸요?"

"떠들썩하게 소문이 났다고?"

오스기는 무릎걸음으로 다가왔다.

"그게 뭐냐, 마타하치?"

"무사시가 또 요시오카 쪽과 세 번째 결투를 한대요."

"그래? 언제, 어디서?"

"기루의 대문 앞에 그 팻말이 걸려 있었는데, 장소는 그냥 이치조 사 마을이라고만 되어 있고, 자세한 것은 적혀 있지 않았어요. 날짜는 내일 새벽 무렵이고요."

"마타하치야."

"왜요?"

"그 팻말을 기루의 대문 앞에서 보았다고?"

"예. 사람들이 엄청 많았어요."

"그럼, 대낮부터 그런 곳에서 뻔뻔하게 놀고 있었단 말이냐?"

"다, 당치도 않아요."

마타하치는 황급히 손을 저었다.

"가끔 술을 좀 마시기는 하지만 저는 그 이후로 다시 태어난 사람처럼 무사시와 오쓰의 행방을 수소문하며 돌아다니기만 하는데, 그렇게 어머니한테 매도를 당하니 너무 억울하네요."

오스기는 문득 아들이 딱해 보였다.

"얘야, 기분 풀거라. 어미가 농담 좀 한 거다. 네가 마음을 굳게 먹고 예전같이 그런 짓을 하지 않는다는 것은 이 어미도 잘 알고 있다. 그런데 무사시와 요시오카 무리의 결투가 내일 새벽이라니 급하게 됐구나."

"인시 하각이라니까 날이 아직 어두울 때예요."

"너 요시오카의 문하생 중에 아는 사람이 있다고 했지?"

"없는 건 아니지만, 그렇다고 해서 그다지 좋은 일로 알게 된 사람은 아니에요. 근데 왜요?"

"날 데리고 요시오카의 4조 도장으로 가자. 너도 바로 준비하거라."

2

늙은이의 조바심이라는 것은 너무나 제멋대로다. 지금까지 한가롭게 낮잠을 자던 일은 까맣게 잊고 오스기는 도리어 마타하치의 행동이 굼뜬 것을 못마땅하다는 듯 얼굴을 찡그리며 다그쳤다.

"마타하치, 서두르지 못하겠느냐!"

마타하치는 아무 준비도 하지 않고 태평하게 말했다.

"어디 처마에 불이라도 붙은 것처럼 왜 그렇게 서둘러요? 그리고 도대체 요시오카 도장에 가서 뭘 어쩔 생각인데요?"

"뻔한 걸 묻는구나. 모자가 함께 부탁해보려는 거다."

"뭘요?"

"내일 새벽, 요시오카의 제자들이 무사시와 싸운다고 하니 그들 사이에 우리 모자도 끼워달라고 해서 미력하나마 힘을 보태 무사시 놈을 처치해야 되지 않겠느냐."

"하하하, 하하하하……. 어머니, 농담이죠?"

"왜 웃어?"

"너무나 태평한 말씀을 하시니까요."

"그건 너지."

"제가 태평한지, 어머니가 태평한지 거리로 나가서 세상에 떠도는 소문을 좀 들어보세요. 요시오카 쪽은 먼저 세이주로가 패하고, 이어서 덴시치로가 칼에 맞아 죽었어요. 이번이야말로 마지막 일전으로 생각하고, 이미 망한 것이나 다름없는 4조 도장의 제자들을 모두 끌어모아 무슨 수를 써서라도 무사시를 죽이려고 안달이라고요. 스승의 원수를 제자들이 갚는 데 굳이 정상적인 수단이나 예의에 얽매일 필요가 없다고 공공연히 말하면서 이번에는 떼로 달려들어서 무사시를 죽이고야 말겠다고 대놓고 말하고 있다고요."

"흐음, 그래?"

오스기는 듣는 것만으로도 즐거운지 눈을 가늘게 뜨며 좋아했다.

"그럼, 제아무리 무사시라 해도 이번만큼은 살아남지 못하겠구나?"

"아니요, 그건 어떻게 될지 몰라요. 요시오카 쪽에서 그렇게 나온다면 필시 무사시도 같이 싸워줄 사람들을 끌어모아 대적할 것이고, 만약 그렇게 되면 전쟁이 벌어지는 것과 같은 싸움이 될 것이라고 교토에는 지금 그 소문이 파다하다고요. 그런 싸움에 힘도 없는 어머니가 참가하겠다고 하면 누가 상대나 해주겠어요?"

"음…… 그건 그렇겠구나. 허면 우리 모자는 여태껏 추적해온 무사시가 남의 손에 죽는 것을 그냥 잠자코 보고만 있어야 한다는 말이냐?"

"그러니까 제 생각엔 이래요. 내일 새벽녘까지 이치조 사 마을에 가 있으면 결투 장소는 물론 어떻게 돌아가고 있는지도 반드시 알 수 있을 거예요. 만약 무사시가 요시오카 패거리한테 죽으면 우리가 나서서 무사시와 우리의 원한에 대해 상세히 이야기하고 무사시의 시체에 칼을 꽂아 한을 푸는 겁니다. 그러고 나서 무사시의 머리카락이든 한쪽 소매든 받아서 고향으로 돌아가 고향 사람들에게 우리가 이렇게 무사시를 죽였다고 말하면 우리의 체면도 설 거예요."

"그렇군. 내 생각도 지혜롭지만 네 말대로 하는 수밖에 없겠구나."

오스기는 자세를 고쳐 앉으며 끄덕였다.

"그래, 그리 해도 고향에 돌아갈 면목은 서겠어. ……그 후엔 오쓰 혼자 남게 되고, 무사시만 죽으면 오쓰는 나무에서 떨어진 원숭이나 마찬가지야. 발견하는 즉시 처치하는 건 식은 죽 먹기지."

혼잣말로 중얼거리더니 늙은이의 조바심도 이내 진정되는 듯했다.

마타하치는 다시 술 생각이 난다는 듯 말했다.

"그럼, 그렇게 하기로 하고 내일 새벽 인시가 되기 전까지는 느긋하게 쉬자고요. ……어머니, 좀 이르지만 저녁 먹으면서 반주 한 잔 어떠세요?"

"술? 음…… 여관 사람에게 말하고 와야겠다. 미리 축하한다는 의미로 나도 조금 마실 만큼만……."

오스기가 귀찮다는 듯 손으로 무릎을 짚고 일어서려는데 마타하치는 무엇을 보았는지 놀란 눈으로 옆에 있는 작은 창을 바라보았다.

얼핏 하얀 얼굴이 창밖으로 보였다. 마타하치가 놀란 것은 단지 그것이 젊은 여자였기 때문만은 아니었다.

"앗, 아케미朱実잖아?"

그는 창가로 달려갔다.

도망치려다가 걸린 새끼 고양이처럼 아케미는 나무 아래에 엉거주춤하게 서 있었다.

"마타하치 님이었군요."

그녀도 놀란 듯한 표정이었다.

그리고 이부키 산伊吹山에서 살던 때처럼 지금도 여전히 그녀의 허리춤인지 소매인지에 매달려 있는 방울이 그녀가 움직일 때마다 몸을 떨듯이 울었다.

"대체 어떻게 된 거야? 갑자기 여긴 어떻게 온 거야?"

"그게…… 저 이 여관에서 아주 오래전부터 묵고 있었는데요."

"흐음, 그런 줄은 전혀 몰랐어. 그럼, 오코お甲도 같이 있는 거야?"

"아니요."

"혼자서?"

"예."

"이제 오코와는 같이 있지 않는 거야?"

"기온 도지祇園藤次라고 알죠?"

"응."

"그 사람과 둘이서 작년 말에 세간을 정리해서 다른 고장으로 달아났어요. 전 그전에 벌써 양어머니와는 헤어졌고……."

방울 소리가 미세하게 떨렸다. 어느새 아케미가 소매로 얼굴을 가린 채 울고 있었다. 나무 그늘 사이로 비치는 푸른 햇빛 때문인지 아케미의 목덜미와 예쁘고 가는 손마디는 마타하치가 기억하는 아케미와는 사뭇 달라 보였다. 이부키 산의 집과 요모기야蓬屋에서 아침저녁으로 보던 소녀의 싱그러움은 어디에서도 찾아볼 수 없었다.

"마타하치야, 누구니?"

등 뒤에서 오스기가 수상쩍어하며 묻자 마타하치가 돌아보며 대답했다.

"어머니한테도 언젠가 얘기한 적이 있을 거예요. 그…… 오코의 딸이요."

"그 아이가 왜 우리 얘기를 창밖에서 엿듣고 있었던 거냐?"

"그렇게 나쁘게 생각하실 건 없어요. 이 여관에 묵고 있는데 우연히 거기에 서 있었던 거니까요. 그렇지, 아케미?"

"예, 맞아요. 설마 여기에 마타하치 님이 있을 거라고는 꿈에도 생각하지 못했어요. 다만 언젠가 이리로 길을 잘못 들어서 왔을 때 오쓰라는 사람은 봤지만요."

"오쓰는 이제 여기에 없어. 너, 혹시 오쓰와 무슨 이야기라도 나눈 거야?"

"딱히 깊은 얘기는 아무것도 나눈 것이 없지만, 나중에 생각 났어요. 그녀가 마타하치 님을 고향에서 기다리던 약혼녀라는 것이요."

"음…… 전엔 그런 적도 있었지."

"마타하치 님도 제 양어머니 때문에……."

"넌 그 후로 계속 혼자 지내고 있는 거야? 모습이 많이 달라 졌어."

"저도 양어머니 때문에 많이 힘들었어요. 그래도 길러준 은혜 때문에 꾹 참고 지냈지만, 작년 말에 더는 참을 수 없는 일이 있 어서 스미요시住吉로 놀러 갔을 때 혼자 도망친 거예요."

"너나 나나 그 여자 때문에 창창한 미래가 엉망진창이 되어버 렸구나. 빌어먹을, 그 대신 그 여자도 편히 죽지는 못할 테니 두 고 보자고."

"그런데 저는 앞으로 어떻게 하면 될까요?"

"나 역시 앞날이 캄캄해. 그놈한테는 한 말도 있고 해서 어떻 게든 복수를 해야겠다는 마음은 굴뚝같지만…… 아아…… 그 건 마음뿐이고."

아까부터 혼자서 행장을 꾸리던 오스기는 창문 너머로 똑같 이 신세 한탄을 하는 두 사람의 대화를 듣고 혀를 찼다.

"마타하치야. 볼일도 없는 사람과 무슨 이야기를 그렇게 주저리주저리 늘어놓고 있는 게냐? 오늘 밤 안으로 이 여관에서도 떠나야 하니 채비를 하게 너도 좀 돕거라."

4

아케미는 뭔가 할 말이 더 있는 듯한 모습이었지만 오스기의 눈치가 보여서 풀이 죽어 돌아갔다.

"마타하치 님, 그럼 나중에 또……."

얼마 후 두 사람이 머물고 있는 별채에도 등불이 켜졌다. 저녁 상에는 주문한 술이 같이 올라와 있었고, 모자가 서로 술잔을 주고받는 사이에 쟁반 위에 계산서가 놓였다. 여관의 종업원과 주인 등이 번갈아가며 작별 인사를 하러 왔다.

"오늘 밤에 떠나신다는 얘기를 듣고 왔습니다. 오랫동안 머무르셨는데 대접이 영 변변치 못했네요. 모쪼록 너그러이 용서하시고 교토에 또 오실 일이 있으시면 꼭 들러주십시오."

"그럼요, 또 신세를 질지도 모르겠습니다. 연말부터 해서 벌써 석 달이 넘었구려."

"왠지 섭섭합니다."

"주인장, 이별주나 한 잔 받으시지요."

"감사히 받겠습니다. 그런데 할머님께선 이제 고향으로 돌아가시는 겁니까?"

"아니오. 언제 고향으로 돌아갈지 아직은⋯⋯."

"한밤중에 떠나신다고 들었는데 어째서 그런 시간에⋯⋯."

"갑자기 중요한 일이 생겨서. ⋯⋯그런데 댁에 이치조 사 마을의 지도 같은 게 있소?"

"이치조 사 마을이라면 시라카와白河의 맨 끄트머리이고 에이 산과 가까운 한적한 산골마을인데, 그런 곳엘 날이 밝기도 전에⋯⋯."

마타하치가 옆에서 주인장의 말을 끊고 말했다.

"뭐든 상관없으니까 포장지 끄트머리에라도 그 이치조 사 마을로 가는 약도를 좀 그려주시오."

"알겠습니다. 마침 이치조 사 마을 출신의 저희 종업원이 있으니 그에게 물어봐서 알아보기 쉽게 그림으로 그려드리라고 하겠습니다. 그런데 이치조 사 마을이 워낙 넓은 곳이라⋯⋯."

마타하치는 조금 취해 있었다. 필요 이상으로 정중한 척하는 주인장의 말이 성가시다는 듯 말했다.

"그런 걱정까지는 하지 않아도 됩니다. 그냥 길만 가르쳐주시오."

"죄송합니다. 그럼 천천히 채비하십시오."

주인장은 손바닥을 비비며 툇마루로 물러갔다. 그때 본채에서 종업원 서너 명이 별채로 달려와 주인장을 보더니 그중 한 명이 다급하게 말했다.

"주인어른, 이쪽으로 누가 도망쳐오지 않았습니까?"

"무슨 일이냐? 누가?"

"얼마 전부터 안채에서 혼자 묵던 여자 말입니다."

"도망쳤느냐?"

"저녁 무렵까지는 분명히 있었던 것 같은데, 아무래도 방 안 기척이……."

"없더냐?"

"예."

"멍청한 놈들."

주인장의 얼굴이 끓는 물을 마신 것처럼 변했다. 손님 앞에서 손바닥을 비비며 공손하게 굴 때와는 완전히 다른 사람이 된 것처럼 거친 말을 쏟아냈다.

"도망친 다음에 소란을 떨어봐야 소 잃고 외양간 고치는 격. 겉모습만 봐도 처음부터 곡절이 있는 여자라는 건 알 수 있었다. 그런데도 7, 8일이나 묵고 나서 한 푼도 없다는 걸 너희들은 이제야 알았다는 것이냐? 그런 정신머리로 여관 장사를 어찌하겠느냐?"

"죄송합니다. 정말 순진한 아가씬 줄 알고…… 감쪽같이 속아 넘어갔습니다."

"밥값이며 여관비를 날린 것은 어쩔 수 없다 쳐도 다른 손님

들이 분실한 것은 없는지부터 먼저 알아보고 오너라. 에이, 괘
씸한 년!"

주인장은 혀를 차며 문밖의 어둠 속을 매섭게 노려보았다.

5

모자는 밤이 깊어지길 기다리면서 술병을 몇 병이나 비웠다.
결국 오스기가 먼저 밥그릇을 들며 말했다.

"마타하치, 너도 이제 술은 그만 마시거라."

"이것만 마시고요."

마타하치는 들고 있던 술잔을 비우고 말했다.

"밥은 됐어요."

"물이라도 말아서 먹어두지 않으면 건강에 좋지 않아."

종업원들이 든 등불이 앞쪽에 있는 밭이며 골목 어귀를 분주
히 드나들었다.

"아직 못 잡은 모양이군."

오스기가 그것을 보고 중얼거리더니 다시 말했다.

"괜히 엮였다가 귀찮아질 것 같아 잠자코 있었다만 여관비를
떼먹고 도망쳤다는 여자가 아까 창가에서 너랑 얘기하던 그 아
케미 아니냐?"

"그럴지도 모르죠."

"오코가 키운 양녀라니 올바른 아이는 아니지 싶다. 그런 아이는 만나도 앞으로는 말을 섞지 말거라."

"생각해보면 불쌍한 아이에요."

"다른 사람에게 폐를 끼칠 수는 있지만 여관비를 내지 않고 도망쳤다는 건 이해할 수 없구나. 여길 떠날 때까지는 모르는 척해라."

"……."

마타하치는 다른 생각을 하고 있는지 머리카락을 쥐어뜯으며 누워버렸다.

"몹쓸 년 같으니. 지금도 눈앞에 그년의 얼굴이 어른거리는 것 같네. 내 인생을 망친 원수는 무사시도 오쓰도 아닌 바로 그 오코란 년이야."

오스기가 듣고 있다가 나무랐다.

"무슨 소리냐! 오코 같은 계집은 죽여봤자 고향 사람들은 알아주지도 않을뿐더러 가문의 체면도 서지 않아."

"아아, 사는 게 다 귀찮다."

그때 여관 주인이 툇마루 끝에서 등불을 들고 나타났다.

"할머님, 축시丑時입니다."

"그래, 그럼 일어나 볼까?"

"이제 가려고요?"

마타하치는 기지개를 켜며 물었다.

"주인장, 아까 도망친 여자는 잡았소?"

"아니요, 아직 못 잡았습니다. 얼굴이 반반해서 혹여 여관비나 선금은 받지 못해도 묵게 해준 값은 하지 않을까 하고 안심하고 있다가 뒤통수를 맞았습니다."

마타하치는 툇마루로 나가 짚신 끈을 묶으면서 뒤를 돌아보았다.

"어머니 뭐 하세요? ……나한테는 서두르라고 재촉하고선 늘 자기가 꾸물거린단 말이야."

"잠깐 기다려보거라. 정신 사납게 하지 말고. ……마타하치, 그걸 너한테 맡기지 않았니?"

"뭘요?"

"이 보따리 옆에 놔둔 내 돈주머니 말이다. 숙박비는 몸에 지니고 있던 돈으로 치르고 당장 노잣돈으로 쓸 돈은 그 속에 넣어두었는데."

"전 몰라요."

"앗, 마타하치. 이리 와보거라. 이 보따리에 마타하치 님 어쩌구 하며 쪽지가 묶여 있구나. ……뭐라고? ……이런 뻔뻔한 년. 돈을 빌려가니 옛정을 생각해서 용서해달라고 적혀 있구나."

"흐음…… 그럼, 아케미가 가져갔네요."

"돈을 훔쳐가놓고 용서해달라니. ……이보시오, 주인장. 손님이 도둑을 맞으면 주인에게도 책임이 있는 법. 어쩔 거요?"

"허어…… 그럼, 할머님께선 무전취식하고 도망간 그 계집을 전부터 알고 계셨단 말입니까? 그렇다면 저희가 떼인 숙박비 등을 먼저 해결해주셔야 되겠습니다."

주인장이 그렇게 말하자 오스기는 펄쩍 뛰며 고개를 가로저었다.

"무, 무슨 말이오! 그런 도둑년을 내가 어찌 알겠소? 마타하치, 우물쭈물하다가는 새벽닭이 울겠다. 어서 떠나자, 어서."

필살의 땅

1

아직 달이 떠 있었다. 아침이라고 하기에는 너무 이르다. 자기들의 그림자가 하얀 길 위에 까맣게 겹쳐서 움직이는 것이 어딘지 신기하게 보였다.

"의외네."

"음, 모르는 얼굴이 꽤 되는군. 그래도 150명은 모일 줄 알았는데."

"저 정도면 절반이나 될까?"

"나중에 미부 겐자에몬 님과 그 자제분에 친척들까지 합치면 60~70명은 되겠지."

"요시오카 가문도 망했군. 세이주로와 덴시치로 두 기둥이 쓰러졌으니 말이야."

한 무리의 사람들이 이런 말을 하며 웅성거리고 있을 때 저편의 무너진 돌담에 앉아 있던 또 다른 무리에서 누군가가 이쪽을 향해 고함치듯 말했다.

"허튼소리 하지 마라. 이 세상에 성쇠는 늘 있는 일이다."

또 다른 무리에서도 누군가가 소리쳤다.

"오지 않은 놈은 내버려둬. 도장을 닫았으니 각자 살 길을 찾아간 놈도 있을 테고, 앞으로의 득실을 따지는 놈도 있을 거야. 당연한 일이야. 그중에서 끝까지 의리를 지키고자 하는 제자들만 자발적으로 이곳에 모인 거야."

"100이니 200이니 머릿수만 많으면 오히려 방해만 돼. 상대는 단 한 명이잖아."

"하하하. 누가 또 큰소리를 치는군. 렌게오인蓮華王院에선 어땠지? 그때 함께 있던 자들은 두 눈 멀쩡히 뜨고 무사시가 가는 걸 보고만 있지 않았나?"

에이 산, 이치조 사 산, 뇨이가타케如意ヶ岳(타케岳는 높은 산을 뜻함)······ 등 뒤에 있는 산들이 모두 움직이지 않는 구름의 품에 안겨 깊이 잠들어 있었다.

이곳은 속칭 야부노고의 사가리마쓰, 이치조 사 터의 시골길과 산길이 세 갈래로 갈라지는 길목이었다.

새벽달을 뚫고 키가 훌쩍 큰 한 그루의 소나무가 가지를 드리우고 있었다. 이치조 사 산의 완만하게 경사진 들판으로 산과 바로 연결된 곳이라 길은 모두 경사가 져 있는 데다 돌멩이가 많고,

비가 내릴 때는 물길이 몇 갈래나 생겼다.

요시오카 도장 사람들은 사가리마쓰를 중심으로 달무리처럼 모여 있었다.

"이 길이 세 갈래로 나뉘어 있으니 무사시가 어디에서 올지 생각해야 돼. 우리 일행을 세 패로 나눠서 중간에 매복하고, 사가리마쓰에는 명목상의 대표인 겐지로 님과 미부의 겐자에몬 님, 그 외에 호위무사 격으로 미이케 주로자에몬 님과 우에다 료헤이 님 같은 고참들 열 명 정도가 뒤를 받치면 될 듯하군."

누군가 지형을 살피며 이렇게 말하자 다른 자가 말했다.

"아니, 여기는 장소가 협소하기 때문에 한 곳에 너무 많은 사람이 모여 있으면 도리어 불리할 거야. 그보다 조금 거리를 두고 무사시가 오는 길에 숨어 있다가 무사시가 지나가는 순간 앞뒤에서 일시에 에워싸고 공격하면 무사시도 감당하지 못할 거네."

사람이 많아서 그런지 그들의 사기는 하늘을 찌를 듯했다. 모였다가 흩어지곤 하는 자들은 모두 긴 칼이나 창을 들고 있었는데, 그들 중에는 비겁해 보이는 자가 한 명도 없었다.

"왔다, 왔어!"

아직 시간이 많이 남았다는 걸 모두 알고 있었지만 누군가 이렇게 소리를 지르며 달려오자 그들은 온몸의 털이 곤두서는 듯한 느낌을 받으며 순간 벙어리가 되었다.

"겐지로 님이다."

"가마로 오시는군."

"아무래도 아직은 나이가 어리시니."

멀리 사람들의 눈길이 향한 곳에 서너 개의 제등이 보였다. 제등은 휘영청 밝은 달빛 아래를 에이 산에서 불어오는 바람을 맞으면서 깜빡깜빡 다가오고 있었다.

2

"오, 다들 모였군."

가마에서 내린 이는 노인이었다. 그리고 다음 가마에서 열서너 살로 보이는 소년이 내렸다. 소년과 노인은 흰 머리띠를 두르고 하카마 자락을 높이 걷어 올리고 있었다. 미부의 겐자에몬 부자였다.

"겐지로."

노인은 아들에게 말했다.

"넌 이 사가리마쓰 아래에 서 있으면 된다. 소나무 아래에서 움직이면 안 된다."

겐지로는 묵묵히 고개를 끄덕였다. 그 머리를 쓰다듬으면서 노인은 말을 이었다.

"오늘 결투는 네가 명목상의 대표로 되어 있지만 실제 싸움은 다른 제자들이 할 것이다. 너는 아직 어리니 여기에서 가만히 지켜보기만 하면 된다."

겐지로는 고개를 끄덕이고 순순히 소나무 아래로 가서 늠름하게 섰다.

"아직은 괜찮다. 새벽까지는 아직 시간이 많이 남았어."

겐자에몬은 사람들에게 여유 있는 모습을 보이려는 듯 허리춤을 뒤져 대통이 큰 담뱃대를 꺼냈다.

"불은 없느냐?"

"미부 어르신, 부싯돌은 얼마든지 있지만, 그전에 사람들을 나누는 게 어떨지요?"

미이케 주로자에몬이 앞으로 나서며 말했다.

"그것도 일리가 있군."

비록 혈족이라 해도 어린 아들을 명목상 대표로 내세우는 것을 꺼리지 않을 정도로 겐자에몬은 호방한 노인이었다.

"그럼 서둘러 준비하고 적을 기다리도록 하세. 그런데 이 사람들을 어떻게 나누는 것이 좋겠는가?"

"이 사가리마쓰를 중심으로 세 갈래 길에 각각 약 20간(1간은 약 1.8미터)씩 거리를 두고 길 양쪽에 매복하려고 합니다."

"그럼 이곳엔?"

"겐지로 님 곁에는 저와 어르신, 그리고 열 명 정도가 지키는 것이 좋을 듯합니다. 그리고 세 갈래 길 어느 한쪽에서 무사시가 나타났다는 신호가 오면 바로 그곳으로 합세해서 일거에 그를 죽여버릴 계획입니다."

"잠깐 기다려보게."

그는 노인답게 잠시 생각에 잠겼다가 말을 이었다.

"사람들을 여러 곳으로 나눈다면 무사시가 어느 길로 올지 모르니 맨 처음 그를 상대하게 될 사람 수는 스무 명 정도밖에 되지 않네."

"그 정도 인원이 일제히 포위하고 있는 사이에……."

"아니 그렇지 않아. 무사시에게도 몇 명 가세할 것이 분명하네. 뿐만 아니라 그때 눈 내리던 밤에 덴시치로와 승부를 가린 후 렌게오인에서 도망치는 모습을 봐도 무사시란 놈은 칼도 잘 쓰지만 도망치는 데도 능하더군. 이른바 삼십육계 줄행랑이 상책이라는 병법을 잘 아는 자란 말일세. 그러니 약해 보이는 자들 서너 명에게 달려들어 부상을 입힌 후 재빨리 도망치고는 나중에 요시오카의 제자들 70여 명을 상대로 혼자서 싸워 이겼다고 떠들고 다닐지 누가 알겠는가?"

"아니, 그리 되게 놔두진 않겠습니다."

"말해봐야 입만 아프지. 그리고 무사시 쪽에 몇 명이 가세하든 세상 사람들은 그의 이름 하나만 기억할 걸세. 한 명과 다수의 대결, 세상 사람들은 다수 쪽을 더 미워하는 게 이치야."

"알겠습니다. 그러니까 이번에는 무슨 일이 있어도 무사시를 살려 보내서는 안 된다는 말씀 아닙니까?"

"그렇지."

"더 말씀하실 것도 없이 만일 또다시 무사시를 놓치는 실책을 저지른다면 나중에 아무리 변명해도 저희들의 오명은 씻을 수 없을 것입니다. 그러니 오늘은 그자를 죽이는 데 목적을 두고, 그 목적을 이루기 위해 수단과 방법을 가리지 않을 생각입니다. 죽은 자는 말이 없고, 죽이기만 하면 세상은 우리들의 말을 믿을 수밖에 없을 테니 말입니다."

미이케 주로자에몬은 그렇게 말하고 주위에 무리를 이루고 있는 사람들을 둘러보면서 네댓 명의 이름을 불렀다.

3

미이케의 부름에 반궁半弓(앉아서 쏠 수 있는 작은 활)을 든 자 셋과 총포를 든 자 하나가 앞으로 나섰다.

"부르셨습니까?"

미이케는 고개를 끄덕이고 겐자에몬에게 말했다.

"어르신, 실은 이렇게까지 준비했으니 걱정은 이만 거두어주시지요."

"활에다 총까지?"

"어디 높은 곳이나 나무 위에 숨어 있거라."

"비겁한 짓이라고 세간의 평이 나빠지지 않겠는가?"

"사람들의 평가보다는 무사시를 죽이는 것이 우선입니다. 이기기만 하면 세간의 평도 만들 수 있습니다. 하지만 패한다면 진실을 말해도 사람들은 변명으로밖에 듣지 않을 것입니다."

"좋아, 그런 뜻이라면 이견은 없네. 설령 무사시에게 다섯이나 여섯 명이 가세한다 해도 활과 총이 있는 한 놓칠 일은 없을 게야. 이러고 있는 동안 적이 불시에 공격해올지도 모르니 지휘는 자네에게 맡기겠네. 어서 준비하게."

겐자에몬이 수락하자 주로자에몬은 일동을 향해 소리쳤다.

"모두 몸을 숨겨라!"

세 방향의 길에서는 전위 부대가 적의 예기를 꺾음과 동시에 앞뒤에서 협공하는 전법으로 매복하고 있었고, 사가리마쓰 아래에는 본진이라는 형태로 열 명 정도의 고참 제자들이 남았다.

검은 그림자들이 제각각 흩어져서 수풀 사이와 나무 그늘에 숨거나 밭이랑에 배를 깔고 엎드렸다.

또 반궁을 들고 주변 형세를 가늠하여 높은 나무 위로 올라간 그림자도 있었다. 총포를 든 자는 사가리마쓰의 우듬지로 기어올라가 달빛에 자신의 몸이 드러나지 않도록 감추려고 애쓰고 있었다. 마른 솔잎과 나무껍질이 후드득 떨어졌다. 그 아래에 마치 허수아비처럼 서 있던 겐지로가 어깨를 털며 몸을 부르르 떨자 겐자에몬이 핀잔을 주었다.

"겁쟁이처럼 왜 그리 떠는 게냐?"

"등에 솔잎이 들어가서 그렇지 전혀 두렵지 않습니다."

"그럼 다행이다만, 너에게도 좋은 경험이 될 게다. 곧 결투가 시작될 테니 잘 봐두어라."

그때 세 갈래 길의 동쪽에 해당하는 슈가쿠인修學院 길 쪽에서 갑자기 "멍청한 놈!" 하고 큰 목소리가 들리더니 사사삭, 주변의 갈대가 스치는 소리가 어수선하게 들렸다. 그리고 여기저기에 숨어 있던 자들이 움직이면서 그들이 있던 자리가 똑똑히 드러났다.

"무서워요."

허수아비 겐지로는 겐자에몬의 허리춤에 매달리며 소리쳤다.

"왔다!"

미이케 주로자에몬은 즉각 소리가 난 쪽으로 달려갔다. 그러나 달려가면서도 뭔가 이상하다는 생각이 들었는데, 아니나 다를까 역시 기다리던 적이 아니었다. 언젠가 6조 야나기마치의 대문 앞에서 중재하던 사사키 고지로가 그곳에 서 있었다.

"눈이 없는 건가? 싸우기 전부터 정신들이 없군. 날 무사시로 착각해서 달려들 만큼 갈팡질팡하는 걸 보니 불안한 모양이야. 난 오늘 결투의 입회인으로 온 사람이다. 그런 나를 향해 수풀 속에서 창을 찌르는 멍청이가 어디 있단 말이냐!"

사사키 고지로는 예의 오만한 얼굴로 주위에 있는 요시오카의 문하생들을 질책했다.

4

그러나 그들도 가뜩이나 신경이 곤두서 있던 터라 고지로의 그런 태도를 불쾌하게 여기는 자도 있었다.

"이놈, 뭔가 수상해."

"무사시의 사주를 받고 미리 우리의 동태를 살피러 온 것일지도 몰라."

요시오카 쪽 사람들은 그렇게 속삭이며 일단 칼을 거뒀지만, 포위를 풀려고는 하지 않았다.

그때 주로자에몬이 달려오자 고지로의 눈이 곧장 그에게로 향했다.

"입회인으로서 이 새벽에 여기까지 왔는데 요시오카 쪽 사람들은 나를 적으로 알고 덤벼들더군. 이것이 애초에 그대가 지시한 것인가? 만약 그렇다면 안 그래도 오랫동안 전가의 보도인 모노호시자오物干竿에 피를 묻히지 못해서 미안하던 참인데, 뜻밖의 선물을 하게 되겠군. 무사시를 도울 아무 연고도 없지만 내 체면상 그냥 지나칠 수는 없다. 어서 대답해봐라!"

위압적인 사자후였다. 이러한 고압적인 태도는 뭐랄까, 고지로의 상투적인 태도였지만 우아한 그의 겉모습만 보아온 자들은 간담이 서늘해졌다.

하지만 미이케 주로자에몬은 그런 수법은 통하지 않는다는 표정으로 웃으며 말했다.

"하하하, 화가 단단히 나신 모양이군. 그러나 오늘 결투에 누가 귀공에게 입회인을 해달라고 청했단 말이오? 우리 요시오카의 문하생 중에는 그런 청을 한 자가 없는데, 혹여 무사시의 청을 받고 오신 것이오?"

"닥쳐라. 일전에 6조 거리에 팻말을 세웠을 때 분명히 내가 양쪽에 말해두었다."

"하긴 그때 귀공이 말했소. 자신이 입회인을 서니 마니 하고 말이오. 하지만 그때 무사시도 귀공에게 부탁한다고 말하지 않았고, 우리도 부탁한 적이 없소. 요컨대 귀공 혼자 좋아서 서지 않아도 될 무대에 스스로 배역을 맡아 나선 것이오. 그렇게 쓸데없이 간섭하기 좋아하는 자가 세상에 많기는 하오만."

"말 다 했나?"

고지로의 격분은 더 이상 허세가 아니었다.

"돌아가시오!"

주로자에몬은 단호하게 말하고 다시 침을 뱉듯 못마땅한 표정으로 말했다.

"구경거리가 아니오."

"으음……."

고지로는 분을 삭이느라 새파래진 얼굴을 끄덕이더니 곧 몸을 돌렸다.

"어디 두고 보자."

그가 왔던 길로 되돌아가려는 순간 미이케보다 한 발 늦게 온 겐자에몬이 황급히 고지로를 불러 세웠다.

"여보시오, 젊은이. 고지로 님! 잠깐만 기다리시오."

"내게 용무가 없을 터. 방금 한 그 말, 추후에 반드시 후회하게 해줄 테니 각오하시오."

"자, 그러지 말고 잠깐만, 잠깐만 시간을 주시오."

노인은 그렇게 말하고 씩씩거리며 돌아가려는 고지로의 앞을 가로막으며 말했다.

"나는 세이주로의 숙부 되는 사람이오. 그대에 대해서는 일찍이 세이주로로부터 믿을 만한 분이라는 말을 들었소. 어떤 착오가 있었는지, 문하생들의 돌발 행동은 이 노인네의 얼굴을 봐서 용서해주시오."

"그리 말씀하시니 오히려 제가 송구합니다. 4조 도장에는 일찍이 세이주로 님과의 친분도 있고 해서 충분히 호의를 갖고 있었습니다만…… 더 말하면 쓸데없는 말을 할 것 같으니……."

"지당하지. 화가 난 것도 당연하오. 하지만 방금 있었던 일은 잊어버리고 부디 세이주로와 덴시치로를 위해 함께해주기를 청하는 바요."

겐자에몬은 붙임성 있게 패기만만하고 교만한 청년의 기분을 맞춰주면서 달랬다.

5

충분히 준비를 한 이상 고지로 한 사람의 도움 따위에 기댈 필요는 없었다. 하지만 겐자에몬은 이 젊은이의 입에서 자신들의 비겁한 전법이 폭로될까 봐 두려웠던 것이다.

"부디 잊어주시오."

노인이 간곡히 사죄하자 고지로는 앞서 화를 내던 모습과는 딴판으로 변했다.

"어르신께서 나이도 어린 저에게 그렇게 자꾸 고개를 숙이시니 어찌할 바를 모르겠습니다. 자, 고개를 드시지요."

고지로는 기분이 좋아진 듯 다시 요시오카 사람들에게 예의 유창한 언변으로 격려의 말을 전하고 무사시를 비방하기 시작했다.

"나는 본디 세이주로 님과는 친분이 두터웠고, 아까도 말했듯이 무사시와는 아무런 인연도 없는 사람이오. 그러니 인지상정이라고 알지도 못하는 무사시보다 연이 있는 요시오카 쪽 사람들이 이기기를 바라는 것은 당연할 것이오. 그런데 어찌 된 일인지 두 번씩이나 패하고 4조 도장은 해산, 요시오카 가문은 와해되었소. ……아아, 비통해서 차마 볼 수가 없을 지경이오. 자고로 승패는 병가지상사라고는 하나 이처럼 비참한 경우는 본 적이 없소. 무로마치 가문의 사범을 역임한 대가가 이름도 없는 일개 시골 무사에게 이런 비운을 당하다니 말이오."

고지로는 귀가 빨개지도록 열을 올리며 연설하고 있었다. 겐자에몬을 비롯한 일동은 모두 그의 열변에 매료되어 잠자코 있었다. 그리고 저 정도로 호의를 가지고 있는 고지로에게 왜 그런 폭언을 했는지 주로자에몬 등은 후회하는 표정이 역력했다.

그런 분위기를 읽었는지 고지로는 자신의 독무대처럼 더욱 열을 올리며 말했다.

"나도 장래에 검술로 일가를 이루려는 사람으로서 단순한 호기심에서가 아니라 결투나 진검승부가 펼쳐질 때는 애써 찾아가서 구경꾼이 된다오. 방관자가 되어서 보는 것도 좋은 공부가 되기 때문이오. 그런데 오늘까지 귀하들과 무사시의 결투만큼 옆에서 보고 있기에 초조한 적이 없었소. 렌게오인 때도 그렇고, 또 렌다이 사蓮台寺의 들판에서도 여럿이 같이 있었으면서 어찌 무사시 한 명을 무사히 도망치게 놔두었단 말이오? 스승을 해친 무사시가 도성 안을 마음 놓고 활보할 수 있게 놔두고 있는 그대들의 마음을 나는 도통 알 수가 없소이다."

고지로는 마른 입술에 침을 바르고는 다시 말을 이었다.

"뜨내기 무사로서 무사시는 확실히 강하고 놀랄 만큼 과격한 자임이 분명하오. 그건 나도 한두 번 만나보고 바로 알았소. 그래서 실은 쓸데없는 참견인지 모르겠지만, 나는 그자의 집안 내력과 고향에 대해 그날 이후로 여러모로 조사해보았소. 원래는 그를 열일곱 살 무렵부터 알고 있는 어떤 여자를 만난 것이 계기가 되긴 했지만……."

그는 아케미의 이름은 말하지 않았다.

"그녀에게 묻고 또 여러 방면으로 알아본 결과 그자는 사쿠슈作州의 고시鄕士(농촌에 토착해서 사는 무인, 또는 토착 농민으로 무인 대우를 받는 사람)의 아들로 세키가하라関ヶ原 전투에서 고향으로 돌아온 후에 마을에서 행패를 부리다 쫓겨나 각지를 떠돌고 있는 보잘 것 없는 인물이오. 그렇지만 그의 검은 천성이랄까 야수의 강인함이랄까, 목숨이 아까운 줄 모르고 날뛰는 무자비함 때문에, 예를 들어 때론 도리道理가 역리逆理를 당해내지 못하듯, 도리어 정법의 검이 패하는 것이라고 생각하오. 고로 무사시를 베는 데 평범한 방법으로는 패하고 말 것이오. 맹수를 함정으로 유도해서 생포하듯 기책奇策을 써야만 할 것이오. 그 점을 충분히 고려해서 대비를 하고 있는 것이오?"

겐자에몬이 호의에 감사하며 만반의 준비가 되어 있다고 말하자 고지로는 고개를 끄덕이고는 다시 말했다.

"그렇게까지 만반의 준비를 해놓았다면 놓칠 일이야 없겠지만, 혹시 모르니 좀 더 철저한 계책이 있어야 할 것이오."

6

"계책?"

겐자에몬은 고지로의 영리해 보이는 얼굴을 보며 말했다.

"호의는 감사하지만 더 이상 무슨 계책이 필요하겠소?"

그러자 고지로는 약간은 고집스럽게 말했다.

"아니, 그렇지 않소. 무사시가 낯짝을 들고 뻔뻔하게 여기까지 순순히 온다면 그것은 여러분의 술책에 걸린 것이나 마찬가지, 더 이상 도망갈 방법은 없겠지만, 만일 이쪽에 만반의 준비가 되어 있다는 것을 사전에 알고 걸음을 돌린다면 그땐 어떻게 하겠소?"

"그럼, 세상의 웃음거리가 될 것이오. 교토의 거리마다 무사시가 도망쳤다고 팻말을 세워서 사람들의 웃음거리로 만들어 줄 생각이오."

"흠, 그러면 여러분의 체면이 어느 정도 설 수 있을지 모르나 무사시 역시 여러분의 비열함을 한껏 과장해서 만천하에 떠들고 다닐 것이오. 그리 되면 스승의 원한을 갚았다고는 할 수 없을 터. 여기서 무슨 일이 있어도 무사시를 척살하지 않으면 의미가 없소. 그 무사시를 반드시 죽이기 위해서는 이 필살의 땅으로 어떻게든 그가 오도록 유인하는 계책이 필요할 것이오."

"허면, 그런 계책이 있소이까?"

"있소."

고지로는 자신감에 넘쳐서 말했다.

"있소! 계책은 얼마든지."

그러면서 목소리를 낮추고 예의 교만한 표정과는 어울리지 않는 친근한 눈빛으로 겐자에몬의 귀에 입을 가까이 대고 속삭였다.

"……말이오. ……어떻습니까?"

"흠…… 과연."

겐자에몬은 몇 번 고개를 끄덕이더니 고지로가 했던 것처럼 미이케의 귀에 자신의 얼굴을 가까이 대고 귓속말을 했다.

그저께 한밤중에 오랜만에 이곳 여관에 와서 여관 노인을 놀라게 한 무사시는 날이 밝자 구라마 사鞍馬寺에 다녀오겠다며 나간 뒤로 그날은 하루 종일 모습을 보이지 않았다.

'밤에는 오겠지.'

노인은 죽을 데워놓고 기다렸지만 무사시는 그날 밤에도 돌아오지 않고, 다음 날 저녁 무렵이 다 되어서야 돌아와서 노인에게 보자기로 싼 참마를 건넸다.

"구라마 사에 다녀온 선물이오."

그러고는 근처 가게에서 사온 듯한 나라奈良의 무명 한 두루마리를 내놓더니 그것으로 속옷과 배두렁이, 훈도시褌(남성의 음부를 가리기 위한 폭이 좁고 긴 천) 따위를 서둘러 만들어달라고 부탁했다.

여관 노인은 그것을 가지고 바로 근처의 바느질하는 집에 맡기러 갔다. 무사시는 노인이 오는 길에 술집에서 술을 받아와서 참마즙을 안주 삼아 세상 돌아가는 이야기로 밤을 보내다 맡겨놓았던 속옷이며 배두렁이가 도착하자 그것을 머리맡에 두고 잠을 청했다.

그런데 한밤중에 문득 잠이 깬 노인이 뒤쪽 우물가에서 누군가 몸을 씻는 소리에 무심코 밖을 내다보니 무사시가 벌써 자리에서 일어나 달빛 아래에서 목욕을 끝내고 저녁때 지은 하얀 무명 속옷을 입고 배두렁이를 졸라매더니 늘 입고 다니던 옷을 입고 있는 것이었다.

노인은 아직 달이 지려면 꽤 남았는데 벌써부터 그런 채비를 하고 어디를 가느냐고 의아해하며 물었다.

"얼마 전부터 교토 거리를 돌아다니며 다 구경했고, 어제는 구라마 사까지 가 보고 나니 이제 교토에도 다소 싫증이 난 듯

하오. 그래서 이제부터 새벽길을 재촉해서 에이 산에 올라가 시가志賀 호수의 일출을 보고 가시마鹿島를 거쳐 에도로 가려고 하오. 그렇게 생각하니 잠도 오지 않고 할아범을 깨우는 것도 미안해서 숙박비와 술값은 베개 밑에 놔두고 떠날 작정이었소. 얼마 되지 않지만 받아두시오. 3년 후가 될지, 4년 후가 될지 모르지만 다시 교토에 오게 되거든 할아범 댁에서 또 신세를 지리다.”

무사시는 그렇게 대답하고 작별 인사를 했다.

“할아범, 내가 나가거든 문단속을 잘하고 주무시오.”

그러고는 옆에 있는 밭길로 돌아가 군데군데 쇠똥이 흩어져 있는 기타노 거리로 나갔다. 그런 무사시를 노인은 섭섭한 듯 작은 창으로 내다보며 배웅하는데, 열 걸음쯤 가던 무사시는 천으로 만든 짚신 끈을 다시 조여매고 있었다.

하나의 달

1

아주 잠깐이었지만 숙면을 취한 기분이었다. 머릿속은 오늘 밤의 밤하늘처럼 맑았고, 몸은 마치 하나가 된 듯 한 걸음 한 걸음 무언가로 녹아들어가는 것 같았다.

'느긋하게 걷자.'

무사시는 의식적으로 성큼성큼 걷는 자신의 습관을 자제했다.

'인간 세상을 바라보는 것도 오늘 밤이 마지막이 되겠구나.'

영탄도 아니다. 비탄도 아니다. 그렇게 통절한 감개는 결코 아니었다. 아무런 허식도 없이 마음 깊은 곳에서 문득 솟아나온 중얼거림이었다.

아직 이치조 사 터의 사가리마쓰까지는 거리가 꽤 남았고, 시간도 한밤중을 막 지난 탓인지 죽음이라는 것이 그다지 절실하게 느껴지지 않았다.

어제 하루 구라마 사의 불당에서 솔바람을 맞으며 앉아 있다가 내려왔다. 무념무상의 경지에 도달하려고 노력해보았지만 오히려 죽음이라는 것에서 벗어날 수 없었고, 결국 무엇을 위해 좌선 따위를 하러 산에 올라왔는지 한심한 생각마저 들었다.

하지만 지금, 무사시는 자신의 머릿속이 왜 이리도 맑은지 스스로도 의아할 정도였다. 어제 저녁에 여관 노인과 술을 조금 마신 덕에 적당히 취기가 올라 숙면을 취했다. 그리고 잠에서 깨자마자 우물물로 목욕을 하고 새로 지은 무명 속옷을 입고 있는 자신의 몸이 아무리 생각해도 오늘 죽을 몸이라고는 여겨지지 않았다.

'그래, 곪은 발을 끌고 이세伊勢 신궁의 뒷산에 올랐을 때, 그날 밤의 별도 무척 아름다웠지. 그때는 엄동설한이었는데, 지금은 얼음 꽃이 피었던 나무에도 벚꽃 봉오리가 한껏 부풀어 올랐구나.'

머릿속에서는 생각하려고도 하지 않은 그런 것들은 떠오르는데, 정작 생각하려고 하는 죽음에 대해서는 아무것도 떠오르지 않았다.

죽음은 이미 충분히 각오하고 있었다. 그 죽음에 대해 그의 지성은 더 이상 되는 대로 둘러대지 않고 죽음의 의의, 죽음의 고통, 그리고 죽은 후의 일들과 같이 100년을 살아도 해결할 수 없는 그런 문제에 대해 새삼스럽게 초조해하는 어리석음을 미리 방지하는 것인지도 모른다.

이런 한밤중에도 길 어디선가 생황 소리와 피리 소리가 냉랭하게 흐르고 있었다.

근처의 골목 안에 있는 귀족의 저택인 듯했다. 엄숙하면서도 애절함이 느껴지는 선율로 보아 술자리에서 연주하는 소리 같지는 않았다. 문득 무사시의 눈에 장례를 치르고 고인의 명복을 빌며 밤을 지새우는 사람들의 모습이 떠올랐다.

'나보다 한 발 먼저 죽은 사람이 있구나.'

내일은 저승에서 그 사람과도 친구가 될 것만 같은 기분이 들어서 미소가 새어나왔다.

밤새 울리는 그 피리 소리는 걸어오는 도중에 이미 귀로는 듣고 있었는지도 모른다. 그 피리 소리에 이세 신궁의 무녀들과 곯은 발을 끌고 올라간 와시가타케鷲ヶ岳의 나무에 핀 얼음 꽃이 문득 떠올랐다.

'그런데?'

무사시는 자신의 맑고 투명한 머릿속을 의심하지 않을 수 없었다. 이렇게 상쾌한 마음이 실은 사지를 향해 한 걸음 한 걸음 다가가고 있는 몸에서 솟아난, 자신도 의식하지 못하는 극한의 공포가 현실화된 것이 아닐까 하는 생각이 들었기 때문이다.

그렇게 자신에게 질문을 던지고 발걸음을 우뚝 멈췄을 때 길은 이미 쇼코쿠 사相國寺로 가는 큰길 끝에 이르러 있었다. 반정町(1정은 약 109미터)쯤 앞에는 은빛 물결이 출렁이는 드넓은 강의 수면이 보였다. 물가에 있는 저택의 토담에도 그 밝은 빛이 반짝반짝 비치고 있었다.

그런데 그 토담 모퉁이에 우두커니 서서 이쪽을 바라보고 있는 검은 그림자 하나가 있었다.

2

무사시는 걸음을 멈췄다.

방금 전에 보았던 그림자가 이쪽으로 걸어오고 있었다. 그 그림자를 따라 또 다른 작은 그림자가 달빛이 비치는 길을 뛰듯이 다가오고 있었다. 가까워짐에 따라 그 그림자는 그 사내가 데리고 다니는 개라는 것을 알 수 있었다.

"……."

손가락 끝, 발가락 끝까지 경계심으로 잔뜩 주고 있던 힘을 빼고 무사시는 말없이 그들 곁을 스쳐 지나갔다.

그런데 개를 데리고 무사시의 곁을 스쳐 지나간 사내가 갑자기 뒤를 돌아보더니 무사시에게 말을 걸었다.

"무사님, 무사님!"

"나 말이오?"

4, 5간(1간은 약 1.8미터)쯤 되는 거리였다.

"그렇습니다."

키가 작은 평민이었다. 작업복을 입고 에보시烏帽子(귀족이나 무사가 쓰던 두건의 일종)를 쓰고 있었다.

"무슨 일이오?"

"말씀 좀 묻겠습니다만, 오시는 길에 등을 밝게 켜놓은 저택을 혹 보지 못하셨습니까?"

"글쎄, 잘은 모르겠지만 없었던 것 같소."

"그럼, 이쪽 길도 아닌가?"

"뭘 찾고 있소?"

"상갓집을 찾고 있습니다."

"아, 상갓집이라면 있었소."

"보, 보셨습니까?"

"한밤중에 생황과 피리 소리가 흘러나오고 있더군요. 그 집인 것 같은데, 반 정 정도 앞으로 곧장 가면 나올 게요."

"그 집이 분명합니다. 앞서 신관 님이 밤샘 기도를 하러 가셨으니까요."

"댁도 밤샘을 하러 가는 게요?"

"저는 도리베 산鳥部山에서 관을 짜는 사람인데 멋모르고 요시다 산吉田山의 마쓰오松尾 님으로 착각해서 요시다 산에 찾아갔다가 벌써 두 달 전에 이사를 갔다고 해서…… 밤이 깊어서 물어볼 집도 없고, 이 근방은 잘 몰라서 말입니다."

"요시다 산의 마쓰오? 요시다 산에 있다가 이 근처로 이사를 온 집이라고 했소?"

"그걸 몰라서 한참 헛걸음을 했습니다. 정말 고맙습니다."

"잠깐, 잠깐만."

무사시는 두세 걸음 다가가며 물었다.

"고노에近衛 가문의 요닌用人(에도 시대에 다이묘 밑에서 서무·출납 등을 맡아보던 사람)이었던 마쓰오 가나메松尾要人의 집으로 가는 길이오?"

"그 마쓰오 님이 열흘 정도 앓다가 돌아가셨습니다."

"남편이?"

"예."

"……."

그렇군, 하고 중얼거리면서 무사시는 다시 돌아서서 걸어가기 시작했다. 사내도 반대쪽으로 걸어가자 강아지도 황급히 주인의 뒤를 쫓아갔다.

"돌아가셨군."

무사시는 그렇게 중얼거렸다. 그러나 그 이상의 어떠한 감상도 일지 않았다. 그저 죽었다고 생각할 뿐이었다. 자신의 죽음에도 아무런 감상이 일지 않는데 하물며 타인의 죽음이다. 평생 아

122

미야모토 무사시 5

등바등 푼돈을 모으다 죽어간 박정한 이모의 남편······.

그보다 오히려 굶주림과 추위에 몸을 떨던 설날 아침, 가모 강加茂川의 얼어붙은 강가에서 구워먹었던 떡의 냄새가 문득 떠올랐다.

'맛있었지.'

무사시는 남편과 헤어져 홀로 살아갈 이모를 생각했다.

얼마 후 그는 가모 강의 상류 쪽 기슭에 서 있었다. 강을 사이에 두고 삼십육봉三十六峰이 하늘 위로 검게 솟아 있었다. 그 봉우리 하나하나가 모두 무사시에게 적의를 품고 있는 것처럼 보였다.

한동안 그곳에 서 있던 무사시는 혼자 고개를 끄덕였다.

"흐음."

무사시는 제방 위에서 강가로 내려갔다. 그곳에는 쇠사슬처럼 작은 배들을 연결한 배다리가 놓여 있었다.

3

가미교上京(교토 북부) 방면에서 에이 산, 시가 산志賀山 너머로 가기 위해서는 반드시 이 길을 지나야 한다.

"어이, 여보시오!"

무사시가 가모 강의 배다리를 중간쯤까지 건너왔을 때 이렇게 부르는 소리가 들렸다. 강물은 달빛으로 물든 세상을 저 혼자 즐거운 듯 흘러가고 있었다. 상류에서 하류까지 냉랭한 밤공기가 흐르고 있었다. 누가 누구를 부르는 것인지, 목소리의 주인공이 어디에 있는지, 바로 알기에는 세상이 너무 넓었다.

"어이!"

또다시 부르는 소리가 들렸다.

무사시는 다시 걸음을 멈췄지만 더 이상 개의치 않고 모래톱을 지나 맞은편 기슭으로 뛰어올랐다. 그러자 1조 시라카와 쪽에서 강변을 따라 손을 흔들며 뛰어오는 자가 있었다. 낯이 익은 자라고 생각했는데, 아니나 다를까 사사키 고지로였다.

"여어."

고지로는 무사시에게 다가오면서 친근하게 말을 걸었다. 그러고는 잠시 무사시를 가만히 보고 있다가 다시 배다리 쪽을 둘러보더니 말했다.

"혼자요?"

무사시는 고개를 끄덕이며 당연하다는 듯 말했다.

"혼자입니다."

앞서거니 뒤서거니 인사를 주고받았다. 그리고 나서 고지로가 새삼스레 말했다.

"일전에는 실례했소이다. 무례한 행동을 용서해주시오."

"아니오, 그때는 제가 도리어."

"그런데 지금 약속 장소로 가는 길이오?"

"예."

"혼자서?"

고지로는 잘 알고 있으면서 집요하게 다시 물었다.

"혼자입니다."

무사시의 대답도 전과 같았던 것이 오히려 고지로의 귀에는 잘 들렸다.

"흐음…… 그렇소이까? 그런데 무사시 님, 귀하는 일전에 제가 써서 6조에 세워놓은 팻말을 뭔가 잘못 이해하고 있는 건 아니오?"

"아니요, 딱히."

"팻말에는 전에 귀하가 세이주로와 결투를 했을 때처럼 일대일의 대결이라고 제한을 두지 않았소."

"알고 있습니다."

"요시오카 쪽의 명목상 대표는 어린 소년의 이름만 적어놓았고, 뒤에는 일문의 제자라고 되어 있소. 제자라면 열 명도 제자, 백 명도 제자, 천 명도 제자일 수 있는데, 그 점을 간과한 것이 아니오?"

"왜 그러시오?"

"요시오카의 제자들 중에서도 나약한 자들은 도망치거나 불참한 듯하지만 기개가 있는 제자들은 모두 사가리마쓰를 중심으로 야부노고 일대에 진을 치고 귀하가 오기만을 기다리고 있소이다."

"고지로 님은 이미 그곳을 보고 온 겁니까?"

"혹시나 해서요. 그리고 지금 상대편의 그런 동태가 무사시 님에게는 가장 중요한 일이지 싶어서 이치조 사 터에서 급히 발길을 돌려 귀하가 이 배다리로 오지 않을까 해서 기다리고 있던 참이오. 팻말을 적은 입회인의 의무이기도 하고요."

"수고가 많으십니다."

"사정이 그러한데 그래도 귀하는 혼자서 갈 생각이오? 아니면 귀하를 도와줄 다른 사람들은 다른 길로 가고 있소?"

"저 외에 또 한 사람이 함께 왔습니다."

"예? 어디에?"

무사시는 땅 위에 비친 자기 그림자를 가리키며 말했다.

"여기에."

무사시가 웃자 달빛에 하얀 이가 드러났다.

4

농담이라고는 할 줄 모를 것 같은 무사시가 싱긋 웃으며 우스

갯소리를 하자 고지로는 잠깐 당황하더니 정색을 하고 말했다.

"무사시 님, 지금 농담할 때가 아니오."

"저도 농담을 한 게 아닙니다."

"그림자하고 둘이 왔다면서 사람을 놀리고 있지 않소이까?"

"그렇다면······."

무사시는 고지로보다 더 정색을 하고 말했다.

"신란親鸞(일본 가마쿠라 시대의 불교 승려로 악인정기설을 주장하며 새로이 정토진종을 열었다)께서는 '염불행자는 항상 두 사람이 붙어 다니니, 아미타불과 함께이니라.'라고 말씀하셨는데, 그것도 농담이란 말이오?"

"······."

"고지로 님은 그저 겉으로 보기에 요시오카 쪽 무리들이 분명히 많고, 이 무사시는 혼자여서 상대가 되지 않을 것이라고 저를 걱정하고 계시는 모양인데, 그렇게 너무 걱정하지 않아도 됩니다."

무사시의 말은 신념에 차 있었고, 정확히 핵심을 찌르고 있었다.

"상대가 열 명을 세운다 해서 나도 열 명으로 맞선다면 상대는 스무 명을 준비해서 내게 맞설 것이오. 상대가 스무 명이라고 나도 스무 명으로 맞선다면 상대는 다시 서른 명, 마흔 명을 불러 모을 것이오. 그리 되면 세상을 소란스럽게 할 것이고 많은 사람들이 다치게 되어 치세에도 도움이 되지 않을 뿐만 아니라, 그것이 검의 길에도 아무런 득이 되지 않소. 백해무익이란 말이오."

"지당하신 말씀이오. 허나 질 것을 뻔히 알면서 결투에 나서는 것은 병법에 어긋난다고 생각합니다만."

"그런 경우도 있소이다."

"없다니까요! 그건 병법이 아니라 무법無法이자 터무니없는 짓이오!"

"그럼, 병법에는 없지만 제 경우에만 있는 것으로 하지요."

"말도 안 되는 소리."

"……하하하하."

무사시는 더 이상 대답하지 않았다. 그러나 고지로는 멈추지 않았다.

"병법에도 어긋나는 그런 싸움을 왜 하려는 게요? 왜 활로를 더 찾지 않는 겁니까?"

"활로는 지금 걷고 있소. 이 길이야말로 저에게는 활로요."

"저승길만 아니면 다행이겠지요."

"혹은 지금 건너온 것이 삼도천三途川이요, 지금 걷는 길이 저승길, 앞에 있는 언덕이 바늘 산일지도 모르지요. 그러나 나를 살리는 활로는 이 외길밖에 없는 듯하오."

"꼭 죽음의 신에 홀린 것처럼 말씀하시는군."

"아무려면 어떨까, 살아서 죽는 자도 있고, 죽어서 사는 자도 있으니."

"딱하군……."

고지로가 혼잣말처럼 비웃자 무사시는 걸음을 멈추고 물었다.

"고지로 님, 이 길은 어디로 통합니까?"

"하나노키花ノ木 마을에서 이치조 사의 야부노고, 즉 귀하가 죽을 장소인 사가리마쓰를 지나 에이 산의 기라라 고개雲母坂로 이어지고 있소. 그래서 기라라 고갯길이라고도 하는 뒷길이지요."

"사가리마쓰까지의 거리는?"

"여기서는 5리 남짓, 천천히 걸어가도 시간은 아직 충분하오."

"그럼, 나중에 또 봅시다."

무사시가 갑자기 옆길로 돌아가자 고지로가 황급히 주의를 주었다.

"그 길이 아니오. 무사시 님, 그리로 가면 방향이 달라요."

5

무사시는 고지로의 주의에 순순히 고개를 끄덕였다.

그러나 가만히 지켜보니 잘못된 길로 계속 걸어가자 고지로가 다시 한 번 주의를 주었다.

"그 길이 아닙니다."

"예."

무사시는 알고 있다는 듯 대답했다.

가로수 바로 뒤편으로 움푹 팬 땅의 경사를 따라 계단식 밭과 초가지붕이 보였다. 무사시는 그곳으로 내려가고 있었다. 잡목 틈새로 뒷모습이 보인다. 달을 올려다보며 우두커니 서 있다.

그 모습을 보고 고지로는 쓴웃음을 지었다.

"뭐야, 소변을 보는 모양이군."

고지로도 중얼거리며 달을 올려다보았다.

'서쪽으로 많이 기울었군. 저 달이 질 무렵에는 몇 사람의 목숨도 사라지겠지.'

그의 호기심은 계속해서 이런저런 예상을 낳았다.

'결국 무사시가 죽는 것은 분명하지만 그가 쓰러질 때까지 과연 몇 명이나 벨까? 그것이 궁금하군.'

그는 그런 예상을 하는 것만으로도 벌써부터 찌릿찌릿 온몸의 털이 곤두서며 피가 들끓었다.

'좀처럼 보기 힘든 구경을 하겠군. 렌다이 사 들판 때도, 렌게오인 때도 직접 보지 못했는데 오늘 새벽에는 볼 수 있겠어. ……그런데 무사시는 아직인가?'

슬쩍 무사시가 간 길을 돌아보았지만 아직 돌아오는 기척은 없었다. 고지로는 계속 그러고 서 있기도 지겨워서 나무 밑동에 걸터앉았다.

'저렇게 한없이 침착한 것을 보니 죽음을 단단히 각오한 모양이군. 끝까지 싸우겠지. 가능한 한 베고, 또 베면서 끝까지 싸워야 구경할 맛이 나는 법. ……그런데 요시오카 쪽에서는 활과 총포까지 준비했다고 했는데, 그것을 한 방이라도 맞았다가는 모든 게 끝장이야. 그래서는 재미가 없어. 그래 그것만은 무사시에게 귀띔해주자.'

고지로는 한참을 기다렸다. 밤이슬에 등골이 서늘해진다. 고지로는 몸을 일으키며 무사시를 불러보았다.

"무사시 님!"

아무 대답이 없다.

'이상한데?'

갑자기 불안한 예감이 머리를 스쳤다. 고지로는 저지대로 후다닥 뛰어 내려갔다.

"무사시 님."

절벽 아래의 농가는 캄캄한 대나무 숲에 둘러싸여 있었고, 어디선가 물레방아 소리가 희미하게 들렸다.

"아뿔싸!"

고지로는 시냇물을 건너뛴 다음 곧장 맞은편 절벽 위로 올라가 보았다. 사람의 그림자는 어디에도 보이지 않았다. 시라카와 일대의 절간 지붕과 숲, 잠들어 있는 다이몬지 산大文字山, 뇨이가타케, 이치조 사 산, 에이 산, 넓은 무 밭. 그리고 달 하나.

"아뿔싸, 이 비겁한 놈."

고지로는 무사시가 도망쳤다는 것을 직감했다. 그토록 침착하던 모습도 지금 생각해보니 그 때문이었던 것이다. 되지도 않은 이치를 들먹인 것도 그 때문이었다.

"그래, 어서 돌아가자."

고지로는 몸을 돌려 다시 길가로 나왔다. 그곳에도 무사시의 모습은 보이지 않았다. 그는 이치조 사 사가리마쓰 쪽으로 곧장 내달렸다.

생사의 갈림길

/

멀리, 저 멀리, 점점 작아져가는 사사키 고지로의 뒷모습을 보면서 무사시는 저도 모르게 싱긋 미소를 지었다.

무사시는 방금 전까지 고지로가 서 있던 곳에 와 있었다. 그가 왜 그렇게 자기를 찾지 못했는지 생각해보니 고지로는 정작 자신이 있던 곳은 찾지 않고 다른 곳을 찾아 다녔지만, 무사시는 이미 고지로가 있던 곳의 뒤편 나무 아래에 와 있었다.

무사시는 일단 이것으로 됐다고 생각했다.

다른 사람의 죽음에 흥미를 갖고, 다른 사람이 피를 흘려가며 목숨을 걸고 싸우는데 공부를 한다는 구실로 자기만 쏙 빠져서 방관자가 되고, 더구나 양쪽에 호의를 베푸는 척 생색이나 내는 철면피 같은 자의 수법에는 놀아나지 않겠다고 생각한 것이다.

고지로가 자꾸만 적이 만만치 않다는 것을 강조하면서 무사시에게 도와줄 사람이 있는지 물은 것은, 그렇게 말하면 무사시가 무릎을 꿇고 무사의 정에 호소하며 자기에게 도움을 청하지 않을까 기대했던 것이리라. 그러나 무사시는 그 말에도 넘어가지 않았다.

살고자, 이기고자 했다면 그에게 도움을 청했을지도 모르지만, 무사시에게는 이길 마음도, 내일까지 살려는 마음도 없었다. 아니, 솔직히 말하면 그럴 자신이 없었다는 것이 맞는 표현일 것이다.

무사시가 이곳에 오기 전까지 은밀히 알아본 바에 의하면 오늘 새벽에 적은 백 수십 명에 달할 것으로 파악되었다. 또 모든 방법을 동원하여 자신을 죽이려고 들 것이라는 것도 알고 있었다. 상황이 그러한데 어찌 살 궁리를 하려고 안달할 여지가 있단 말인가.

그러나 무사시는 그 와중에도 예전에 다쿠안이 말했던 '진정으로 생명을 사랑하는 자야말로 진정으로 용기가 있는 자다'라는 말을 결코 잊지 않았다.

'이 생명!'

'두 번 다시 태어날 수 없는 이 인생!'

무사시는 지금도 그 말을 뼈에 사무치게 깊이 간직하고 있었다. 그러나 생명을 사랑한다는 것은 단순히 무위도식하며 산다는 것과는 의미가 전혀 다르다. 구차하게 목숨을 부지하며 오래

살겠다고 생각하는 것은 더더욱 아니다.

단 하나뿐인 생명과의 어쩔 수 없는 헤어짐이 온다 해도 그 생명에 의의가 있었는지, 가치가 있었는지…… 생명을 버리면서까지 결국엔 이 세상에 의미가 있는 생명의 빛을 남길 수 있는가, 문제는 거기에 있다.

수천 년, 수만 년의 유구한 세월의 흐름 속에서 70년이나 80년에 불과한 인간의 인생은 단지 찰나에 지나지 않는다. 설령 스무 해를 살다 죽어도 인류에게 유구한 빛을 선사한 생명이야말로 진정으로 오래 산 생명이라 할 수 있을 것이다. 또 진정으로 생명을 사랑한 것이라고 해야 할 것이다.

인간의 모든 사업은 처음이 가장 중요하고 어렵다고 하지만, 생명만은 끝날 때와 버릴 때가 가장 어렵다. 어떻게 죽느냐에 따라 전 생애가 정해지고, 또 물거품이 되느냐, 영원한 빛이 되느냐, 생명의 길고 짧음도 정해지기 때문이다.

하지만 그런 생명을 사랑하는 방법에도 장사치에게는 자연히 장사치로서의 생명을 소유하는 방법이 있고, 무사에게는 무사로서의 생명을 소유하는 방법이 있다. 지금 무사시의 경우에는 당연히 무사의 길에 서서 어떻게 하면 자신의 목숨을 잘 버릴 때를 무사답게 맞이할 것이냐의 입장에 있는 것은 두 말할 필요도 없다.

그런데 목적지인 이치조 사 야부노고의 사가리마쓰까지 가는
데는 세 가지 길이 있다.

그 하나는 방금 전에 사사키 고지로가 달려간 에이 산의 기라
라 고갯길이다. 거리가 가장 짧고 이치조 사까지는 길도 평탄해
서 본도本道라 할 수 있다.

조금 돌아가게 되지만 밭 가운데의 마을에서 꺾어진 다음 다
카노 강高野川을 따라 오미야오하라大宮大原 길을 통해 슈가쿠
인 쪽으로 나가서 사가리마쓰에 이르는 길이 두 번째 길이다.

나머지 하나는 지금 그가 서 있는 곳에서 동쪽으로 곧장 시가
산 너머의 뒷길을 따라 시라카와의 상류에서 우류 산瓜生山의 기
슭을 걸어 약사당藥師堂 부근에서 목적지로 가는 길이다.

어느 길로 가도 사가리마쓰가 있는 갈림길은 마치 골짜기를
흐르는 냇물의 합류점 같은 곳이라 거리상으로는 큰 차이가 없
었다.

그러나 병법으로 볼 때 이제 곧 그곳에 운집해 있는 대군을 단
신으로 상대하러 가는 무사시에게는 큰 차이가 있었다. 지금의
한 걸음이 생사를 가르는 갈림길인 것이다.

길은 세 갈래.

어디로 갈까?

무사시는 당연히 신중하게 생각해야 했지만, 훌쩍 몸을 돌려 가볍게 움직이기 시작한 그의 모습에선 한 치의 망설임도 찾아볼 수 없었다.

펄쩍, 펄쩍, 펄쩍, 나무 사이와 개울, 절벽과 밭을 사뿐히 뛰어넘더니 달빛 아래에서 나타났다 사라지는 빠른 걸음으로 가고 싶은 방향으로 가고 있다.

그런데 그는 이치조 사 방향과는 정반대 길로 가고 있었다. 세 갈래 길 중 어느 한 길도 선택하지 않은 것이다. 아직은 마을 주변이지만 좁은 샛길을 지나거나 밭을 가로지르며 대체 어디로 가고 있는지 언뜻 알 수 없었다.

무엇 때문인지 무사시는 일부러 가구라가오카神楽ヶ丘의 기슭을 지나 고이치조後一条 일왕의 능 뒤편으로 나왔다. 그 근처는 무성한 대나무 밭이었다. 대나무 숲을 빠져나오자 산 기운이 느껴지는 냇물이 달빛을 가로지르며 마을 쪽으로 흐르고 있었다. 다이몬지 산의 북쪽 능선이 그를 위에서 덮쳐누를 것처럼 가까웠다.

"……."

무사시는 말없이 산속 어둠을 향해 올라갔다. 방금 지나온 오른쪽의 숲속에 보이던 토담과 지붕이 히가시야마도노東山殿(무로마치 막부의 8대 쇼군인 아시카가 요시마사足利義政가 히가시 산에 지은 산장)의 긴카쿠 사銀閣寺인 듯했다. 문득 뒤를 돌아보니 그곳의 샘이 대추형의 거울처럼 눈 아래로 보였다.

다시 산길을 조금 더 올라가자 히가시야마도노의 샘이 너무 가까워서 발밑의 나무 그늘에 가려 보이지 않았고, 가모 강의 하얀 굽이가 눈 아래로 바짝 다가와 있었다.

시모교下京(교토 남부)에서 가미교까지 양팔을 벌리면 품에 쏙 들어올 것 같은 전망이었다. 그곳에서는 저 멀리 이치조 사의 사가리마쓰를 대략 손가락으로 짚어볼 수 있었다.

다이몬지 산, 시가 산, 우류 산, 이치조 사 산으로 삼십육봉의 중턱을 가로질러 에이 산 방면으로 가면 그리 시간을 허비하지 않고도 목적지인 이치조 사의 사가리마쓰 뒤쪽으로 가서 산 위에서 바라볼 수 있을 것이다.

무사시는 이미 마음속으로 이 전법을 쓰기로 정한 듯했다. 그리고 오케하자마桶狹間 전투(이마가와 요시모토今川義元 · 이마가와 우지자네今川氏眞 부자가 대군을 이끌고 침공해오자 오다 노부나가織田信長가 소수의 병력으로 기습하여 승리로 이끈 전투)의 노부나가와 히요도리고에鵯越え(1184년, 미나모토노 요시쓰네源義経가 70기의 정예 기병으로 히요도리고에 절벽을 직하해 절벽 아래에 진을 치고 있던 다이라 씨平氏의 10만 대군을 물리친 전투)에서 사용된 전법을 모방해 모두가 당연히 선택할 것이라 생각한 세 갈래 길을 버리고, 전혀 방향이 다른 이 험준한 산길의 중턱까지 올라온 것임이 틀림없다.

"앗, 무사다!"

이런 곳에서 사람을 만날 줄은 생각지도 못했다. 갑자기 발소리가 나더니 무사시 앞에 사냥복의 옷자락을 걷어 올리고 손에 횃불을 든 귀족의 무사로 보이는 사내가 서서 무사시의 얼굴을 향해 횃불을 들이댔다.

3

그의 얼굴은 자신이 들고 있는 횃불의 그을음으로 인해 콧속까지 검게 그을려 있었고, 옷도 밤이슬과 진흙이 묻어 매우 지저분했다.

"어?"

그는 무사시와 처음 마주쳤을 때 깜짝 놀란 듯했다. 무사시가 수상히 여기며 그의 얼굴을 가만히 응시하자 그는 다소 주눅이 든 듯 머리를 깊이 숙이며 물었다.

"저, 무사님이 혹시 미야모토 무사시 님이 아니십니까?"

무사시의 눈이 뻘건 횃불 속에서 번뜩였다. 당연히 경계의 눈초리였다.

"……미야모토 님이시죠?"

사내는 거듭 물으면서 공포가 엄습하는 것을 느꼈다. 침묵을 지키고 있는 무사시의 형상이 인간에게선 절대로 볼 수 없는 것이기에 그는 여차하면 도망갈 태세였다.

"당신은 누구요?"

"예."

"누구요?"

"예…… 가라스마루 님 댁 사람입니다."

"뭐, 가라스마루 님 댁? 나는 무사시라고 하는데 가라스마루 님 댁의 가신이 이 시간에 이런 산길에서 뭘 하는 거요?"

"아, 역시 무사시 님이셨군요."

그는 말하고는 뒤도 돌아보지 않고 산 아래로 달려 내려갔다. 횃불이 빨간 꼬리를 끌며 순식간에 산기슭 아래로 사라졌다.

무사시는 갑자기 뭔가 떠오른 듯 발길을 재촉해서 시가 산의 가도를 가로질러 산 중턱을 서둘러 달려갔다.

한편, 횃불을 든 사내는 눈썹이 휘날리게 긴카쿠 사까지 달려와서는 한 손을 입에 대고 동료의 이름을 불렀다.

"어이, 구라内蔵, 구라!"

그러자 동료는 아니지만 역시 가라스마루의 집에서 오랫동안 머물고 있는 조타로가 2정(약 200미터)이나 앞에 있는 사이호 사西方寺의 문 앞에서 대답했다.

"아저씨, 왜요?"

"조타로냐?"

"예."

"어서 이리 오너라."

"갈 수가 없어요. 오쓰 님이 여기까진 간신히 왔지만 더 이상 걸을 수 없다며 쓰러져버려서 갈 수 없어요."

"쯧쯧."

사내는 혀를 차면서 더 큰 소리로 말했다.

"빨리 오지 않으면 무사시 님이 더 멀리 가 버린다. 빨리 와. 내가 방금 전에 무사시 님을 봤어!"

"……."

그러자 이번엔 대답이 들리지 않았다.

그리고 잠시 후 저편에서 두 사람의 그림자가 서로 부축하듯 하나가 되어 서둘러 오고 있는 모습이 보였다. 조타로가 병자인 오쓰를 부축해서 데리고 오고 있었다.

"이거야 원."

사내는 횃불을 흔들며 서두르라고 재촉했다. 끊어질 듯 끊어질 듯 가쁜 병자의 숨소리가 멀리서도 들릴 정도였다.

그들이 다가올수록 오쓰의 얼굴은 달빛보다도 더 창백해 보였다. 야윈 몸으로 행장을 입고 있는 모습조차 힘들어 보였다. 그러나 횃불 곁으로 오자 그녀의 볼이 갑자기 발그레해졌다.

"저, 정말입니까? ……방금 하신 말씀이 정말인가요?"

"정말이고말고, 방금 전에 분명히 봤어요!"

사내는 힘주어 말했다.

"어서, 서둘러 쫓아가면 만날 수 있어. 빨리 가자, 빨리!"

조타로는 병자와 서두르는 사내 사이에서 주저주저하다 저 혼자 짜증을 냈다.

"어디요? 어느 쪽이요? 그냥 빨리 가자고만 하면 알 수가 없잖아요!"

4

오쓰의 몸이 그 이후로 갑자기 좋아질 리는 없었기 때문에 그녀가 여기까지 걸어온 것은 꽤나 비장한 각오가 아니면 불가능한 일이었다.

그날 밤 오쓰는 병상에 누워 조타로에게 상세한 이야기를 듣더니 말했다.

"무사시 님이 죽음을 각오하신 마당에 내가 병을 치료해서 오래 살아본들 무슨 소용이 있을까?"

그러고는 '죽기 전에 한 번만이라도……'라는 병자의 일념으로 그때까지 머리에 대고 있던 물수건을 내려놓고 머리를 묶은 후에 야윈 발에 짚신을 신고는 다른 사람이 아무리 말려도 듣지 않고 기다시피 해서 가라스마루 가의 문을 나섰던 것이다.

그녀를 말리던 가라스마루 가의 사람들도 그런 그녀의 한결

같은 마음을 알고는 그냥 보고만 있을 수 없어서 그녀의 마지막 일지도 모르는 소망을 들어주기 위해 애를 태우며 백방으로 나선 것은 충분히 상상이 간다.

혹은 미쓰히로 경의 귀에도 들어가서 이 덧없는 사랑을 도와주라는 명령이 있었는지도 모른다.

어쨌든 오쓰가 연약한 다리로 이 긴카쿠 사의 부쓰겐 사佛眼寺 문 앞으로 올 때까지 가라스마루 가의 사람들이 무리를 나눠서 무사시가 있을 만한 곳을 사방팔방으로 찾아다닌 듯했다.

결투 장소가 이치조 사라는 것만 알고 있었지 넓은 이치조 사 마을의 어디인지는 확실하지 않았다. 게다가 무사시가 일단 결투 장소에 도착하고 나면 소용이 없었기 때문에 사람들은 이치조 사 방면으로 통하는 길을 모두 한두 사람씩 맡아서 동분서주하며 찾아 다녔다.

그러나 그런 보람으로 그들은 무사시를 찾아냈지만, 이제 나머지는 다른 사람의 힘보다 오쓰의 마음 여하에 달려 있었다.

방금 무사시가 뇨이가타케를 중간쯤 오다 시가 산을 가로질러 북쪽 늪으로 내려갔다는 말을 듣고는 그녀도 더 이상 다른 사람의 힘에 의지하지 않았다.

"오쓰 님, 괜찮아요?"

오쓰는 옆에서 초조해하며 따라오는 조타로에게도 말을 하지 않았다.

아니 할 수 없었다.

죽음을 각오하고 있는 힘을 다해 가고 있는 병든 몸이었다. 입술은 말라버렸고, 코는 거친 숨을 내쉬었다. 그리고 창백한 이마에서는 식은땀조차 흘러내렸다.

"오쓰 님, 이 길이에요. 이 길에서 산 중턱을 따라 옆으로 계속 가면 에이 산 쪽으로 나가게 돼요. 이제 산을 오르지 않아도 되니 어디서 잠깐 쉬는 게 어때요?"

"……."

오쓰는 말없이 고개를 가로저었다. 두 사람은 지팡이 끝을 양쪽에서 잡고 마치 긴 인생의 고난을 이 한 순간에 축약시킨 듯한 괴로움과 싸우면서 20정 정도의 산길을 열심히 걸었다.

"스승님! 무사시 님!"

때때로 조타로가 있는 힘을 다해 이렇게 소리치는 것이 오쓰에게는 큰 힘이 되었다. 하지만 결국에는 그 힘도 다 소진된 듯 "조, 조타로……"라고 부르는가 싶더니 조타로가 끌고 가던 지팡이 끝을 놓치고 돌멩이와 수풀 속으로 소리도 없이 엎어졌다.

넘어진 그녀가 나뭇가지처럼 가녀린 양손의 손가락으로 입과 코를 틀어막은 채 어깨를 들썩이며 온몸을 떨자 조타로가 울먹이는 목소리로 그녀의 야윈 몸을 안아 일으키며 물었다.

"앗! 피, 피라도 토한 거예요? 오쓰 님! ……오쓰 님!"

$$5$$

오쓰는 땅바닥에 엎드린 채 힘없이 고개를 가로저었다.

"왜 그래요? 무슨 일이에요?"

조타로는 어쩔 줄을 몰라 하며 그녀의 등을 어루만지며 물었다.

"숨을 못 쉬겠어."

"그럼, 물, 오쓰 님, 물 마시고 싶어요?"

"……."

오쓰는 말없이 고개를 끄덕였다.

"잠깐만 기다려요."

조타로는 주위를 둘러보다 벌떡 일어섰다. 산과 산 사이에 완만히 흐르는 물길이 있었다. 물소리는 사방의 풀과 나무 아래를 흐르면서 '나 여기 있어'라며 그를 부르고 있는 것처럼 들렸다.

그러나 그리 멀리 가지 않아도 바로 뒤에 있는 풀뿌리와 돌멩이 아래에서 샘이 솟고 있었다. 조타로는 쪼그리고 앉아 양손으로 물을 뜨려고 했다.

"……."

물은 매우 맑아서 민물 게의 모습까지 보일 정도였다. 달은 이미 많이 기울어서 물에는 비치지 않았지만 선명한 달무리는 하늘을 직접 올려다보는 것보다도 물에 비친 하늘을 보는 것이 훨씬 아름다웠다.

조타로는 오쓰에게 물을 떠서 가져가는 것보다 문득 자기가 먼저 물을 마시고 싶어졌는지 대여섯 걸음 걸어가서는 물가에 무릎을 꿇고 오리처럼 수면으로 고개를 뻗다가 갑자기 비명을 질렀다.

"앗!"

그의 눈은 무언가에 빨려 들어가듯 한곳에 고정되었고 머리카락은 밤송이처럼 곤두서 있었다.

"……?"

샘 맞은편 절벽에서 대여섯 그루의 나무가 경계선처럼 그림자를 드리우고 있었다. 그런데 그 나무 끝에 한 사람의 그림자가 보였다. 조타로의 눈이 물에 비친 그 그림자를, 무사시의 그림자를 본 것이었다.

"……."

조타로는 분명 크게 놀랐지만 수면에 비친 무사시의 그림자만으로는 그것이 정말 현실 속의 무사시인지는 확신할 수 없었다. 혹시 너무나 간절한 마음이 무사시의 환영을 만들어낸 것인지도 몰랐다.

조타로는 놀란 눈을 슬며시 들어 수면에서 맞은편 나무 그늘을 올려다보았다. 그리고 이번에는 더 크게 놀랐다.

무사시가 정말로 그곳에 서 있었다.

"앗, 스승님!"

그 순간 고요한 수면이 머금고 있던 달무리 진 하늘이 까맣게 흐려졌다. 샘을 돌아서 가면 될 것을 조타로는 그대로 샘으로 뛰어들어 첨벙첨벙 얼굴까지 물을 튀겨가며 무사시에게로 뛰어갔던 것이다.

"있었다, 정말로 있었어!"

사로잡은 죄인을 끌고 가듯 조타로는 무사시의 손을 마구 잡아끌었다.

"잠깐만."

무사시는 얼굴을 돌리고 갑자기 손가락을 눈꺼풀에 갖다 대며 말했다.

"조타로, 위험하니 잠시 기다리거라."

"싫어요, 이제 놓지 않을 거예요."

"안심해라. 네 목소리가 멀리서 들리기에 기다리고 있었다. 나보다도 어서 오쓰에게 물을 떠다 줘야지."

"앗, 흙탕물이 되었다."

"저쪽에도 깨끗한 물이 흐르고 있으니 괜찮다. 이걸 가지고 가거라."

무사시가 허리춤에서 대통을 건네주자 조타로는 무슨 생각이 들었는지 무사시의 얼굴을 가만히 쳐다보며 말했다.

"스승님. ……스승님이 직접 떠다 주세요."

6

"……그럴까?"

무사시는 명령에 따르듯 순순히 고개를 끄덕였다. 그리고 직접 대통에 물을 떠서 오쓰에게 가지고 갔다.

무사시가 그녀의 등을 안고 손수 마시게 하자 옆에 있던 조타로가 위로하듯 말했다.

"오쓰 님, 무사시 님이에요. 무사시 님이요. …… 알아보겠어요?"

오쓰는 물을 마시자 가슴이 조금 편해졌는지 휴우 하고 숨을 내쉬었다. 그러나 몸은 여전히 무사시의 품에 안긴 채였고, 눈은 멍하니 먼 곳을 바라보고 있었다.

"내가 아니라고요. 오쓰 님, 오쓰 님을 안고 있는 것은 스승님이에요."

조타로가 그렇게 말하자 먼 곳을 바라보던 오쓰의 눈에 눈물이 그렁그렁 맺히더니 이윽고 옥구슬 같은 두 줄기의 눈물이 뺨을 타고 흘러내렸다.

'알아.'

그녀는 그렇게 말하듯 고개를 끄덕였다.

"아, 다행이다."

조타로는 까닭 없이 기뻐서 괜히 만족해하며 말했다.

"오쓰 님, 이제 됐죠? 스승님, 오쓰 님이 스승님을 꼭 한 번만이라도 더 만나고 싶다면서 병자가 남의 말은 전혀 듣지 않고 얼마나 고집을 부렸는데요. 또 이러다가는 죽을지도 모르니 스승님이 잘 말해주세요. 제 말은 당최 들으려고 하지 않아요."

"그러냐?"

무사시는 그녀를 안은 채 말했다.

"다 내 잘못이다. 내가 잘못한 것도 사과하고, 또 오쓰가 잘못한 것도 잘 타이르고 건강을 되찾을 수 있도록 말할 테니…… 조타로."

"예?"

"너는 잠시 자리 좀 비켜주거라."

조타로는 그 말을 듣고 입을 삐죽 내밀며 물었다.

"왜요? 제가 여기에 있으면 안 돼요?"

불만인 것도 같고, 의심도 들었는지 조타로는 움직이려고 하지 않았다.

무사시도 그러는 조타로의 행동에 난감해하는 모습을 보였다. 그러자 오쓰가 조타로에게 부탁하듯이 말했다.

"조타로…… 그러지 말고 잠깐 저쪽에 가 있어. ……응?"

무사시의 말에는 입을 삐죽거리던 조타로도 오쓰가 그렇게 말하자 순순히 따랐다.

"그럼, 난 저기 위에 올라가 있을 테니까 이야기가 끝나면 바로 불러야 돼요."

조타로는 절벽에 난 좁은 길을 올려다보더니 그 위로 기어 올라갔다.

오쓰는 겨우 기력을 조금 회복한 듯 일어나 앉아서 사슴처럼 올라가는 조타로의 모습을 바라보다가 소리쳤다.

"조타로야, 그렇게 멀리 가지 않아도 돼."

조타로는 오쓰의 말을 들었는지 듣지 못했는지 대답이 없었다. 오쓰 역시 마음에도 없는 말을 하고는 이젠 무사시에게 등을 돌리고 있지 않아도 될 텐데 조타로가 사라지고 둘만 남았다고 생각하자 갑자기 가슴이 메어 무슨 말부터 해야 할지 어쩔 줄을 몰라 했다.

부끄러운 마음은 건강할 때보다 오히려 아플 때가 생리적으로도 더 강할지 모른다.

7

오쓰만 그런 마음이 드는 건 아니었다. 무사시도 옆으로 돌아앉아 있었다.

한 사람은 등을 돌린 채 고개를 숙이고 있고, 다른 한 사람은 옆으로 돌아앉아 하늘을 올려다보고 있었다. 이것이 몇 년 동안이나 만나고 싶어도 만날 수 없었던 두 사람에게 우연히 허락된 짧은 만남이었다.

"……."

어떻게 말할까?

무사시는 적당한 말이 떠오르지 않았다. 어떤 말로도 자신의 마음을 나타내기에는 부족하기 때문이었다.

바람이 세차게 불던 천 년 묵은 삼나무에서의 그날 밤, 그날 새벽 이후의 일들을 무사시는 순간적으로 가슴에 그릴 수 있었다. 눈으로 보지는 못했지만 그 이후 5년간 그녀가 걸어온 길을, 또 한결같은 그녀의 청순한 마음을, 무사시는 결코 받아들이지 않은 것이 아니다, 느끼지 못한 것이 아니다.

다사다난하고 복잡한 삶을 살면서도 온몸으로 드러내던 그녀의 순수한 사랑의 불꽃과 남들에게는 벙어리처럼 무표정하고 재처럼 차갑게 보이는 자신의 가슴속 정열의 불꽃 중에서 어느쪽이 더 강하고 괴로웠는지를 말하라면 무사시는 늘 자신이라고 생각했다. 지금도 역시 그렇게 생각하고 있었다.

그러나 무사시는 그런 자신보다 오쓰가 더 가련하고 측은하게 여겨지는 것은 남자조차 감당하기 힘든 고뇌를 여자의 몸으로 이겨내면서 오직 사랑 하나에 목숨을 걸고 살아온 그녀의 강함과 갸륵함 때문이었다.

'이제 시간이 얼마 없다.'

무사시는 달의 위치를 보고 있었다. 자신이 살아 있는 동안의 시간을 생각하지 않을 수 없었다. 달은 어느새 서쪽으로 많이 기울어 있었다. 흐릿해진 달빛을 보니 새벽이 멀지 않은 것을 알 수 있었다.

자신은 지금 그 달과 함께 죽음의 산으로 지기 직전이었다. 지금이야말로 오쓰에게 단 한마디만이라도 진실을 말하고 싶었다. 또 그것이 그녀에게 보답할 수 있는 최소한의 양심이라고도 생각했다.

그러나 진실을 말할 수가 없었다. 가슴속에 한가득 묻어둔 진실을 말하려고 할수록 입이 떨어지지 않아서 그저 하늘만 바라보다 엉뚱한 곳으로 시선을 돌리고 말았다.

"……."

오쓰도 마찬가지였다. 그저 땅만 바라보며 눈물을 흘리고 있을 수밖에 없었다. 이곳으로 오기 전까지만 해도 그녀의 가슴속에는 칠당가람조차 불태워버리고도 남을 사랑 외에는 진리도 부처님도 이해利害도 없었다. 또 남자들의 세계에서 말하는 고집도 체면도 없었다. 그저 사랑의 열정만이 있을 뿐이었다. 그 열정으로 무사시의 마음을 움직이고, 그 눈물로 단 둘이서 이 세상을 살아갈 수 있다고 믿고 있었다.

그렇지만 막상 이렇게 만나고 보니 그녀는 아무 말도 할 수 없었다. 그런 간절한 바람은커녕 만나지 못하는 동안 느꼈던 괴로움, 길을 헤매는 서글픔, 무사시의 무정함, 그 어느 것 하나 말할 수 없었다. 가슴 끝까지 솟구쳐 오르는 그런 감정을 과감히 털어 놓으려고만 하면 입술이 덜덜 떨리고 가슴이 메고 눈물이 앞을 가렸다. 만약 무사시가 없는 벚꽃 핀 달밤 아래였다면 갓난아기처럼 목 놓아 울면서 데굴데굴 구르거나 하다못해 이 세상에 없는 어머니에게라도 하소연하는 심정으로 마음이 진정될 때까지 울며 밤을 지새우고 싶을 정도였다.

"……."

어떻게 된 일일까. 오쓰도 무사시도 말이 없었다. 그러는 동안 시간은 덧없이 흘러가고 있었다.

벌써 새벽이 다 된 탓인지 예닐곱 마리의 기러기가 울음소리를 남기고 산등성이를 넘어갔다.

8

"기러기가……."

무사시는 지금 이 상황과는 전혀 맞지 않는 생뚱맞은 소리라는 것을 알면서도 중얼거렸다.

"오쓰, 북쪽으로 돌아가는 기러기가 울어."

그 말을 계기로 오쓰도 말했다.

"무사시 님."

눈과 눈이 처음으로 서로를 보았다. 가을이나 봄이면 기러기가 지나가는 고향의 산천이 두 사람의 마음속에 떠올랐다.

그 무렵엔 단순했다.

오쓰는 늘 마타하치와 사이좋게 지내며 무사시는 난폭해서 싫다고 했다. 무사시가 욕을 하면 오쓰도 지지 않고 대들었다. 그렇게 지내던 어린 시절 싯포 사七宝寺의 산이 눈앞에 선했다. 요시노 강吉野川의 강변도 떠올랐다.

그러나 그런 추억에 젖어 있다간 어쩌면 두 번 다시 없을 이 세상에서의 소중한 순간을 침묵 속에 흘려보낼 것 같았다.

마침내 무사시 쪽에서 먼저 다시 입을 열었다.

"오쓰, 몸이 아프다던데 어때?"

"아무렇지 않아요."

"이제 다 나은 거야?"

"그보다도 당신은 이치조 사 터에서 죽을 각오를 하고 있다고요?"

"……으응."

"당신이 칼에 맞아 죽기라도 하면 저도 목숨을 버릴 거예요. 그래서인지 몸이 아픈 것도 잊은 듯이 아무렇지 않아요."

"……."

무사시는 그렇게 말하는 오쓰의 얼굴을 보며 자신의 각오가 지금 이 여자에게조차 미치지 못한다는 기분이 들었다. 그는 지금까지 생사의 문제에 대해 고뇌하고, 평소의 수양과 무사로서의 수련을 쌓아온 덕에 간신히 지금과 같은 각오를 할 수 있게 되었다고 생각하고 있었다. 그런데 오쓰는 그런 수련과 고뇌를 거치지 않는데도 갑자기 아무런 주저도 없이 자기도 죽을 작정이라고 말했다.

그녀의 눈을 가만히 바라보던 무사시는 그녀의 말이 결코 한순간의 흥분이나 거짓말이 아닌 것을 알 수 있었다. 아니, 오히려 기꺼이 자신을 따라 함께 죽으려고 하는 결의조차 느껴졌다. 아무리 굳은 각오를 한 무사라도 이르지 못할 정도로 조용한 눈으로 죽음을 응시하고 있었다.

무사시는 부끄럽기도 하고 의아하기도 했다.

'어떻게 여자는 이렇게 될 수 있을까?'

무사시는 당혹감과 함께 그녀의 남은 인생이 걱정되어 자신의 각오마저 흐트러지는 것을 느꼈다.

"바, 바보 같은!"

그는 갑자기 자기 입에서 튀어나온 자신의 목소리에 놀랄 정도로 격앙된 감정 속에서 말하고 있었다.

"내 죽음에는 의의가 있어. 검으로 사는 인간이 검으로 죽는 것은 숙원일 뿐만 아니라 무사의 정도가 무너진 현실에 맞서 자진해서 비겁한 적을 맞아 싸우다 죽는 것이야. 그 후에 그대가 따라서 죽겠다는, 그 마음은 고맙지만 그것이 무슨 도움이 되겠어? 벌레처럼 불쌍하게 살다가 벌레처럼 덧없이 죽어서 어쩌겠다는 거야?"

무사시는 다시 땅에 엎드려 울고 있는 오쓰를 보고 자신의 말이 너무 지나쳤다는 것을 깨닫고 무릎을 꿇고 목소리를 낮춰 말했다.

"그런데 오쓰. 생각해보니 내가 알게 모르게 그대에게 거짓말을 했었어. 천 년 묵은 삼나무에서도 그렇고 하나다 다리에서도 속이려는 마음은 없었지만 결국엔 그렇게 되고 말았어. 오쓰, 지금 하는 말은 거짓말이 아니야. 나는 그대가 좋아. 하루라도 생각하지 않은 날이 없을 정도로 좋아했어. ……모든 걸 다 버리고 함께 살다가 함께 죽고 싶다고 얼마나 고민했는지 몰라. 그대보다 좋은 검이라는 것이 없었으면……."

9

잠시 말을 멈췄던 무사시는 다시 힘주어 말했다.

"오쓰!"

언제나 말이 없고 무표정하던 그가 보기 드물게 감상에 젖어 말했다.

"난 죽음을 각오했어. 나는 이제 곧 죽을 거야. 오쓰, 내가 지금

하는 말에는 추호의 거짓도 술책도 없다는 것을 믿어줘. 부끄러움도 꾸밈도 없이 말할게. 지금까지 그대를 생각하면 낮에는 마치 꿈속을 걷는 듯했고, 밤에는 잠을 못 이루고 고뇌에 차서 미칠 것 같았던 때도 있었어. 절에서 잠을 잘 때도, 들판에 누워 있을 때도 그대가 떠올라서 어떤 때는 짚단을 그대라 생각하고 끌어안은 채 밤을 새운 적도 있었어. 그만큼 나는 그대에게 빠져 있었어. 그대를 너무나 사랑하고 있었어. 하지만, 하지만 그럴 때조차 남몰래 검을 뽑아 바라보고 있으면 미칠 듯이 끓어오르던 피가 차가운 물처럼 투명해지고, 그대의 모습도 안개처럼 내 머릿속에서 희미해져버렸어……."

"……."

오쓰는 덩굴 풀의 흰 꽃처럼 흐느끼고 있던 얼굴을 들어 무슨 말인가를 하려 했지만, 무사시의 얼굴이 무서우리만치 진지한 열정으로 굳어져 있는 것을 보자 숨이 막혀서 다시 고개를 숙였다.

"그리고 나는 다시 검의 길로 몸과 마음을 다하여 정진했던 거야. 오쓰, 이것이 나의 본심이야. 즉 연모와 정진의 두 갈래 길에 발을 걸친 채 헤매고 고민하면서 오늘까지 어쩌면 검 쪽으로 더 몸을 끌고 왔지 싶어. 그래서 나는 누구보다도 나 자신을 잘 알고 있어. 나는 잘난 사내도 천재도 아무것도 아니야. 단지 그대보다도 검을 좀 더 좋아할 뿐이야. 사랑 때문에 죽을 수는 없지만, 검의 길 위에선 언제든 죽어도 좋다는 마음이라고."

무사시는 모든 것을 솔직하게, 조금의 거짓도 없이, 마음 깊은 곳에 있는 자신의 본심을 지금 다 털어놓으려고 했지만, 쓸데없이 언어의 미식美飾과 감정의 떨림만 남발하며 여전히 가슴속에는 솔직하게 말하지 못한 것이 남아 있는 듯한 느낌을 지울 수 없었다.

"그러니 다른 사람은 모르지만, 오쓰, 나라는 남자는 그런 남자야. 좀 더 노골적으로 말하면 그대를 떠올리고 그 생각에 사로잡혀 있을 때는 온몸이 타들어가는 듯한 기분이 들지만, 마음이 검의 길로 향할 때면 그대마저 이내 머릿속에서 한구석으로 밀려나고 말아. 아니, 마음 한구석에서도 사라져버려. 이 몸, 이 마음속 어디를 찾아보아도 그대의 존재는 털끝만큼도 남아 있지 않다는 말이야. 또 그때가 나에겐 가장 행복한 순간이고, 삶의 보람을 느끼는 순간이야. 오쓰, 알겠어? 그런 내게 그대는 몸도 마음도 모두 걸고 오늘까지 혼자서 괴로워하고 있는 것이야. 속으로는 미안하게 생각하지만 어쩔 수가 없어. 그것이 나란 남자니까."

오쓰의 가녀린 손이 느닷없이 무사시의 억센 손목을 잡았다. 그녀는 더 이상 울고 있지 않았다.

"알고 있어요, 그 정도는……. 당신이 그런 사람이라는 것쯤은……. 그, 그런 것도 모르고 어찌 사랑을 하겠어요?"

"그렇다면 내가 굳이 말하지 않아도 나와 함께 죽으려는 생각이 얼마나 어리석은 것인지 잘 알 거야. 나라는 인간은 이러고 있는 이 짧은 순간에는 아무 생각 없이 그대에게 몸도 마음도 모두 내어주고 있지만, 그대의 곁에서 한 걸음이라도 떨어지면 그대라는 존재는 털끝만큼도 마음속에 두지 않는 인간이야. 그런 사내를 따라 죽는 것은 너무나 덧없는 일이 아닐까? 여자에게는 여자로서 살아야 할 길이 있어. 여자로서 삶의 보람을 찾는 길은 다른 곳에도 얼마든지 있어. 오쓰, 이것이 내 작별 인사야. 그럼, 시간이 없어서……."

무사시는 그녀의 손을 가만히 떼어놓고 일어섰다.

10

오쓰는 다시 무사시의 소매를 잡으며 매달렸다.

"무사시 님, 잠깐만요."

그녀도 아까부터 하고 싶은 말이 가슴속에 가득 맺혀 있었다. 무사시가 벌레처럼 살다가 벌레처럼 죽는 여자의 사랑에는 죽음의 의의가 없다고 한 말이나 한 걸음이라도 자신에게서 떨어지면 자신을 전혀 생각하지 않는다는 말에 대해서도 그녀는 결코 그런 식으로 그를 생각하며 잘못된 사랑을 하고 있는 것이 아니라는 말을 해주고 싶었다. 그리고 무엇보다도 두 번 다시 만나지 못한다는 절박한 심정을 견딜 수 없었다.

그래서 방금 무사시의 소매를 잡으며 매달렸지만, 그녀로서도 불가항력인지라 그저 하염없이 눈물만 흘리며 여자의 심정을 나타낼 수밖에 없었다.

그러나 하고 싶은 말을 하지 못하는 나약한 아름다움, 단순한 복잡함에 대해서는 무사시도 흔들리지 않을 수 없었다. 그가 두려워하고 있는 자신의 성격 중에서 가장 큰 약점이 지금 폭풍우 속의 뿌리가 약한 나무처럼 흔들리고 있었다. 자칫하면 지금까지 지켜온 검의 길에 대한 절조節操도 땅이 꺼지듯 그녀의 눈물과 함께 모래성처럼 무너져버릴 것 같은 마음이 들었다. 그는 그 마음이 두려웠다.

"알겠어?"

무사시가 그냥 던진 말에 그녀가 대답했다.

"알겠어요."

그녀는 나지막하고 침착한 말투로 말했다.

"하지만 저는 역시 당신이 죽으면 따라서 죽을 거예요. 남자인 당신이 기꺼이 죽는 것처럼 여자인 저도 죽음의 의미를 안고 갈수 있어요. 결코 벌레처럼, 또 한때의 슬픔을 못 이겨 죽는 것이 아니에요. 그러니 그것만은 제 마음에 맡겨주세요."

그리고 한마디 더 덧붙였다.

"당신은 이런 저를 마음으로나마 아내로 허락해주실 수는 없나요? 저는 그것만으로도 모든 바람을 이룬 것이나 마찬가지일 거예요. ……이 마음, 큰 기쁨, 그것은 저만이 가질 수 있는 행복이에요. 당신은 저를 불행하게 만들고 싶지 않다고 말씀하셨는데, 저는 결코 불행 따위에 져서 죽는 것이 아니에요. 세상 사람들이 모두 저를 보고 불행하다고 해도, 저는 조금도 불행하다고 생각하지 않아요. 오히려, 아아 뭐랄까, 죽음의 새벽이 오기를 고대하고, 아침의 새소리 속에서 죽어가는 이 몸이 새 신부처럼 설레는 마음으로 기다려진답니다."

말을 오래 하자 숨이 가쁜 듯 그녀는 가슴을 끌어안고 꿈을 꾸듯 행복에 겨운 눈을 들었다.

새벽달은 아직 하얀 빛을 내며 떠 있고 나무들 사이에서는 안개가 조금씩 피어오르기 시작했지만, 새벽까지는 아직 시간이 있었다.

그때, 그녀가 눈을 들어 바라본 절벽 위쪽에서 잠에 빠진 숲의 적막을 깨며 날아오르는 괴조처럼 여자의 날카로운 비명 소리가 들렸다.

"꺄악!"

분명히 여자의 절규였다. 아까 조타로가 그 절벽 길을 올라갔지만, 조타로의 목소리는 결코 아니었다.

11

심상치 않다. 누구의 절규인지. 또 무슨 일이 일어난 건지.

마치 누가 불러서 깨운 것처럼 오쓰가 눈을 들어 안개에 휩싸인 절벽 위를 올려다보는 사이에 무사시는 아무 말도 없이 그녀의 곁을 떠나 사지로 가는 걸음을 재촉했다.

"앗, 벌써……."

오쓰가 열 걸음 쫓아오자 무사시도 열 걸음 더 멀어지며 뒤를 돌아보았다.

"오쓰, 잘 알았어. 하지만 개죽음을 당해서는 안 돼. 불행에 쫓겨서 죽음의 골짜기로 미끄러져 내려가는 나약한 죽음을 택해서는 안 된단 말이야. 건강을 회복하고 나서 건강한 마음으로 다시 한 번 잘 생각해봐. 나 또한 지금 헛되이 목숨을 버리러 길을 서두르는 것이 아니야. 영원한 삶을 얻기 위해 잠시 죽음의 모양을 취할 뿐이야. 오쓰! 내 뒤를 따라서 죽는 것보다 살아남아서 오래도록 지켜봐줘. 내 몸은 비록 흙이 될지언정 나는 반드시 살아 있을 테니까!"

그 호흡 그대로 무사시는 말을 이었다.

"오쓰, 잘 들어. 내 뒤를 따라올 작정으로 엉뚱한 방향으로 가서는 안 돼. 내가 죽은 모습을 보고 나를 저승에서 찾아도 나는 저승으로는 가지 않을 거야. 내가 있는 곳은 백 년 후, 천 년 후에도 사람들 사이일 것이고, 검과 검의 사이일 것이야. 다른 곳은 절대 아니야."

무사시가 말을 마쳤을 때는 이미 오쓰의 다음 말이 들리지 않는 곳까지 그의 모습은 멀어져 있었다.

"……."

오쓰는 망연히 홀로 남겨졌다. 멀리 사라져가는 무사시의 그림자는 자신의 가슴에서 빠져나온 자기 자체인 듯한 심정이었다. 이별의 슬픔은 두 존재가 떨어져서 생기는 감정이므로 오쓰의 지금 심정은 그런 이별의 슬픔이라는, 그런 각자의 의식이 느끼는 슬픔이 아니었다. 단지 거대한 삶과 죽음의 파도에 휩쓸려가려고 하는 두 사람의 몸이, 하나의 영혼으로 문득 전율의 눈을 가로막을 뿐이었다.

그때 절벽 위에서 흙무더기가 그녀의 발밑으로 떨어져 내렸다. 그리고 그 흙 소리를 쫓아오듯이 조타로가 나뭇가지와 풀을 헤치며 뛰어내려 왔다.

"와아!"

"어맛!"

오쓰는 놀라서 소리를 질렀다. 조타로가 나라의 과부에게서 받은 귀녀 가면을 쓰고 있었기 때문이다. 이번에 가라스마루 가를 나설 때 다시는 그 댁으로 돌아가지 않을 줄 알고 품속에 넣어 가지고 온 듯했다.

"하하하, 놀랐죠?"

조타로는 오쓰 앞에 불쑥 나타나서 양손을 치켜들며 귀신 흉내를 냈다.

"조타로, 아까 뭐였지?"

오쓰가 물었다.

"뭔지는 나도 모르지만, 오쓰 님도 들었죠? 꺄악 하는 여자의 비명 소리요."

"너는 그걸 쓰고 어디에 있었니?"

"이 절벽을 올라가니까 그곳에도 여기처럼 자그마한 길이 있더라고요. 그 길 조금 위에 마침 앉기 좋은 큰 바위가 있어서 그곳에 앉아 멍하니 달이 지는 걸 보고 있었어요."

"그걸 쓰고?"

"예. 그 근처에서 여우의 울음소리가 들리고 늑댄지 오소린지 모를 녀석들이 어슬렁거리고 있어서 가면을 쓰고 겁을 주면 다가오지 않을 것 같아서요. 그런데 갑자기 어디선가 꺄악 하는 비명 소리가 들렸어요. 그게 무슨 소릴까요? 마치 바늘 산에서 온 나무 정령의 목소리 같았어요."

결 없은 기러기

1

히가시 산에서 다이몬지 산의 기슭 부근까지는 분명히 옳게 왔는데 어디서 길을 잘못 들었는지 이치조 사 마을로 가지 못하고 산속으로 더 들어오고 말았다.

"왜 그리 조급하게 서두르느냐? 얘야, 좀 기다리거라."

오스기는 앞서 가는 아들에게 뒤처지기라도 하면 고집도 참을성도 사라진 듯 뒤에서 숨을 헐떡이며 소리쳤다. 마타하치는 들으라는 듯 혀를 차며 말했다.

"무슨 말도 안 되는 소릴 그렇게 해요? 숙소를 떠날 땐 날 그렇게 다그쳐놓고."

하지만 기다려주지 않을 수도 없어서 마타하치는 그때마다 걸음을 멈추고 기다려주면서도 뒤따라온 노모에게는 역정을 냈다.

"왜 그렇게 화를 내? 너처럼 부모가 하는 말에 일일이 토를 달며 성을 내는 자식이 어디 있느냐!"

오스기가 주름 사이에 맺힌 땀을 닦으며 한숨 돌리려고 하자 마타하치는 그냥 서 있는 것이 괴로운 듯 이내 다시 앞으로 걸어가기 시작했다.

"기다리거라. 좀 쉬었다 가자."

"그렇게 자주 쉬다간 날이 새고 말겠어요."

"아침이 되려면 아직 한참 남았다. 보통 때라면 이 정도 산길은 아무 문제 없겠지만, 요 며칠 감기 기운이 있는지 몸이 나른해서 걸으면 숨이 차는구나. 하필 이런 때……."

"또 억지를 부리는군. 그래서 아까 중간에 내가 기껏 술집 사람을 깨워서 좀 쉬게 해주려고 했더니 술은 마시고 싶지 않다며 시간 없으니까 어서 나가자고 해서 난 술도 못 마시고 일어섰잖아요. 아무리 부모지만 어머닌 참 불편한 사람이에요."

"허허, 그러니까 아까 그 술집에서 네가 술을 마시지 못한 것 때문에 아직도 화가 나 있는 게로구나?"

"됐어요, 이제."

"철딱서니 없기는. 대사를 앞두고 술이 웬 말이냐?"

"그렇다고 우리 모자가 싸움에 직접 뛰어드는 것도 아니고 승부가 끝난 후에 요시오카 쪽 사람들에게 부탁해서 무사시의 시체에 한을 풀고 머리카락이나 좀 얻어서 고향 사람들에게 보여주려는 거잖아요. 그까짓 게 무슨 큰일이라고."

"그만 됐다. 여기서 너와 다퉈봤자 무슨 소용이 있겠느냐?"

마타하치는 다시 걸어가면서 혼잣말로 중얼거렸다.

"아아, 정말 바보 같아. 다른 사람이 죽인 시체에서 머리카락이나 받아다 그것으로 원한을 풀었다고 고향에 돌아가 자랑하자고? 고향 사람들이야 어차피 그 산골에서 외지로 나가 본 적이 없는 사람들뿐이니 진짠 줄 알고 축하해주겠지……. 싫다, 싫어. 또 산골짜기에서 지낼 생각을 하니 벌써부터 지겨워지는군."

좋은 술과 도시의 여자들, 마타하치가 맛본 도시의 모든 생활이 그에게 미련을 버리지 못하게 하고 있었다. 하물며 그에게는 아직도 도시의 생활에 대해서는 미련 이상의 집착이 남아 있었다. 운만 좋으면 무사시가 걸은 길 이외의 길을 찾아내서 보란 듯이 출세하여 여전히 부족한 물질세계에 대한 체험을 온몸에 가득 채워서 인간으로 태어난 보람을 만끽하고 싶다는 그다운 희망은 결코 버리지 않았다.

'아아, 싫다. 여기에서 보니 화려한 세상이 더 그립구나.'

어느새 오스기가 또 한참 뒤처져 있었다. 숙소를 나서기 전부터 몸이 나른하고 뻐근하다고 하더니 정말 몸이 안 좋은 것인지도 몰랐다.

오스기는 더 이상 못 참겠는지 마타하치에게 말했다.

"마타하치, 좀 업어다오. 제발 좀 업어주렴."

마타하치는 얼굴을 잔뜩 찌푸린 채 대답도 하지 않고 기다리고 있었다. 그때 두 사람은 깜짝 놀라며 귀를 쫑긋 세웠다. 앞서 오쓰와 조타로를 놀라게 한 그 바늘 산의 비명과 같은 여자의 비명 소리를 이 모자도 들었던 것이다.

2

어디서 났는지 알 수 없는 외마디 비명이었다. 다음 비명이 들리면 어느 방향인지 분명히 알 수 있을 것 같았다. 그것을 기다리듯 마타하치와 오스기는 의혹 속에서 멍한 표정으로 서 있었다.

"어?"

갑자기 오스기가 그렇게 말한 것은 그 알 수 없는 비명이 또 들려서가 아니라 무슨 생각을 했는지 마타하치가 느닷없이 절벽 끝으로 가더니 골짜기 아래로 내려가려고 했기 때문이었다.

"어, 어디를 가려는 게냐?"

오스기가 황급히 물었다.

"요 아래 못에요."

이미 절벽 길로 내려가면서 마타하치가 말했다.

"어머닌 거기서 잠깐 기다리고 계세요. 가서 보고 올 테니까요."

"바보 짓 마라."

오스기는 습관처럼 말했다.

"뭘 찾으러 간다는 게냐? 뭘?"

"뭐긴요, 방금 들으셨잖아요. 여자의 비명 소리요."

"그걸 알아서 어쩌려고? 바보 같은 짓은 그만두거라. 그만둬!"

오스기가 절벽 위에서 소리를 질러도 마타하치는 듣지 않고 나무뿌리에 의지해가면서 아래로 내려가 버렸다.

"저, 저 바보 같은 놈."

마타하치는 바닥까지 다 내려와서 욕지거리를 하는 어머니의 모습을 나무 사이로 올려다보며 말했다.

"거기서 기다리세요."

아래에서 소리를 질렀지만 그 목소리가 오스기에게는 들리지 않을 정도로 그가 내려온 절벽은 깊었다.

"응?"

마타하치는 조금 후회했다. 분명 아까 그 비명 소리는 이 못 근처에서 들린 듯했는데, 만약 잘못 짚었다면 헛수고를 한 셈 이었다.

그러나 달빛도 닿지 않을 정도로 깊은 이 못에도 자세히 보니 샛길이 있었다. 산이라 해도 원래는 이 근처의 산이 이토록 깊 을 리가 없었다. 게다가 교토에서 시가의 사카모토坂本나 오츠大 津로 가는 지름길이기도 해서 어디로 내려와도 사람들의 발자국 이 반드시 있었다.

마타하치는 작은 폭포나 여울이 되어서 떨어지는 물길을 따라 걸어갔다. 그러자 그 물길을 가로질러 좌우의 산중턱에 걸쳐 있는 오솔길이 나왔고 그 길 쪽에 있는 시냇물 옆에 한 사람이 간신히 들어갈 정도로 작은 오두막이 있었다. 그 오두막 뒤편에 웅크리고 있는 사람의 하얀 얼굴과 손이 얼핏 보였다.

'여자?'

마타하치는 바위 뒤로 몸을 숨겼다. 그는 아까 들린 비명도 여자의 비명이었기에 순간 엽기적인 흥분에 싸였다. 남자의 비명이었다면 처음부터 이런 곳까지 내려오지 않았을 것이다. 그런데 지금 그 정체를 숨어서 바라보니 분명히 여자였고, 더구나 젊은 듯했다.

'뭘 하고 있는 거지?'

처음엔 의심이 들었지만, 보고 있는 동안 의심은 곧 풀렸다. 여자는 물가로 기어가더니 하얀 손으로 물을 떠서 입가로 가져가고 있었다.

3

흠칫 놀라며 여자가 동물적인 직감으로 뒤를 돌아보았다. 마치 곤충의 예민한 감각처럼 마타하치의 발소리를 몸으로 느끼고 당장이라도 일어서서 도망치려는 듯한 눈빛이었다.

"어?"

마타하치가 소리를 내자 여자도 똑같이 놀라서 소리쳤다.

"앗?"

그러나 여자의 목소리는 공포에서 구원을 받은 듯한 목소리였다.

"아케미구나?"

"……아아."

아케미는 그제야 마신 물을 삼킨 듯 크게 숨을 내쉬었다. 하지만 여전히 부들부들 떨고 있는 아케미의 어깨를 마타하치가 잡으며 말했다.

"아케미, 어떻게 된 거야?"

마타하치는 그녀의 발끝에서부터 머리끝까지 훑어보며 물었다.

"행색을 보아하니 여행 차림인데 그렇다 해도 이런 시간에 이런 곳에서 뭘 하고 있는 거야?"

"마타하치 님, 어머님은요?"

"어머니? 어머니는 이 골짜기 위에서 기다리고 계셔."

"화가 많이 나셨죠?"

"아, 노잣돈 말이냐?"

"급히 떠나야 할 일이 생겨서요. 그런데 숙박비를 낼 돈도 없고 여비도 없어서 나쁜 짓인 줄 알지만 어머님의 짐 속에 있던 돈주머니를 몰래 가지고 오고 말았어요. 마타하치 님, 용서해주세요. 그리고 절 본 걸 모른 척해주세요. 나중에 꼭 갚을 테니까요."

하염없이 눈물을 흘리며 사죄하는 아케미를 마타하치는 오히려 의외라는 표정으로 바라보며 말했다.

"뭘 그렇게까지 사과를 해? ……아, 알겠다. 나와 어머니 둘이서 널 잡으려고 여기까지 쫓아온 줄 아는 모양이구나?"

"우발적이라고는 하나 남의 돈을 훔쳐서 달아났으니 도둑이라는 욕을 먹어도 싸요."

"그건 내 어머니에게나 그렇지, 나는 네가 정말로 곤란하다면 그 정도 돈은 얼마든지 줄 수 있다. 아무렇지 않으니 그런 걱정은 하지 않아도 돼. 그보다도 뭐 때문에 그런 행색으로 이 시간에 이런 곳을 돌아다니고 있는 거야?"

"여관에서 당신이 어머님한테 하는 말을 들었거든요."

"흠, 무사시와 요시오카 사람들이 오늘 결투를 한다는 것 말이냐?"

"예."

"그래서 급히 이치조 사 마을로 가려고 나온 것이고?"

"……."

아케미는 대답하지 못했다. 한 지붕 아래에서 살던 때부터 아케미가 가슴속에 어떤 생각을 품고 있었는지 마타하치도 잘 알고 있었다. 그래서 그는 더 이상 묻지 않고 갑자기 화제를 돌렸다.

"그래, 그런데 방금 이 부근에서 여자의 비명이 들렸는데 혹시 네가 지른 소리냐?"

마타하치는 이 못으로 내려온 목적으로 돌아가 그렇게 물었다.

"예, 저였어요."

아케미는 고개를 끄덕였다.

그리고 아직도 뭔가 무서운 꿈이라도 꾸는 것처럼 하늘 높이 까마득하게 솟아 있는 산등성이를 올려다보았다.

4

마타하치가 그녀에게서 들은 사연은 이러했다.

방금 전, 그녀가 이 못의 시냇물을 건너 여기에서도 보이는 눈앞의 바위산 중턱까지 올라갔는데 무섭게 생긴 요괴가 바위에 앉아 달을 바라보고 있었다는 것이다.

진지하게 들을 말이 아닌 것 같은데 아케미는 진지하게 말했다.

"멀리서 봤지만 몸은 난쟁이처럼 작았는데 얼굴은 성인 여자였어요. 게다가 얼굴이 하얗다 못해 뭐라 표현할 수 없는 색을 띠고 있었고, 입술이 귀 밑까지 찢어져 있었어요. 그것이 내 쪽을 보며 히쭉 웃은 것 같아서 나도 모르게 그때 비명을 지른 거예요. 정신을 차리고 보니 여기까지 미끄러져 내려와 있었어요."

아케미가 공포에 질려서 그렇게 말하자 마타하치는 참지 못하고 웃음을 터뜨리며 놀려댔다.

"하하하, 이부키 산에서 자란 네가 무서운 게 다 있다니, 귀신이 다 놀라겠구나. 시체가 널려 있는 전쟁터를 돌아다니면서 시체에서 칼과 갑옷을 벗겨내며 살던 때도 있었잖아."

"그때는 무서움이고 뭐고 아무것도 모르는 어린아이였으니까요."

"아주 어린아이는 아니었지. 그 무렵의 일을 아직도 가슴에 품고 잊지 못하는 걸 보면."

"그거야 처음 느낀 사랑이었으니까요. ……하지만 이제 난 그 사람을 단념했어요."

"그럼, 이치조 사 마을에는 왜 가는 거지?"

"그 마음을 모르겠어요. 그냥 어쩌면 무사시 님을 만날 수 있지 않을까 싶어서."

"소용없는 짓이다."

마타하치는 갑자기 목소리에 힘을 잔뜩 주더니 만에 하나라도 이길 가망이 없는 무사시의 처지와 요시오카 측의 상황에 대해 들려줬다.

이미 세이주로와 고지로 같은 몇몇 남자를 겪은 그녀는 처녀 때처럼 무사시를 생각하거나 흠모하며 앞날을 꿈꿀 수는 없었다. 육체적으로 그럴 자격을 상실한 자신을 냉정하게 돌아보며, 죽지도 그렇다고 살지도 못하면서 갈 길을 찾아 헤매는 한 마리

기러기와 같은 신세였다.

그래서 그녀는 마타하치에게 무사시가 지금 시시각각 죽음의 위기로 다가가고 있다는 말을 듣고도 울 정도의 마음은 생기지 않았다. 그럼 왜 이런 곳까지 와서 사랑을 찾아 헤매고 있느냐고 묻는다면 그 모순 또한 설명할 수 없었다.

"……."

아케미는 갈 곳을 잃은 듯한 눈빛으로 마타하치의 이야기를 비몽사몽간에 듣고 있었다. 마타하치는 그녀의 옆얼굴을 말없이 보고 있었다. 그녀가 방황하고 있는 모습과 자신이 방황하고 있는 모습이 어쩐지 비슷하다는 생각이 들었다.

'이 아이는 길동무를 찾고 있구나.'

그렇게 보이는 하얀 옆얼굴이었다.

마타하치는 느닷없이 그녀의 어깨를 끌어안고 얼굴을 바싹 붙이며 속삭였다.

"아케미. 우리 같이 에도로 도망가지 않을래?"

5

아케미는 숨을 삼켰다. 그러고는 의심스러운 표정으로 마타하치의 눈을 지그시 쳐다보며 물었다.

"예? ……에도요?"

그녀는 정신을 차리고 현실에서 자신이 처한 경우를 돌아보듯이 반문했다.

마타하치는 그녀의 어깨를 감싸고 있는 손에 힘을 주며 말했다.

"꼭 에도가 아니어도 상관없지만 소문에 의하면 앞으로 간토關東의 에도가 일본의 중심지가 될 거라는 거야. 이제 오사카나 교토는 구도시가 되고, 새로운 막부가 있는 에도 성을 중심으로 새로운 마을이 속속 생기고 있다는군. 그런 곳으로 가서 일찌감치 터를 잡고 있으면 틀림없이 뭔가 좋은 일이 생길 거야. 너나 나나 어차피 무리에서 떨어져나와 길을 잃고 헤매는 기러기 신세. ……가지 않을래? 가 보지 않을래? ……응? 아케미."

아케미는 마타하치의 속삭임에 점점 마음이 끌렸다. 마타하치는 열변을 토하며 세상이 넓다는 것과 자신들의 젊음을 이야기했다.

"재미있게 사는 거야. 하고 싶은 일을 하면서 사는 거지. 그렇지 않으면 태어난 보람이 없어. 우린 좀 더 담대해져야 해. 어정쩡하게 정직하고 선량하게 살려고 할수록 오히려 운명이란 놈은 사람을 농락하거나 비웃으면서 나쁜 일만 겪게 하고 편한 길은 닦아놓지 않아. ……아케미, 너 역시 그렇지 않았니? 오코 같은 여자나 세이주로 같은 남자의 먹이가 되어서 먹히고 있으니까 네 삶이 고달픈 거야. 먹는 인간이 되지 않으면 이 세상은 살기 힘들어."

"……."

아케미는 마음이 흔들렸다. 요모기야에서 뿔뿔이 흩어져 세상에 나온 뒤로 자신은 세상이라는 곳에서 학대만 받아왔는데, 과연 마타하치는 남자였다. 전보다도 어딘가 듬직해진 것처럼 생각되었다.

하지만 그녀의 뇌리 한구석에는 아직 버리지 못한 환영이 어른거리고 있었다. 그것은 무사시의 그림자였다. 불에 탄 집으로 가서 재라도 보고 싶어 하는 어리석은 집착과 같았다.

"싫어?"

"……."

아케미는 말없이 고개를 가로저었다.

"그럼 가자. 싫지 않으면."

"하지만 마타하치 님의 어머님은 어쩌고요?"

"어머니?"

마타하치는 절벽 위를 올려다보면서 말했다.

"어머니는 무사시의 유품만 챙기면 혼자 고향으로 돌아갈 거야. 내가 버리고 간 걸 알면 한동안은 노발대발 화를 내겠지만, 그건 앞으로 내가 출세해서 잘살면 해결될 일이야. 마음을 정했으면 서두르자."

마타하치가 분연히 일어나 앞장서서 걸어가자 아케미는 주저하며 말했다.

"마타하치 님, 다른 길로 가요. 그 길은."

"왜?"

"그 길로 가면 아까 그 산등성이로……."

"하하하. 입이 귀까지 찢어진 귀신이 나온다는 거지? 내가 같이 있으니까 괜찮아. ……앗! 큰일 났다. 할망구가 저기서 날 부르고 있어. 귀신보다 더 무서운 어머니가 말이야. 아케미, 발각되면 큰일이니 빨리 와."

산을 뛰어서 올라가는 두 그림자가 바위산 중턱 깊숙이 사라질 무렵 기다리다 지친 오스기가 골짜기 위에서 아들을 부르는 소리가 공허하게 메아리쳤다.

"아들아…… 마타하치!"

생사일로

1

휘잉, 휘잉.

논두렁의 무성한 수풀로 바람이 불어왔다. 작은 새가 바람을 타고 날아올랐지만 아직 그 새의 모습도 보이지 않을 만큼 어두웠다.

이미 넌더리가 날 정도로 한바탕 한 터라 사사키 고지로는 이름만 짧게 밝히고 기라라 고개의 논두렁을 내달려 사가리마쓰가 있는 곳까지 왔다.

"아, 고지로 님인가."

그의 발소리를 듣고 사방에 매복해 있던 요시오카의 제자들은 기다리다 지친 얼굴로 그의 주위를 금방 새까맣게 에워쌌다.

"무사시란 놈은 아직 보지 못했소?"

미부의 겐자에몬이 물었다.

"아니, 만났습니다."

고지로는 말끝을 올리며 그 말에 놀라서 일제히 자신에게 쏠리는 날카로운 시선을 차갑게 둘러보면서 말했다.

"만났지만, 무사시란 놈이 무슨 생각을 했는지 다카노 강에서 5, 6정쯤 같이 오다가 갑자기 자취를 감춰버렸습니다."

말이 채 끝나기도 전에 미이케 주로자에몬이 말했다.

"그럼, 도망친 게로군."

사람들이 술렁이기 시작했다.

"아니오!"

고지로는 그 술렁임을 제지하고 다시 말을 이었다.

"침착한 그의 태도와 또 내게 했던 말 등을 생각해보면 자취는 감췄지만 아무래도 그대로 도망친 것 같지는 않소. 추측건대 내가 알면 안 되는 계책을 쓰기 위해 나를 따돌린 것 같으니 결코 방심해선 안 되오."

"계책? 무슨 계책?"

무수한 얼굴이 그를 둘러싸고 그의 말은 한마디도 놓치지 않겠다는 듯 북적거렸다.

"필시 무사시를 도우려는 자들이 어딘가에 주둔해 있다가 그와 합세하여 이곳을 습격할 속셈이 아닌가 싶소."

"으음. ……그럴 수도 있겠지."

겐자에몬이 신음하듯 말했다.

"그렇다면 곧 이리로 오겠군."

미이케는 그렇게 말하고는 자기 자리에서 벗어나거나 나무 위에서 내려와 모여든 자들에게 말했다.

"자리로 돌아가라, 어서. 이렇게 방비가 무너졌을 때 무사시 쪽에서 갑자기 허를 찔러 공격해오면 꼼짝없이 당하고 만다. 저들의 수가 얼마인지 모르지만 몇 명 되지 않을 것이다. 매복해 있다가 모조리 죽여버려라."

"맞아."

그들은 모두 그제야 깨달은 듯 저마다 중얼거렸다.

"기다리다 지쳐서 마음이 해이해질 때를 조심해야 해."

"각자 위치로."

"그래, 방심하지 말자."

그들은 서로 그렇게 말하면서 수풀 속과 나무 뒤, 또 활과 총포를 든 자들은 나무 위로 모습을 감추었다.

고지로는 문득 사가리마쓰 아래에 허수아비처럼 서 있는 겐지로를 보고 물었다.

"졸리냐?"

겐지로는 세차게 머리를 가로저었다.

"아니요."

고지로는 겐지로의 머리를 쓰다듬으면서 말했다.

"입술이 새파란 걸 보니 추운가 보구나. 너는 오늘 결투에서 요시오카 측의 대표, 그러니까 총대장과 같은 존재이니 정신을 바싹 차리고 있어야 한다. 조금만 더 참으면, 조금만 더 있으면 재미있는 걸 보게 될 테니 말이다. ……자, 그럼 나도 어디 좋은 자리를 골라서 가 있어야겠군.”

고지로는 그렇게 말하고 그곳을 떠났다.

2

그 무렵, 무사시는 시가 산과 우류 산의 아이노사와間の沢 부근에서 늦어진 시간을 만회하기 위해 갑자기 걸음을 재촉했다.

사가리마쓰에서 만나기로 한 시간은 인시 하각이었다. 요즘 일출은 대략 묘시卯時가 지난 후였기 때문에 인시 하각이면 아직 어두울 때였다. 장소가 에이 산의 산길에서 세 갈래로 갈라진 길이라 날이 밝으면 당연히 오가는 사람들도 있을 것이라는 점까지 고려해서 시간을 정한 것은 말할 필요도 없다.

‘아, 기타 산北山의 승방 지붕이구나.’

무사시는 걸음을 멈추고 자신이 지금 밟고 있는 산길 바로 아래로 보이는 절을 내려다보았다.

‘가깝다!’

거기서 사가리마쓰가 있는 곳까지는 7, 8정밖에 되지 않았다.

기타노의 뒷골목에서 마침내 여기까지 걸어온 것이다. 그동안 달도 그와 함께 걸어왔다. 산 너머로 숨었는지 달은 이미 보이지 않았다. 그러나 삼십육봉의 품에서 깊이 잠들어 있던 흰 구름 떼가 갑자기 요란하게 움직이며 하늘로 올라가기 시작한 것만 봐도 천지가 고요한 박명 속에서 이미 '위대한 일과'를 시작했다는 것을 알 수 있었다.

무사시는 구름을 올려다보며 그 위대한 일과 중 첫 번째로, 고작 몇 번의 호흡을 하는 동안 자신의 목숨이 한 조각 구름보다도 허망하게 사라져가는구나, 하고 생각했다.

구름에 안긴 거대한 삼라만상을 위에서 내려다보면 한 마리 나비의 죽음도 한 인간의 죽음도 다를 것이 아무것도 없다. 하지만 인류가 살고 있는 세상에서 보면 한 개인의 죽음은 인류 전체의 삶과 관계가 있다. 인류의 영원한 삶에 대해 좋은 암시인지, 나쁜 암시인지를 지상에 그려가게 된다.

'잘 죽자!'

무사시는 그런 생각으로 여기까지 왔다. 어떻게 잘 죽느냐가 그의 최대이자 최후의 목적이었다.

문득 물소리가 들렸다. 걸음을 재촉해서 여기까지 한달음에 달려온 탓인지 갈증을 느꼈다. 바위뿌리로 허리를 구부려 물을 마셨다. 혀에 느껴지는 물맛이 달았다.

'내 정신은 흐트러지지 않았어.'

물맛으로도 그것을 알 수 있었다. 그리고 죽음을 목전에 두고도 비굴함을 전혀 느끼지 않는 자신이 대견했다. 지금이야말로 자신의 담력은 한 발 한 발 앞으로 내딛는 발걸음에 달려 있다는 느낌이다.

그런데 걸음을 멈추고 한숨 돌리자마자 뒤에서 누군가 자신을 부르는 사람이 있었다. 오쓰의 목소리였다. 또 조타로의 목소리도 들렸다.

'기분 탓이야.'

그는 그렇게 생각했다.

'평정심을 잃고 뒤따라올 여자가 아니야. 내 마음을 누구보다 잘 알고 있으니까.'

또 그런 줄 알았다.

그러나 그런데도 오쓰가 뒤에서 온 힘을 다해 소리를 지르며 따라올 것만 같은 기분을 도무지 떨쳐낼 수가 없었다.

여기까지 달려오는 동안에도 걸핏하면 뒤를 돌아다보았다. 지금도 걸음을 멈추자마자 혹시나 싶어서 귀를 기울이고 만다.

시간에 늦는다는 것은 약속을 어기는 일일 뿐 아니라 결투를 하는 데 있어서도 손해다. 홀로 수많은 적진 한가운데로 뛰어들기 위해서는 달이 지고 날은 아직 밝지 않은 새벽어둠의 지극히 짧은 한순간을 노리는 것이 그에게는 가장 유리하다. 물론 무사시도 그런 생각으로 걸음을 재촉했다. 또 뒷덜미를 잡아당기는 듯한 오쓰의 애절한 목소리와 모습을 마음속에서 떨쳐내기 위해 여기까지 눈을 질끈 감고 달려온 것이기도 했다.

3

외부의 적은 물리치기 쉬워도 마음의 적은 이길 방법이 없다.

'제길, 그깟 일로.'

무사시는 자신의 마음에 채찍질을 했다.

'나약한 놈!'

오쓰 따위는 털끝만큼도 마음에 두지 않으려 했다. 아까 소매를 뿌리칠 때 오쓰에게도 "남자가 남자의 사명을 위해 정진할 때는 사랑 같은 건 조금도 생각하지 않는다."고 했지만, 새삼 생각해보니 부끄러웠다.

그렇게 말해놓고 과연 지금 자신의 머릿속에서 오쓰를 완전히 지워버렸는가?

'이 무슨 미련이란 말인가.'

무사시는 마음속에서 오쓰의 환영을 쫓아내고 거기에서 도망치듯 다시 쏜살같이 내달렸다. 그러자 눈 아래의 대나무 숲에서 저 멀리 산기슭까지 펼쳐져 있는 숲과 밭과 논두렁으로 이어지는 외길이 보였다.

"아!"

이제 이치조 사의 사가리마쓰가 있는 삼거리와는 꽤 가까워졌다. 그 외길을 눈으로 더듬어가자 대략 2정쯤 앞에서 다른 두 갈래 길과 만나고 있었다. 젖빛 안개 입자가 고요히 떠다니는 허공에 우산을 높이 펼친 사가리마쓰가 무사시의 눈에 들어왔다.

무사시는 재빨리 무릎을 땅에 붙이고 몸을 낮췄다. 앞과 뒤, 아니 이 산의 나무들조차 모두 적인 듯 그의 온몸은 투지로 불타올랐다.

그는 도마뱀처럼 바위와 나무 뒤로 날렵하게 몸을 숨겨가며 사가리마쓰가 바로 아래로 내려다보이는 곳까지 갔다.

'음, 있군!'

사가리마쓰에 모여 있는 사람들까지 희미하게 보일 정도로 더 가까워졌다. 소나무 밑동을 중심으로 열 명 정도가 안개 속에서 창을 들고 서 있었다.

휘잉, 산꼭대기에서 불어오는 새벽 공기가 흡사 비를 뿌리듯 무사시의 몸에 물방울을 뿌리더니 소나무 가지와 대나무 숲을 지나 산자락으로 날아갔다.

안개에 휩싸인 사가리마쓰는 우산 모양의 가지를 흔들며 천지에 어떤 예감을 고하고 있는 듯했다.

눈에 보이는 적의 수는 얼마 되지 않았지만 무사시는 천지 사방에 죄다 적이 있는 것만 같았다. 이미 사지의 한가운데에 와 있는 듯한 기분이었다. 손등까지 소름이 돋았다. 호흡은 깊고 조용하게, 발끝까지 이미 전투태세에 들어가 있었다. 천천히 한 발한 발 나아가는 발가락이 손가락 못지않은 힘으로 바위 사이를 기어오르고 있었다.

눈앞에 옛 성터인 듯한 돌담이 있었다. 그는 바위산의 중턱을 타고 조금 높은 그 성터로 나왔다.

성터에서 바라보니 산자락의 사가리마쓰 쪽을 향해 돌로 만든 도리이鳥居(신사의 기둥 문)가 있었다. 주위는 교목과 방풍림으로 둘러싸여 있었다.

"아, 신사神祀구나."

그는 배례를 올리는 건물로 달려가 무릎을 꿇었다. 어떤 신사인지 생각하지도 않고 무의식적으로 땅바닥에 양손을 짚었다. 때가 때인 만큼 그 역시 떨리는 마음을 감출 수가 없었다. 칠흑같이 어두운 건물 안에서 등불 한 줄기가 꺼지지도 않고 바람에흔들리고 있었다.

"하치다이八大 신사구나."

그는 현판을 올려다보며 든든한 아군을 얻은 듯한 기분이 들었다.

"그래!"

바로 아래에 있는 적을 향해 달려 내려가는 자신의 등 뒤에는신이 있다는 든든함과 신은 항상 옳은 자의 편에 선다는 믿음, 그

리고 옛날 노부나가가 오케하자마로 달려가는 도중에 아쓰타熱
田 신궁에 참배했던 일들을 떠올리고는 어쩐지 좋은 조짐이라
는 기분이 들었다.

그는 참배하는 사람들이 손과 입을 씻는 물로 입을 헹궜다. 그
리고 한 국자 더 떠서 입에 머금고 칼자루를 감은 끈에 뿜고 짚
신 끈에도 뿜었다. 재빨리 가죽 다스키襷(양어깨에서 양겨드랑이
에 걸쳐 X자 모양으로 엇매어 일본 옷의 옷소매를 걷어 매는 끈)로 옷
소매를 걷어 매고, 무명천으로 머리를 동여맨 그는 발로 땅을 고
르면서 신사 앞으로 돌아와 추녀에 걸어놓은 금고(절이나 신사의
추녀에 걸어놓고 매달린 밧줄로 치는 종)로 손을 뻗었다.

4

'아, 잠깐만.'

무사시는 줄을 잡고 금고를 치려다가 손을 뗐다. 꼬여 있는 홍
백색의 실을 분간할 수 없을 정도로 낡은 무명 줄이, 금고에 매달
려 있는 한 가닥의 줄이 자신에게 말하고 있는 듯했다.

'빌어라, 나에게 기대.'

그러나 무사시는 스스로에게 지금 이곳에 무엇을 바라고 온
것이냐고 물어보고는 손을 냉큼 움츠렸다.

'이미 난 우주와 일심동체가 되지 않았던가.'

그리고 생각했다.

'여기에 오기까지, 아니 평소부터 아침에 태어나서 저녁에 죽을 몸이라고 죽음을 통해 배워오지 않았던가.'

그런데 지금 아무 생각도 없이, 평소 쌓아온 수련을 이제야 제대로 펼쳐 보이나 싶은 순간에, 한 가닥 줄을 보고 캄캄한 어둠 속에서 빛이라도 발견한 듯 기뻐하며 마음이 흔들려서 저도 모르게 손을 뻗어 줄을 흔들려고 하고 있었다.

무사에게 외부의 도움은 절대 아군이 아니다. 죽음이야말로 당당한 아군이다. 언제라도 떳떳하고 깔끔하게 죽고자 하는 마음가짐은 아무리 배우고 닦아도 쉽게 터득할 수 있는 수련이 아닌 것은 분명하지만, 어젯밤부터 오늘 아침까지의 자신은 그것을 완전히 체득했다고 마음속으로 자부하고 있었다.

'그런데……'

무사시는 분한 마음에 눈물이 뺨을 타고 흘러내리는 것도 깨닫지 못하고 고개를 숙인 채 신 앞에 가만히 서 있었다.

'내 잘못이야!'

그는 깊이 후회했다.

'스스로는 죽음을 초월했다고 생각하지만 아직 몸속 어딘가엔 살고 싶다는 욕망이 요동치고 있는 것이 분명해. 오쓰 때문인지, 고향의 누이 때문인지, 지푸라기라도 잡고 싶어 하는 욕망이

나도 모르게 금고 줄로 손을 뻗게 한 거야. 마지막 순간에 신의 힘에 의지하려고 했어.'

무사시는 오쓰를 위해서는 흘리지 않았던 눈물을 흘리면서 자신의 몸과 자신의 마음과 자신의 수련에 깊은 회한을 느꼈다.

'무의식적이었어. 의지하려는 마음도, 빌고자 하는 말도 생각하지 않고 나도 모르게 금고 줄을 흔들려고 했어. 하지만 무의식적이기에 더는 안 돼!'

아무리 꾸짖고 또 꾸짖어도 소용이 없는 참회였다. 자신이 너무 한심했다. 오늘까지 매일 수련을 쌓아온 결과가 이것이었다.

'어리석은 놈.'

자신의 자질이 너무나 초라하게 느껴졌다.

'이미 죽음을 각오한 몸. 무엇을 의지하고 무엇을 빌겠는가. 싸우기도 전에 마음은 이미 진 것이야. 그러고도 무슨 무사다운 인생의 완성이라 할 수 있을까.'

하지만 무사시는 한편으로 고마운 마음도 들었다.

실제로 신을 느꼈다. 다행히도 아직 싸움을 시작하지는 않았다. 일보 직전이다. 동시에 후회를 바로잡을 수 있다는 것을 의미한다. 그것을 깨닫게 해준 존재가 바로 신이라는 생각이 들었다.

그는 신을 믿었다. 그러나 '무사의 길'에는 의지할 신 같은 건 없다. 신조차 초월한 절대적인 길이라고 생각한다. 무사가 받드는 신이란 신에게 의지하는 것이 아니고, 또 인간임을 자랑하는 것도 아니다. 신이 없다고는 할 수 없지만 그렇다고 의지해야 할 존재도 아니다. 자기라는 인간도 한없이 나약하고 작고 불쌍한 존재라는 것을 깨닫는 비애에 지나지 않는다.

"……."

무사시는 한 발 물러서서 합장을 했다. 그러나 그 손은 금고 줄로 뻗은 손과는 다른 손이었다. 그리고 곧장 하치다이 신사의 경내에서 나와 좁고 가파른 언덕을 달려 내려갔다. 그가 달려 내려가는 산자락 비탈에 사가리마쓰가 있었다.

5

앞으로 고꾸라질 것 같은 급한 언덕이었다. 비라도 억수같이 내리는 날이면 그대로 폭포가 될 것 같은 길에는 물살에 드러난 돌멩이가 삐죽삐죽 튀어나와 있다.

한달음에 뛰어 내려가는 무사시의 발뒤꿈치 뒤로 돌멩이와 흙이 튀어 오르며 정적을 깼다.

"앗."

뭔가를 보았는지 무사시가 갑자기 몸을 공처럼 말더니 수풀 속으로 뛰어들었다.

풀은 아직 아침이슬을 한 방울도 떨구지 않았다. 무사시의 무릎과 가슴은 아침이슬로 흠뻑 젖었다. 놀라서 몸을 웅크린 토끼처럼 무사시의 눈은 사가리마쓰의 우듬지를 응시하고 있었다.

그곳까지는 이제 수십 보의 거리여서 육안으로도 확인할 수 있었다. 그리고 사가리마쓰가 있는 곳은 이 언덕 아래보다 더 낮은 지대여서 그 우듬지도 비교적 낮게 보였다.

무사시는 보았다.

나무 위에 숨어 있는 자를.

게다가 그자는 반궁도 아닌 총포를 들고 있는 것 같았다.

'비겁한 놈들!'

무사시는 분노했다.

'고작 나 한 사람을 상대하면서……'

불쌍하기도 했다. 그러나 그렇다고 해서 예상하지 못한 것은 아니었다. 당연히 이 정도 준비는 해두었을 것이라고 짐작하고 있었다. 요시오카 쪽에서도 자신이 설마 혼자 이곳에 오리라고는 분명 생각하지 못했을 것이다. 그렇다면 활이나 총포 같은 무기를 준비하는 것이 현명한 처사일 테고, 그것도 한두 자루가 아닌 것으로 봐야 할 것이다.

하지만 그의 위치에서는 사가리마쓰의 우듬지에 숨어 있는 자만 보였다. 그자와 같이 활과 총을 든 자들이 모두 나무 위에 숨어 있을 것이라고 보는 것도 속단이자 위험한 생각이었다. 반궁이라면 바위 뒤나 저지대에도 숨어 있을 것이고, 총이라면 이 산중턱에서 쏴도 맞힐 수 있었다.

그러나 단신인 무사시에게 유리한 것은 나무 위의 사내나 나무 아래에 모여 있는 자들이 모두 자기 쪽으로 등을 보이고 있다는 것이었다. 갈림목에서 길이 세 갈래로 나뉘어 있는 만큼 그들은 등 뒤의 산을 전혀 의식하지 않고 있었다.

무사시는 칼집 끝에 달린 장식보다도 머리를 낮추고 기다시피 하면서 천천히 앞으로 나아갔다. 그리고 갑자기 잰걸음으로 다다다다, 커다란 소나무 줄기를 향해 달려갔다. 20간(1간은 약 1.8미터) 정도 앞에 있는 우듬지의 사내가 그 모습을 발견하고 소리를 질렀다.

"앗, 무사시다!"

하늘에서 그 소리가 울려 퍼지는데도 아랑곳하지 않고 무사시는 여전히 같은 자세를 유지한 채 10간은 확실히 달려갔다.

무사시는 그 몇 초 동안에는 절대로 총알이 날아오지 않을 것이라고 이미 계산하고 있었다. 우듬지에 있는 자가 나뭇가지 위에 걸터앉아서 세 갈래 길이 있는 방향으로 총구를 향한 채 망을 보고 있었기 때문이다. 나무 위라 몸의 위치도 바꿔야 하고, 또 잔가지들이 방해가 되어서 총신도 곧장 돌릴 수 없다. 이렇게 계산하고 그 몇 초 동안은 안전하다고 생각한 것이다.

"뭐라고?"

"어디냐?"

사가리마쓰 아래를 본진으로 삼고 둘러서 있는 열 명 정도의 무리가 동시에 외쳤다. 우듬지 위에 있는 자가 다시 소리쳤다.

"뒤쪽이다."

목청이 터질 듯한 목소리였다. 그때는 이미 우듬지 위에서 황급히 방향을 바꾼 총구가 정확하게 무사시의 머리 위를 겨누고 있었다.

소나무의 가는 잎사귀 사이에서 화승 불이 번쩍였다. 무사시의 팔이 큰 원을 그린 것도 그 찰나였다. 손에 쥐고 있던 돌이 소리를 내며 불꽃이 번뜩였던 곳으로 날아갔다.

뚝, 나뭇가지가 부러지는 소리와 함께 비명 소리가 나더니 검은 물체가 안개를 뚫고 땅바닥으로 곤두박질쳤다. 물론 그것은 인간이었다.

6

"앗!"

"무사시!"

"무사시다!"

뒤에 눈이 달리지 않은 인간인 이상 놀라는 것은 당연했다.

세 방면의 길목에서 물샐 틈 없이 방비하고 있었던 만큼, 아무 예고도 없이 그 중심부에서 갑자기 무사시를 맞이하리라고는 꿈에도 생각하지 못했던 그들이 당황하는 것도 무리는 아니었다.

그곳에는 불과 열 명 정도의 사람들이 있었는데 느닷없이 지축을 뒤흔드는 소리가 들리자 그들은 같은 편끼리 칼집과 칼집을 부딪치기도 하고, 창을 고쳐 쥐려다 창대로 같은 편의 발을 걸어 넘어뜨리기도 했다. 또 어떤 자는 불필요할 정도로 멀리 몸을 비키며 아직 놀람이 가시지 않은 듯 동료의 이름을 쓸데없이 큰 소리로 불러댔다.

"고, 고바시!"

"미이케!"

"조심해!"

그리고 자신의 놀란 가슴을 진정시키지도 못하면서 다른 사람에게 훈계하거나 "뭐, 뭐를?" "와, 왔……!" 하고 알아들을 수도 없게 뚝뚝 끊기는 말로 지껄여대면서 황망히 빼든 칼과 창을 무사시를 향해 반원으로 겨눈 순간 무사시가 쩌렁쩌렁한 목소리로 외쳤다.

"약속한 대로 미마사카의 고시 미야모토 무니사이의 아들 무사시, 결투에 임하러 왔다. 겐지로 님은 어디에 계시는가? 이전의 세이주로 님이나 덴시치로 님처럼 방심하지 말길 바란다. 아직 어린 소년이니 수십 명이 합세한다 해도 인정하겠다. 하지만 나는 이처럼 단신으로 왔다. 한 명씩 덤비든 모두 한꺼번에 덤비든 그것은 그쪽 마음대로. 자, 오너라!"

그들에게는 무사시가 이처럼 예의를 지켜가며 정면으로 나서는 것도 의외였다. 예의를 갖춰 나오는 상대를 예의를 모르고 대하는 수치는 뼈에 사무치겠지만, 평소와는 달리 지금과 같은 상황에서는 충분한 여유라는 것이 없기에 예의를 갖출 경황 따위는 없었다.

그들은 침조차 순식간에 말라버린 입으로 고작 이런 말밖에 할 수 없었다.

"늦었구나, 무사시."

"겁이 났구나!"

그럼에도 불구하고 무사시가 단신으로 왔다는 말만은 확실하게 알아듣고 '그래, 상대는 고작 한 명이야.'라며 투지를 되찾은 듯 보이기도 했다. 하지만 겐자에몬이나 미이케 주로자에몬 같은 노련한 자들은 무사시가 오히려 자신들의 허를 찌르려는 계책으로 받아들이고, 무사시를 도우려는 자들이 근처에 모습을 숨기고 있을 것이라며 의심에 가득 찬 눈으로 사방을 경계했다.

피잉 ─.

어디선가 화살이 날아가는 소리가 났다.

그리고 거의 동시에 무사시가 뽑아 든 칼을 휘두르는 소리가 나는가 싶더니 그의 얼굴을 향해 날아온 화살 하나가 둘로 쪼개

져서 그의 어깨 너머 칼끝 아래로 툭 떨어졌다.

사람들의 시선이 그곳에 고정되어 있는 동안 무사시는 사자의 갈기처럼 머리카락을 휘날리며 소나무 줄기 뒤에 숨어 있던 검은 그림자를 향해 모두뜀으로 날아올랐다.

"으악, 무서워!"

가만히 그곳에 있으라는 말대로 처음부터 그곳에 서 있던 겐지로가 비명을 지르며 소나무 줄기를 부둥켜안았다.

아들의 비명을 들은 겐자에몬이 마치 자신이 둘로 베인 듯한 목소리로 고함을 치며 달려든 순간, 무사시의 칼은 한 줄기 섬광을 그리며 소나무 껍질을 두 자 정도 날카롭게 베어버렸고, 그 껍질과 함께 어린 소년의 목이 피를 뿜으며 땅으로 굴러 떨어졌다.

안개 바람

1

홉사 야차와 같은 짓이었다. 처음부터 가장 중요시 했던 목표물이었던 듯 무사시는 다른 이들은 모두 제쳐두고 제일 먼저 겐지로를 베어버렸다.

무참하고 잔인하다는 말밖에는 달리 표현할 길이 없었다. 아무리 적이라 해도 세상 물정 모르는 소년에 불과하다. 그런 소년을 죽인다 해서 눈앞에 있는 적의 수가 줄어드는 것도 아니다. 아니, 오히려 요시오카 일문의 화를 돋우어 그들의 전의만 격앙시킬 뿐이었다. 특히 겐자에몬은 당장이라도 오열을 터뜨릴 것 같은 표정으로 고함을 지르며 늙은이의 팔에는 다소 무거워 보이는 칼을 머리 위로 높이 치켜들고 무사시를 들이받을 기세로 달려왔다.

"이놈이 감히!"

무사시는 오른발을 한 자 정도 뒤로 물리는가 싶더니 그 발을 따라 몸과 양손을 오른쪽으로 비스듬하게 틀고 방금 겐지로의 목을 벤 칼로 자신을 향해 내려친 겐자에몬의 팔꿈치와 얼굴을 올려쳤다.

"으윽!"

누구의 비명인지 분명치 않았다. 왜냐하면 동시에 무사시의 뒤에서 창을 찔러온 자가 앞으로 비틀거리며 걸어가더니 겐자에몬과 뒤엉켜 피투성이가 되어 나뒹굴었고, 시선을 돌릴 틈도 없이 곧바로 무사시의 정면에서 달려든 네 번째 적은 늑골까지 베여 머리와 손을 축 늘어뜨린 채 이미 생명이 빠져나간 몸으로 두세 걸음 옮기더니 고꾸라져버렸기 때문이다.

"다들 나와라."

"여기다!"

나머지 예닐곱 명이 절규하며 위급을 알렸다. 하지만 세 방면으로 흩어져 있는 같은 편 사람들은 모두 본진과 상당한 거리를 두고 매복해 있었기 때문에 극히 짧은 시간에 일어난 이곳의 이변을 전혀 알아채지 못했다. 또 그들의 필사적인 외침도 솔바람과 넓은 대나무 숲이 우는 소리에 파묻혀 허공에서 허무하게 사라져버렸다.

수백 년 전 옛날부터 이곳에 뿌리를 내린 사가리마쓰는 오늘 생각지도 않게 흙속에 스며든 인간의 피를 빨아들이고 기분이 좋았는지 그 거대한 몸통을 우듬지 끝까지 부르르 떨며 연기 같은 안개 바람이 불 때마다 우산 아래의 검과 사람들에게 차가운 이슬방울을 후드득 뿌렸다.

한 구의 시체와 세 명의 부상자는 숨 한 번 쉬는 사이에 팽팽한 긴장감이 감도는 사가리마쓰 아래에서 완전히 무시되어버렸다. 그들이 정신을 차린 순간 무사시는 이미 사가리마쓰 줄기에 자신의 등을 딱 붙이고 있었다. 두 아름이나 되는 소나무 줄기는 그의 등 뒤를 지켜주는 완벽한 방책으로 보였다. 그러나 무사시는 그곳에 오랫동안 들러붙어 있는 것은 오히려 불리하다는 것을 알고 있었다. 그는 험악한 눈빛으로 칼끝에 있는 일곱 명의 적을 붙잡아놓고 자신에게 유리한 지형을 탐색하고 있었다.

나뭇가지가 흔들리는 소리, 구름이 움직이는 소리, 수풀이 우는 소리…… 천지의 모든 것이 바람에 떨고 있을 때 멀리서 누군가가 외치는 소리가 들렸다.

"사가리마쓰로 가라!"

근처의 야트막한 언덕 위였다. 적당한 곳을 골라 언덕 위의 바위에 걸터앉아 있던 사사키 고지로가 어느새 바위 위에 서서 세 갈래 길의 수풀과 나무 뒤에 숨어 있는 요시오카 사람들을 향해 소리를 지르고 있었다.

"어이, 사가리마쓰다, 사가리마쓰로 가라!"

2

그때 사람들의 귀를 먹먹하게 하는 총소리가 울렸다. 고지로의 목소리를 그들 중 누군가가 들은 것이 분명했다. 넓은 대숲과 나무 뒤와 바위 뒤, 세 길 곳곳에 매복해 있던 자들이 모기가 들끓듯 동요하며 일제히 소리쳤다.

"어, 어?"

"벌써?"

"갈림목이다, 갈림목!"

"한 발 늦었다!"

세 갈래 길에서 각각 스무 명이 넘는 사람들이 마치 본류로 흘러가는 지류처럼 사가리마쓰를 향해 일제히 질주하기 시작했다.

무사시는 총소리가 울림과 동시에 사가리마쓰의 줄기를 자신의 등으로 문지르듯이 옆으로 살짝 움직였다. 총알은 그의 얼굴에서 아슬아슬하게 빗나가 나무줄기에 퍽 하고 소리를 내며 박혔다. 창과 칼을 겨눈 채 무사시와 대치하고 있던 일곱 명도 무사시의 움직임에 따라 나무줄기를 돌아갔다.

그때 무사시가 갑자기 일곱 명 중 왼쪽 끝에 있는 자를 향해 시퍼렇게 날이 선 칼을 겨누며 달려들었다. 그는 요시오카의 십검 중 한 명인 고바시 구란도小橋蔵人였다. 그는 무사시가 너무나 빠르고 무서운 기세로 달려들자 "아, 앗." 하고 겁에 질린 소리를 내며 몸을 한쪽으로 돌려 피했다. 무사시는 그 순간 생긴 공간으로 파고들어 그대로 쏜살같이 달려 나갔다. 무사시가 등을 보이자 "놓치지 마라!"라고 소리를 지르며 무사시를 베려고 그들이 일제히 달려드는 순간 그들의 결속은 산산이 깨졌고, 그들 개개인의 자세도 엉망진창으로 흐트러졌다.

무사시는 갑자기 몸을 휙 돌리더니 맨 앞에서 쫓아오는 미이케 주로자에몬의 옆구리를 향해 칼을 휘둘렀다. 주로자에몬이 직감적으로 유인책이라는 것을 깨닫고 발끝에 힘을 주고 그 자리에 멈춘 순간 무사시의 검이 뒤로 젖힌 그의 가슴을 스치고 지나갔다.

하지만 무사시의 검은 세상의 여느 무사들처럼 일진일도一振一刀, 즉 목표물에서 빗나가 허공에서 힘을 잃은 검을 다시 고쳐 쥐고 휘두르는, 그런 느린 검이 아니었다.

그는 스승이라는 존재가 없기 때문에 수련을 하는 데 있어서 고생도 하고 손해도 봤지만 나름대로 이득도 있었다.

그것은 기존 유파의 틀에 얽매이지 않는다는 것이다. 따라서 그의 검법에는 어떠한 형식도, 어떠한 약속도, 어떠한 비법도 없다. 천지 사방의 공간에 그가 그려낸 상상력과 실행력이 어우러져 태어난 무명무형의 검법인 것이다.

예를 들면 지금과 같은 경우, 그가 사가리마쓰 결투에서 미이케 주로자에몬을 벨 때의 검법 역시 그러했지만, 주로자에몬은 요시오카 일문의 고수인 만큼 무사시가 도망치는 척 뒤돌아서서 휘두른 검에 그나마 대처할 수 있었던 것이다. 그런데 그것이 교류京流든, 신카게류神陰流든, 어떤 유파든 상관없이 기성 검법이었다면 충분히 피했다고 할 수 있었을 것이다.

하지만 무사시만의 독자적인 검법은 그렇지 않았다. 그의 검에는 반드시 되치기가 있었다. 오른쪽으로 휘두른 검은 동시에 곧장 왼쪽으로 되치는 원동력을 갖고 있었다. 따라서 그의 검이 허공에 그리는 빛을 자세히 보면 번개처럼 빠른 그 빛은 한 뿌리에 두 이파리가 달린 솔잎처럼 한쪽 방향으로 나아가서는 반드시 되돌아와서 적을 올려친다.

"앗!" 하고 소리치는 사이에 제비 꼬리처럼 되돌아온 칼을 맞은 미이케 주로자에몬의 얼굴은 깨진 수박처럼 빨갛게 물들었다.

3

교류 요시오카의 전통을 계승해야 하는 십검 중 고바시 구란도가 가장 먼저 쓰러졌고, 지금 또 미이케 주로자에몬 등이 땅바닥으로 고꾸라졌다.

게다가 무사라고는 할 수 없지만 그들의 명목상 대표자인 겐지로를 합치면 사가리마쓰 아래에 있던 요시오카 무리들 중 이미 절반이 무사시의 칼을 맞고 서전緖戰의 예물로 바쳐지며 이 일대에 참담한 피를 뿌렸다.

그때 주로자에몬을 벤 여세를 몰아 전열이 흐트러진 그들의 허를 찔러 공격했다면 무사시는 적의 목을 더 벨 수 있었음은 물론이고 단숨에 대세를 굳힐 수도 있었을 것이다.

그러나 무슨 생각을 했는지 무사시는 곧장 세 갈래 길 중 한쪽으로 달려갔다.

도망치는가 싶어서 쫓아가면 뒤돌아서 있고, 공격해오는구나 하고 자세를 갖추고 있으면 땅을 스치며 낮게 나는 제비처럼 무사시는 어느새 그들의 눈앞에서 사라져버렸다.

"제기랄."

남은 자들은 이를 갈았다.

"무사시, 이놈!"

"추잡한 놈!"

"비겁한 새끼!"

"승부는 아직이다!"

그들은 제각기 소리를 지르며 뒤쫓았다. 그들의 눈은 모두 금방이라도 얼굴에서 튀어나올 듯이 광기로 번뜩이고 있었다. 그들은 엄청나게 뿜어져 나온 피를 보고, 또 그 피 냄새를 맡고, 마치 술독에 빠진 듯 피에 취해 있었다. 핏속에 서면 용감한 사람은 평소보다 냉정해지고, 겁쟁이는 그 반대가 된다. 무사시의 등을 보며 쫓아가는 그들의 상기된 얼굴은 흡사 피에 굶주린 귀신의 형상과 같았다.

"그쪽으로 갔다!"

"놓치지 마라!"

그들의 외침을 들으면서 무사시는 처음 싸움을 시작한 정丁자 모양의 삼거리를 버리고 세 갈래 길 중 가장 폭이 좁은 슈가쿠인 쪽 길로 달려갔다.

그쪽에서도 당연히 사가리마쓰의 변고를 듣고 허겁지겁 달려온 요시오카 쪽 사람들이 있었다. 무사시는 20간도 가기 전에 그 선두와 뒤에서 쫓아오는 자들 사이에 갇히게 될 상황이었다.

그러나 두 무리가 마침내 맞닥뜨린 순간 그들은 같은 편의 흥분한 얼굴만 볼 수 있었을 뿐이다.

"무사시는?"

"이쪽으론 오지 않았어!"

"아니, 그럴 리가 없을 텐데?"

"하지만……."

이렇게 문답을 주고받는 사이에 어디선가 무사시가 외쳤다.

"여기다!"

무사시는 길가의 바위 뒤에서 뛰어나와 그들이 지나온 길 한가운데에 서 있었다.

무사시의 몸은 어디 덤벼보라는 듯 이미 싸울 태세가 되어 있었다. 아연실색하며 그의 도발에 움직이기 시작한 요시오카 쪽 사람들은 길 폭이 좁아서 출발부터 전체의 힘을 한 곳에 집중시킬 수 없었다.

사람의 팔 길이와 칼 길이를 합쳐 몸을 중심으로 원을 그리면 그 좁은 길 폭은 두 사람이 나란히 서는 것조차 위험할 정도였다. 뿐만 아니라 제일 앞에서 무사시를 마주한 자는 쿵쿵쿵 발뒤꿈치를 울리며 뒤로 물러나기에 바빴고, 뒤에 있는 자들은 다투어 앞으로 밀고 왔기 때문에 다수라는 힘 자체가 순식간에 혼란을 일으키며 같은 편끼리 방해만 될 뿐이었다.

4

하지만 무리의 힘이라는 것은 애초에 그리 나약한 것이 아니다. 처음엔 무사시의 민첩한 행동과 노골적인 기세에 압도되어 당황하며 물러났지만 수적 우위에 있는 무리의 힘을 자각하고 선두에 있는 두세 명이 고함을 쳤다.

"고작 한 놈이다."

"쳐라!"

"내가 끝내겠다!"

그중 한 명이 이렇게 말하며 앞장서서 나아가자 뒤에 있던 자들도 보고만 있지 않고 "와아!" 소리를 지르며 한 개인인 무사시보다 빠르고 강하게 달려들었다.

성난 파도를 향해 헤엄쳐가듯 무사시는 필사적으로 싸우면서도 뒤로, 뒤로 밀려나기만 했다. 적을 베는 것보다 자신을 방어하는 데 급급했다. 사정권에 들어와 베려면 벨 수 있는 적조차 그냥 놔두고 조금씩 물러나기만 했다.

이런 경우에는 두세 명의 적을 베어봤자 상대의 전체적인 힘에서 보면 아무런 타격을 주지 못할뿐더러 잠시라도 지체했다간 곧장 적의 창이 날아올 것이기 때문이었다. 칼끝은 대략 거리를 가늠할 수 있지만 많은 적들 사이에서 거리를 좁히며 뻗어오는 창은 거리를 가늠할 여유가 없었다.

요시오카 측은 기세를 올렸다.

무사시가 계속해서 뒷걸음질만 치고 있었기 때문에 이때다 하고 지칠 때까지 밀어붙이는 것이었다. 무사시의 얼굴은 이미 창백해져 있었다. 아무리 봐도 숨을 쉬고 있는 얼굴이 아니었다. 나무뿌리에 걸려 넘어지든가, 밧줄이라도 던져 그 발목을 잡아채면 나자빠질 것이 분명했다. 그러나 죽은 이의 얼굴을 하고 있는 사람에게 달려들어 저승길의 길동무가 되는 것은 누구나 싫었다. 그 때문에 고함을 지르며 칼이나 창으로 밀어붙이면서도 무수한 칼끝과 창끝이 모두 무사시의 가슴이나 팔뚝, 무릎 등에 닿기에는 조금씩 모자랐다.

"앗!"

그들은 또다시 눈앞에서 무사시를 놓치고 폭이 좁은 길에서 단 한 명의 적을 상대하기에는 남아도는 힘을 주체하지 못하며 발을 동동 굴렀다.

그렇다고 해서 무사시가 바람을 일으키며 달아난 것도, 나무 위로 뛰어올라간 것도 아니었다. 단지 그는 그 길에서 수풀 속으로 폴짝 뛰어 몸을 피한 것에 지나지 않았다.

부드러운 흙이 깔린 죽순대 숲이었다. 대나무 사이를 날아가는 새처럼 내달리는 무사시의 모습에 황금빛 햇살이 스쳤다. 에이 산 연봉에 어느새 아침 해가 떠올라 부챗살 같은 붉은 빛줄기를 뿌리고 있었다.

"거기 서라, 무사시!"

"비겁하다!"

"등을 보이고 달아나는 법이 어디 있느냐!"

사람들은 저마다 무사시를 쫓아 대나무 사이를 달렸다. 무사시는 이미 숲을 빠져나와서 작은 시내를 뛰어넘었다. 그리고 한 길 정도 되는 절벽으로 올라가 숨을 고르고 있었다.

절벽 위는 완만하게 비탈진 산자락의 들판이었다. 그는 밝아 오는 세상을 바라보았다. 사가리마쓰 삼거리는 바로 아래다. 그 삼거리에는 뒤늦게 달려온 요시오카 쪽 사람들이 40~50명이나 모여 있었고, 그가 지금 절벽 위에 모습을 드러내자 그곳을 향해 일제히 몰려왔다.

또 지금보다 세 배나 많은 적들이 무사시가 있는 산자락의 들판으로 새까맣게 모여들었다. 그들이 요시오카 쪽의 모든 병력이었다. 한 사람 한 사람 손을 잡으면 커다란 검의 원진을 이루어 이 들판을 에워쌀 수 있을 정도로 많았다.

멀리서 무사시가 바늘처럼 작게 반짝이는 검을 겨눈 채 기다리고 있었다.

5

어디선가 짐말의 울음소리가 들렸다. 마을에도 산에도 이제 사람들이 오갈 시간이다. 특히 이 주변은 아침 일찍부터 승려들이 에이 산에서 내려오고 에이 산으로 올라가는데, 날만 밝으면 나막신을 신은 채 어깨를 떡 하니 펴고 걸어가는 승려의 모습이 보이지 않는 날이 없었다.

그런 승려로 보이는 사람이며 나무꾼, 농부 따위가 저마다 떠들어댔다.

"싸움이다!"

"어디야?"

"어디?"

그 소리에 마을의 닭과 말까지 요란스럽게 울어댔다.

하치다이 신사 위에도 한 무리의 사람들이 모여서 구경하고 있었다. 끊임없이 떠다니는 안개가 산과 함께 구경꾼들의 모습을 하얗게 뒤덮는가 싶더니 곧장 다시 시야가 환하게 트였다

그 짧은 순간에 무사시의 모습은 백팔십도로 변해 있었다. 머리에 동여맨 무명천은 땀과 피에 젖어 복숭앗빛으로 물들어 있었고, 헝클어진 머리카락은 그 피와 땀에 떡이 져 있었다. 그 때문에 가만히 있어도 무서워 보이는 그의 형상이 흡사 염라대왕을 그려놓은 듯 더욱 무섭게 보였다.

"……."

무사시는 온몸으로 숨을 내쉬고 있었다. 숨을 내쉴 때마다 검은 가죽 호구 같은 늑골이 크게 들썩였다. 하카마는 찢어지고, 무릎 관절에는 칼에 베인 상처가 있었다. 그 상처에서 석류 씨 같은 하얀 것이 드러나 보였는데, 찢긴 살에서 뼈가 튀어나온 것이었다.

팔뚝에도 칼에 스친 상처가 있었다. 그다지 큰 상처는 아닌 듯했지만, 가슴께부터 옆구리 부근까지 피로 빨갛게 물들어 있어서 마치 무덤에서 나온 시체가 아닌가 하고 보는 이의 눈을 의심케 할 정도였다.

아니, 그보다 더욱 참혹한 것은 그의 칼을 맞고 여기저기에서 신음하거나 기어 다니고 있는 부상자와 죽은 사람들이었다. 무

사시가 산자락 들판에 있는 것을 보고 일흔 명이나 되는 사람들이 일제히 달려 올라가 무사시를 습격한 순간에는 이미 네다섯 명이 쓰러져 있었다.

요시오카 쪽 부상자들이 쓰러져 있는 곳은 한두 군데가 아니었다. 이쪽에 한 명, 저쪽에 한 명, 곳곳에 흩어져 있었다. 그것만 봐도 무사시는 끊임없이 위치를 바꿔가며 이 넓은 들판을 무대로 삼아 다수의 적이 힘을 한곳으로 집중시킬 틈을 주지 않고 싸우고 있다는 것을 알 수 있었다.

그렇다 해도 무사시의 행동에는 항상 일정한 원칙이 있었다. 그것은 적이 이루고 있는 대오의 측면을 공격하지 않는 것이었다. 적들이 자신을 둘러싸지 못하도록 횡대의 정면을 피하고, 그 무리의 귀퉁이로 돌아가 전광석화처럼 달려들어서 치고 빠졌다.

따라서 무사시의 위치에서는 방금 전 좁은 길에서 싸웠을 때처럼 적들을 항상 종대의 끝에서 마주하게 되었다. 동시에 일흔 명이든 백 명이든 그의 전법에서 보면 당면 상대는 고작 말단의 두세 명에 지나지 않았다.

그러나 아무리 날아다니는 새처럼 민첩한 무사시라도 이따금 실수가 생기고, 적도 그의 예상대로 움직여주지만은 않았다. 수많은 적이 무수한 움직임을 보이며 동시에 그의 앞뒤에서 달려드는 순간도 있었다. 그때가 무사시에게는 위기였다.

또 무사시의 모든 능력이 무념무상의 상태에서 고도의 집중력과 힘을 발휘하는 때이기도 했다.

　그의 손에는 어느새 두 자루의 칼이 들려 있었다. 오른손의 긴 칼은 칼자루를 감은 천과 주먹까지 선홍빛 피로 물들어 있는 것에 비해 왼손의 짧은 칼은 칼끝에 약간의 기름기가 남아 있는 것으로 보아 아직 몇 명의 뼈는 더 벨 수 있을 것 같았다.

　그러나 무사시는 두 자루의 칼을 들고 적과 싸우면서도 아직 두 자루를 다 쓴다는 의식 따위는 전혀 없었다.

6

　파도와 제비의 싸움 같았다.

　파도는 제비를 덮치고, 제비는 파도를 박차고 곧장 다른 곳으로 날아가 버린다.

　한순간도 멈추지 않았다. 양손의 칼 아래에 쓰러지며 땅바닥으로 나자빠지는 모습이 눈에 비칠 때마다 요시오카 쪽 사람들은 숨을 들이쉬고 신음을 토했다.

　"앗!"

　"으음."

　그들은 아득해지는 정신을 붙잡으려 애쓰며 무사시를 포위하려고 했다.

"……."

그사이에 무사시는 숨을 내쉬며 호흡을 가다듬었다. 왼손에 든 칼은 항상 앞에 있는 적의 눈을 향해 겨누고, 오른손에 든 칼은 옆으로 벌린 채 어깨에서 칼끝까지 완만하게 수평을 유지하고 있었는데, 마치 의식적으로 칼을 적의 시선 밖에 두려는 듯한 모습이었다.

길고 짧은 두 칼의 길이와 양팔을 최대한 벌린 길이를 합하면 그의 형형한 두 눈을 중심으로 꽤 넓은 폭이 된다.

적이 정면을 피해 오른쪽을 노리면 즉시 몸을 오른쪽으로 기울여 그 적을 경계하고, 왼쪽이라는 직감이 오면 왼손에 든 칼을 쭉 뻗어 그자를 두 칼 사이에 가둬버렸다.

무사시가 그렇게 앞을 향해 뻗고 있는 왼쪽 칼에는 자석과 같은 마력이 있었다. 그 칼끝에 걸린 자는 흡사 끈끈이를 칠한 장대에 앉은 잠자리처럼 물러서거나 피할 틈도 없었다. 눈 깜짝할 사이에 오른손에 든 긴 칼이 날카로운 섬광을 그리며 날아와 한 인간을 피의 분수대로 만들어버렸다.

아주 오랜 세월이 흐른 뒤에 사람들은 이때의 무사시가 쓴 전법을 '이도류二刀流의 다적多敵 자세'라고 불렀다.

그러나 지금 이 경우의 무사시는 그런 것에 대한 자각이 전혀 없었다. 무념무상의 상태에서 인간의 모든 능력이 그 이상의 필요에 쫓긴 결과 평소에는 습관상 잊고 있던 왼손의 능력을 자신도 모르게 최대치까지 끌어올린 것에 지나지 않았다.

하지만 검법가로서의 무사시는 아직 지극히 유치한 수준이라고 할 수 있었다. 지금까지 그에겐 자신의 검술을 무슨 류니 무슨 형이니 하며 이론화하고 체계화할 여유 같은 것이 없었다. 그의 운명 때문이기도 했지만 그가 믿어 의심치 않고 걸어온 길은 무엇이든 실천하는 것이었다. 실제로 부딪쳐가며 깨닫는 것이었다. 이론은 그 이후에 잠을 자면서도 생각할 수 있는 것이라고 여겨왔다.

그에 비해 요시오카 쪽의 십검을 비롯해 말단의 조무래기까지 그들 모두는 교하치류京八流(일본의 검술 유파. 헤이안平安 시대 말기에 기이치 호겐鬼一法眼이 교토 구라마 산鞍馬山에서 여덟 명의 승려에게 검법을 전수받은 것을 시조로 하여 오늘날까지 전해지는 일본의 모든 검법의 원류가 되었다)를 머릿속에 넣고 있는 터라 이론만 따지면 대가의 풍모를 갖춘 자도 적지 않았다.

그러나 의지할 스승도 없이 산과 들에서 만난 위난危難과 생사의 갈림길을 수련의 장으로 삼아 배움을 위해서는 언제라도 죽을 수 있다는 각오가 되어 있는 무사시와는 그 마음가짐이나 수련 자체가 근본적으로 달랐다.

그런 요시오카 일문의 상식으로는 이미 호흡도 거칠어졌고 얼굴에선 핏기마저 사라져버린 데다 온몸이 피로 물들어 있으면서도 여전히 두 자루의 칼을 휘두를 때마다 무엇이든 피를 쏟

게 만들어버리는 무사시의 아수라 같은 모습이 불가사의할 뿐
이었다.

　정신은 혼미하고 눈은 땀으로 흐릿해진 그들은 같은 편의 피
에 당황함에 따라 무사시의 모습을 더욱 포착하기 어려워지자
결국에는 새빨간 피를 뒤집어쓴 요괴와 싸우고 있는 듯한 피로
감과 초조함을 온몸에 나타내기 시작했다.

7

　"달아나."
　"사람이 없는 쪽으로……."
　"도망쳐, 도망치란 말이야."
　산이 말했다.
　마을의 나무들이 소리쳤다.
　또 하늘의 흰 구름이 속삭였다.
　발길을 멈춘 행인과 부근의 농부 들이 먼발치에서 겹겹이 포
위된 무사시를 보면서 그 위태로움에 마음을 졸인 나머지 자신
들도 모르게 외친 소리들이었다.
　그러나 설령 지축이 갈라지고 하늘을 뒤덮는 천둥이 울린다
해도 무사시의 귀에 그 소리들이 닿을 리 없었다. 무사시의 몸은

오로지 무서운 정신력으로만 움직이고 있었다. 무사시는 지금 육체가 아니라 활활 타오르는 생명의 불꽃이었다.

그때 갑자기 와아 하고 산이 무너지는 듯한 함성이 삼십육봉에 메아리쳤다. 그것은 멀리 떨어져서 보고 있던 사람들과 무사시 앞에서 웅성거리고 있던 요시오카 쪽 무리들이 동시에 뛰어오르며 그 탄력으로 저도 모르게 터뜨린 목소리였다.

다다다다!

무사시가 갑자기 산자락에서 마을을 향해 멧돼지처럼 달려가기 시작했기 때문이다. 물론 일흔 명의 요시오카 무리는 그것을 손 놓고 지켜보고 있지만은 않았다.

"잡아라!"

무사시의 뒤를 쫓아 새까맣게 몰려가는 무리들 중에 대여섯 명이 무사시의 뒤에 바싹 따라붙었다.

"이얏!"

"지금이다!"

그들이 한꺼번에 덮치려고 하자 무사시는 몸을 숙이더니 오른손에 든 칼로 그들의 정강이를 후려쳤다.

"이놈이!"

뒤이어 또 한 명의 적이 위에서 창을 내려쳤다.

"깡!"

무사시는 그것을 칼로 받아쳤다. 헝클어진 머리카락이 한 올

한 올 모두 적을 향해 달려들 것처럼 곤두섰다.

"챙, 챙, 챙!"

오른손의 칼과 왼손의 칼이 번갈아가며 사방에서 불꽃을 일으켰고, 악물고 있는 무사시의 이마저 입에서 튀어나와 물려고 덤벼드는 것처럼 보였다.

"와아, 도망친다."

멀리서 울려 퍼진 소리는 동시에 당황하는 요시오카 쪽을 비웃는 듯했다. 무사시는 그 순간 벌써 들판의 서쪽 끝자락에서 푸른 보리밭으로 뛰어내리고 있었다.

"멈춰라!"

"돌아와라!"

무사시의 뒤를 따라 몇 명이 곧장 보리밭으로 뛰어내린 순간 또다시 귀를 찌르는 듯한 절규가 들렸다. 절벽 아래에 바싹 붙어 있던 무사시가 자신의 뒤를 쫓아 무작정 뛰어내린 자들을 기다리고 있었다는 듯 베어버린 것이다.

"켁."

"으윽!"

보리밭 한가운데로 두 자루의 창이 날아가더니 땅 깊숙이 박혔다. 요시오카 쪽에서 던진 창이었다. 그러나 무사시는 이미 먼지를 일으키며 산밭을 내달려 눈 깜빡할 사이에 그들과의 거리를 약 반 정이나 벌려버렸다.

"마을 쪽이다."

"큰길 쪽으로 도망쳤다."

여기저기서 이런 소리가 들렸지만 무사시는 산밭 이랑을 기어가면서 편을 나눠 자신을 찾아 이리저리 뛰어다니는 적들의 모습을 뒤돌아보고 있었다.

그 무렵 아침 해가 마침내 여느 때의 아침과 똑같이 풀뿌리까지 그 빛을 드리우기 시작했다.

관음상

1

다이시메이 봉大西明峰의 남쪽 봉우리에 높이 자리한 무도 사無動寺에 앉아 있으면 동탑과 서탑은 물론이고 요카와横川와 이무로飯室의 골짜기들까지 한눈에 보인다. 삼계三界의 먼지와 티끌 같은 대하大河를 저 멀리 봄 안개 아래로 바라다보며 무도 사는 그렇게 적막하게 구름 위에 떠 있었다.

여 불유인與佛有因
여 불유연與佛有緣
불법승연佛法僧緣
상락아상常樂我常
조념관세음朝念觀世音
모념관세음暮念觀世音

염념 종심기念念從心起

염념 불리심念念不離心

누굴까?

경을 외는 소리도 아니고 노래를 부르는 소리도 아닌《십구관음경十句觀音經》을 읽는 목소리가, 아니 목소리라기보다는 저절로 나오는 중얼거림이 무도 사의 깊숙한 방 안에서 새어나왔다.

그 혼잣말은 어느 순간 뭔가에 정신없이 열중하듯 높아졌다가 다시 정신을 차린 듯 낮아졌다.

흰 옷을 입은 동자승이 소박한 소반을 눈높이까지 받쳐 들고 먹물로 닦은 듯한 넓은 마루 회랑을 지나 독경 소리가 들리는 안쪽의 삼나무 문 안으로 들어갔다.

"손님!"

동자승은 소반을 구석에 내려놓았다.

"손님!"

동자승이 무릎을 꿇고 앉아 다시 불러보았지만 등을 구부린 채 돌아앉아 있는 손님이라 불린 자는 그가 들어온 것도 모르는 듯했다.

그는 며칠 전 아침에 피투성이가 되어 차마 눈 뜨고는 볼 수 없는 몰골로 칼을 지팡이 삼아 이곳으로 찾아온 무사 수련생이다.

이 남쪽 봉우리에서 동쪽으로 내려가면 아나후토穴太 마을의 하쿠초 고개白鳥坂가 나오고, 서쪽으로 내려가면 곧장 슈가쿠인 시라카와 마을의 기라라 고개와 사가리마쓰가 있는 삼거리로 이어진다.

"점심을 가지고 왔습니다. 손님, 상은 여기에 두겠습니다."

"아!"

무사시는 그제야 알아챈 듯 등을 펴고 상과 동자승을 돌아보며 말했다.

"고맙습니다."

무사시는 자세를 바로하고 인사를 했다.

그의 무릎 위에는 흰 나무 조각들이 어질러져 있었다. 가느다란 나무 조각은 방바닥이며 툇마루에도 흩어져 있었다. 백단향 같은 향나무를 깎고 있는지 방 안에서 은은하게 향내가 나는 것 같았다.

"바로 드시겠어요?"

"예, 잘 먹겠습니다."

"그럼, 시중을 들겠습니다."

"감사합니다."

무사시는 밥그릇을 받아 들고 바로 먹기 시작했다. 그동안 동자승은 무사시 뒤에서 반짝반짝 빛을 내는 단검과 방금 그가 무릎 위에서 내려놓은 다섯 치 정도의 나무토막을 가만히 보고 있다가 물었다.

"손님께서는 뭘 깎고 계시나요?"

"부처님입니다."

"아미타불?"

"아닙니다. 관음상을 깎고 있습니다. 그런데 생각대로 되지 않아 제대로 깎을 수가 없네요. 이처럼 손가락만 베이고 말입니다."

무사시가 손을 내밀어 손가락의 상처를 보여주었지만, 동자승은 그 손가락보다도 무사시의 소매 끝에 보이는 팔의 하얀 붕대를 보더니 눈살을 찌푸리며 물었다.

"팔과 다리의 상처는 어떻습니까?"

"아, 덕분에 꽤 좋아졌습니다. 주지 스님께도 감사하다는 말씀 전해주십시오."

"관음상을 깎으시려거든 중당으로 가 보세요. 그곳에 명장이 만든 아주 훌륭한 관음상이 있습니다. 식사가 끝나면 보러 가시겠습니까?"

"꼭 보고 싶습니다만, 중당까지 거리는 얼마나 되는지요?"

2

동자승이 대답했다.

"예, 여기에서 중당까지는 불과 10정 정도밖에 되지 않습니다."

"그렇게 가깝습니까?"

무사시는 식사를 마치고 동자승을 따라 동탑의 근본중당根本 中堂까지 가기 위해 거의 10여 일 만에 땅을 밟았다.

이제 다 나았다고 생각했건만 땅을 밟으며 걸어보니 칼에 베인 왼쪽 다리가 여전히 아팠다. 팔에 입은 상처에도 산바람이 스며드는 것 같았다.

하지만 윙윙 바람이 부는 숲속에서는 벚꽃이 눈처럼 흩날리고 있었고, 하늘은 초여름 빛을 띠고 있었다. 무사시는 싹을 틔우려는 식물의 본능처럼 몸속에서 밖으로 뛰쳐나가려고 아우성치는 기운에 돌연 근육이 꿈틀거리는 것을 느꼈다.

"손님."

동자승이 그런 무사시의 얼굴을 올려다보며 말했다.

"손님은 검법 수련생이시죠?"

"그렇습니다."

"그런데 왜 관음상 같은 걸 깎고 있습니까?"

"……."

"불상을 깎는 걸 배울 시간에 왜 검술을 연마하지 않는 거죠?"

동심이 던진 질문은 때때로 폐부를 찌를 때가 있다. 무사시는 팔과 다리의 자상보다도 동자승의 말이 더 아프다는 표정을 지었다. 하물며 그렇게 묻는 그의 나이도 겨우 열서너 살에 불과

했다.

사가리마쓰 아래에서 싸움이 시작되기도 전에 제일 먼저 베어버린 겐지로와 나이는 물론 몸집도 비슷해 보인다.

그날, 부상자는 몇 명이고, 또 몇 명이 죽었는지 무사시는 아직도 모른다. 어떻게 베었는지, 어떻게 그 사지에서 탈출했는지, 그 또한 띄엄띄엄 기억할 뿐이다.

다만 그 이후 잠을 잘 때조차 눈에 아른거리는 것은 사가리마쓰 아래에서 겐지로가 무섭다고 소리친 것과 소나무 껍질과 함께 칼을 맞고 쓰러진 그 가련한 주검이었다.

'가차 없이 베어야 한다!'

그런 신념이 있었기 때문에 무사시는 제일 먼저 겐지로를 베었지만, 그를 베고 자신은 이렇게 살아 남았다.

'왜 베었지?'

무사시는 까닭 없이 후회했다.

'그렇게까지 하지 않아도 됐을 텐데.'

자신의 가혹한 처사가 스스로도 미웠다.

"내가 한 어떤 일에도 후회하지 않으리."

예전에 그는 여행일지의 끄트머리에 이렇게 써놓고 마음속으로 맹세했었다. 하지만 겐지로를 벤 일만은 아무리 그때의 신념을 돌이켜보아도 씁쓸하면서 서글퍼지는 것이 마음이 아파서 견딜 수 없었다. 검이라는 존재의 절대성이, 또 수련의 길이라는 가시밭길에서는 자신을 방해하는 것은 무조건 밟고 넘어가야 한다고 생각하자 자신의 앞날이 너무나 삭막하고 비인간적으로 느껴졌다.

'차라리 검을 버릴까?'

그는 이런 생각조차 했다. 특히 이 불법의 산으로 들어와 며칠 동안 가릉빈가迦陵頻伽의 울음소리를 닮은 독경 소리에 귀와 몸을 맑게 하고 피비린내에서 벗어나 자신을 돌아보니 가슴속에 보리심菩提心이 일지 않을 수가 없었다.

팔과 다리의 상처가 아물기를 기다리는 동안 관음상을 조각하기 시작한 것은 겐지로를 공양하기 위해서라기보다 자기 자신의 영혼에 대한 참회의 보리행菩提行이었다.

3

"스님."

무사시는 겨우 대답할 말을 찾았다.

"그럼, 겐신 소즈源信僧都의 작품이랑 고보弘法 대사의 조각같이 성현들이 만든 불상이 이 산에도 많은데, 그것은 어떻게 된 일인지요?"

"글쎄요."

동자승은 고개를 갸웃거렸다.

"그리고 보니 스님들도 그림을 그리고 조각을 하네요."

그러고는 납득하기 어렵다는 표정을 지으면서 고개를 끄덕였다.

"그러니까 검을 쓰는 자가 조각을 하는 것은 검심을 닦기 위함이고, 불자가 칼을 들고 조각을 하는 것은 무아의 경지에서 아미타불의 마음에 이르고자 함일 것입니다. 그림을 그리는 것도, 서예를 배우는 것도 같은 이치이지요. 올려다보는 달은 하나지만 높은 봉우리에 오르는 길을 이리저리 헤매거나 다른 길로 가 보는 것도 모두 자신을 갈고닦기 위한 수단 중 하나가 아니겠습니까?"

"……."

이야기가 어려워지자 동자승은 흥미를 잃었는지 종종걸음으로 앞서 달려가더니 수풀 속에 있는 비석 하나를 가리키며 말했다.

"손님, 여기 이 비문은 지친慈鎭 화상이라는 분이 썼다고 합니다."

무사시는 비석이 있는 곳으로 다가가서 이끼에 덮인 비문을 읽어보았다.

법수法水가 말라가는

말세를

생각하니 서글프도다

히에이의 산바람.

　무사시는 한동안 그 비석 앞에 서 있었다. 이끼 낀 그 비석
이 위대한 예언자처럼 보였다. 노부나가라는 파괴적인 건설자
가 나타나자 이 히에이 산比叡山에도 철퇴가 가해졌다. 그 후 고
산五山(교토고산京都五山의 줄임말로 교토에 있는 임제종臨濟宗의 5대
사찰인 덴류 사天竜寺 · 쇼코쿠 사 · 겐닌 사建仁寺 · 도후쿠 사東福寺 ·
만주 사万寿寺를 말한다)은 정치나 특권으로부터 축출되어 지금은
불가 본연의 모습으로 돌아가려고 하고 있었지만 여전히 법사
들 중에는 계도戒刀(스님이 항상 지니고 다니는 작은 칼)를 지니고
다니는 유풍이 남아 있었고, 당주의 자리를 둘러싼 권모술수와
분쟁이 끊이지 않는다고 한다.

　중생을 구제하기 위해 존재하는 영산이 사람을 구제하기는커
녕 오히려 중생들에게 보시를 해서 먹고사는 현실을 생각하자
무사시는 아무 말도 하지 않는 비석 앞에서 무언의 예언을 듣고
있는 듯한 심경이었다.

　"자, 가시지요."

　동자승이 재촉하며 앞서 걸어가려는데 뒤에서 누군가가 손을
들어 부르는 사람이 있었다. 무도 사의 스님이었다.

두 사람이 뒤돌아보자 그 스님이 달려와서 동자승에게 먼저 말했다.

"세이넨清然, 넌 대체 손님을 모시고 어딜 가려는 게냐?"

"중당에 가려던 참이었습니다."

"뭐 하러?"

"손님께서 매일 관음상을 깎고 계시는데 잘 안 된다고 하셔서 중당에 옛 명장들이 만든 관음상이 있으니 한번 보러 가시지 않겠냐고 여쭈었더니……."

"그럼, 꼭 오늘이 아니어도 상관없겠구나?"

"그건 모르겠습니다."

동자승이 무사시를 보며 애매하게 말하자 무사시는 그 말을 받아 스님에게 사죄했다.

"용무가 있으실 텐데 동자 스님을 허락도 없이 데리고 다닌 것을 용서하십시오. 꼭 오늘이 아니어도 괜찮으니 데리고 가시지요."

"아닙니다. 실은 동자승이 아니라 손님을 모시러 왔는데 괜찮으시면 함께 가시지 않으시겠습니까?"

"제게 볼일이 있으시다고요?"

"예, 모처럼 외출하셨는데 방해해서 죄송합니다."

"누가 저를 찾아온 사람이라도 있습니까?"

"일단 지금은 안 계신다고 말씀드렸는데, 방금 손님을 보셨다며 무슨 일이 있어도 만나야겠으니 불러오라면서 꼼짝도 하지 않고 있습니다."

'누구지?'

무사시는 고개를 갸웃거리면서 어쨌든 간에 걸음을 옮기기 시작했다.

4

중들의 횡포는 정권이나 무가 사회에서는 완전히 추방되었지만, 아직도 산속에는 횡포를 부리는 중들이 남아 있었다.

여전히 이전 모습 그대로 굽 높은 나막신을 신고 긴 칼을 허리에 찬 중도 있었고, 자루가 긴 칼을 옆구리에 차고 있는 중도 있었다.

그런 중들 열 명 정도가 무도 사의 문 앞에서 기다리고 있었다.

"온다."

"저잔가?"

적갈색 두건과 검은 승복을 입은 자들이 서로 귓속말을 하면서 무사시와 동자승, 그리고 두 사람을 데리러 간 중이 가까이 오는 것을 가만히 응시하고 있었다.

'무슨 일이지?'

데리러 온 자도 모른다고 했으니 무사시가 그것을 알 턱이 없었다. 다만 오면서 동탑 산노인山王院의 승려들이라는 얘기만 들었는데, 그 절에는 아는 사람이 한 명도 없었다.

"수고했다. 이제 너희들한테는 볼일이 없으니 그만 안으로 들어가라!"

중 한 명이 자루가 긴 칼을 흔들며 동자승과 심부름을 해준 스님을 쫓아 보내고는 무사시에게 물었다.

"그대가 미야모토 무사시인가?"

상대가 예의를 갖추지 않았기 때문에 무사시도 꼿꼿이 서서 대답했다.

"그렇다."

무사시가 고개를 끄덕이자 그들 뒤에 있던 노승이 앞으로 한 걸음 쓱 나섰다.

"중당 엔랴쿠 사延曆寺의 중지衆志를 전하겠다."

그는 판결문이라도 읽는 듯한 말투로 말했다.

"에이 산은 신성하고 청정한 곳으로 원한을 지고 도피하는 자가 숨어 있는 것은 용납할 수 없다. 하물며 불령한 싸움을 한 자는 말할 필요도 없을 터. 방금 무도 사에도 일렀지만 즉시 이 산에서 떠나거라. 만약 따르지 않는다면 산문의 엄격한 규칙에 따라 단호히 처벌하겠다. 알아들었는가?"

"……?"

무사시는 위압감을 주며 말하는 상대를 어이없는 표정으로 바라보았다.

'왜 저러는 거지?'

이상하다는 생각이 들었다. 처음 이 무도 사에 도착해서 몸을 의탁했을 때 무도 사에서는 이런 일이 생길까 봐 미리 중당의 야쿠료役寮(각지에 자신의 절을 갖고 있으면서 수행승을 교육하기 위해 다른 절에 가 있는 노승)에게 알리고 허가를 받은 후에 무사시가 머물도록 허락해주었다. 그런데 갑자기 죄인 취급하며 쫓아내는 데에는 뭔가 이유가 있을 것이었다.

"무슨 말씀인지 잘 알겠습니다. 허나 오늘은 해도 얼마 남지 않았고 준비도 해야 하니 내일 아침에 떠나도록 하겠습니다. 그때까지 유예해주십시오."

무사시는 일단 그렇게 순순히 대답했다.

"그런데 그것은 대체 누가 결정한 것입니까? 당국의 지십니까, 아니면 이 산에 계신 야쿠료의 명입니까? 일전에 무도 사의 허락을 받고 이곳에 머무르고 있었는데, 갑자기 그런 결정을 내리다니 납득이 가지 않습니다."

"그리 물으니 말해주겠다. 처음에는 야쿠료께서 그대가 사가리마쓰에서 요시오카 쪽 무리들을 단신으로 상대한 무사라고 하여 호의를 가지고 머물게 해주신 것이지만, 그 후에 나쁜 소문들을 듣고 이 산에 더 이상 숨겨줄 수 없다고 중지를 모은 것이다."

"나쁜 소문이라……."

무사시는 그럴 수도 있겠다는 듯 고개를 끄덕였다. 요시오카 쪽에서 자신에 대해 어떤 말을 퍼트리고 있는지는 상상하기 어려운 일이 아니었다.

여기서 그런 소문을 들은 자들과 새삼 언쟁을 벌여서 무엇 하겠는가.

무사시는 침착하게 다시 한 번 말했다.

"알겠습니다. 내일 아침에는 반드시 이곳을 떠나겠습니다."

그렇게 말하고 문 안으로 들어가려는데 그의 등 뒤에서 다른 중들이 저마다 험담을 했다.

"거 봐! 사악한 자라니까."

"야차 같은 놈!"

"못난 놈."

5

"뭐라고?"

무사시는 발끈해서 걸음을 멈추고 자신을 조롱하는 도슈堂衆(엔랴쿠 사에 속한 승병의 중추적 집단)들을 노려보았다.

"들었나?"

이렇게 말한 것은 방금 전에 무사시의 등 뒤에서 사악한 자라고 소리친 중이었다. 무사시는 어처구니가 없다는 듯 말했다.

"야쿠료의 명이라고 하기에 정중히 받들겠다고 한 사람에게 욕을 하는 이유가 무엇인가? 일부러 내게 싸움을 걸려는 수작인가?"

"부처님을 모시는 신분으로 싸움을 걸 생각은 추호도 없지만, 그대의 입으로 그리 말하니 어쩔 수 없군."

그러자 다른 중들도 거들었다.

"하늘의 목소리다."

"인간의 몸을 빌려 하신 말씀이다."

그들은 저마다 떠들어댔다.

멸시하는 눈빛과 조롱하는 말이 무사시에게 쏟아졌다. 무사시는 참을 수 없는 치욕을 느꼈다. 그러나 아무래도 자신을 도발하는 듯한 그들의 태도에 스스로를 단단히 경계하며 침묵을 지키고 있었다.

이 산의 중들은 옛날부터 입이 걸기로 유명했다. 도슈란 이른바 기숙사의 학생 같은 자들이다. 한창 건방을 떨고, 하찮은 지식 자랑에 열을 올리고, 허영심으로 가득한 자들만 모여 있었다.

"마을에서 떠도는 소문이 굉장하기에 응당 대단한 무산가 보다 하고 생각했건만, 이렇게 보니 시답잖은 자로군. 화도 낼 줄 모르고, 변변히 말도 못하는 것 좀 봐."

가만히 듣고 있자니 갈수록 독설이 심해지자 무사시도 조금 안색이 변했다.

"인간의 몸을 빌려 하는 말이라고 했는가? 하늘의 목소리라고?"

"그렇다."

중들이 교만하게 대꾸했다.

"그건 무슨 뜻이냐?"

"모르겠느냐? 산문의 중지를 듣고도 아직 깨닫지 못했단 말이냐?"

"모르겠다."

"그런가? 아니, 너 같은 자는 그럴 수도 있다. 불쌍한 놈은 너다. 허나 언젠가 윤회라는 것을 알 날이 올 것이다."

"……."

"무사시…… 너에 대한 세상의 평이 심히 나쁘니 하산하더라도 몸조심하거라."

"세상의 평판 따위는 아무래도 상관없다. ……어디, 무슨 말들을 하는지 들어보기나 하자."

"흥, 자신이 당당하다고 생각하는군."

"난 당당하다. 나는 그 결투에서 추호도 비겁한 짓은 하지 않았다. ……하늘을 우러러 부끄러운 짓을 한 적이 없다."

"잠깐, 그렇게는 말하지 못할 텐데?"

"내가 어디가 비겁하단 말인가? 비겁한 짓이라도 했단 말인가? 검을 걸고 맹세하지만 나는 싸울 때 조금도 비겁한 짓을 하지 않았다.”

“뻔뻔하게 큰소리를 치는군.”

“다른 일이라면 흘려들을 수도 있지만, 내 검에 대해 있지도 않은 비방을 한다면 용서하지 않겠다.”

“그렇다면 물어보겠다. 이 물음에 떳떳하게 대답할 수 있다면 대답해보거라. 물론 요시오카 쪽은 한 눈에 담을 수 없을 정도로 많은 수였다. 감히 혼자서 목숨을 돌보지 않고 그들과 맞서 싸운 너의 용기랄까, 만용이랄까, 아무튼 그 점만은 높이 평가한다. 대단하다고 칭찬할 만한 일이었다. 하지만 무슨 연유로 아직 열서너 살밖에 안 된 아이까지 죽인 것이냐? 겐지로라는 소년을 무참하게 죽인 이유가 무엇이냐?”

“…….”

무사시는 찬물을 뒤집어쓴 것처럼 핏기를 잃은 얼굴로 망연히 서 있었다.

“2대째 세이주로는 한쪽 팔을 잃고 세상을 등졌고, 그의 동생인 덴시치로 역시 네놈 손에 죽어서 이제 남은 혈족이라곤 그 어린 겐지로밖에 없었다. 네가 겐지로를 죽인 것은 요시오카 가문의 대를 끊은 것과 다름없어. 아무리 결투라고는 하나 피도 눈물도 없는 짓이 아니고 뭐란 말이냐! 그 어떤 욕으로도 부족할 것이다. 그러고도 네가 인간이란 말이냐? 아니, 이 산과 들에 한 점

부끄러움이 없는 떳떳한 무사라고 할 수 있겠느냐?"

6

가만히 고개를 숙이고 침묵을 지키고 있는 무사시에게 그가
다시 말했다.

"우리가 널 미워하게 된 것도 그 자초지종을 알게 되었기 때
문이다. 사정이야 어떻든 나이 어린 소년을 적으로 간주하고 죽
인 너의 마음은 용서받기 어렵다. 우리가 생각하는 무사란 그런
자가 아니다. 강하면 강할수록, 또 뛰어나면 뛰어날수록 더욱 인
자해야 하고, 너그러워야 하고, 그리고 생명의 소중함을 알아야
하는 법이다. 에이 산은 너를 추방한다! 한시도 지체하지 말고
이 산을 떠나라!"

도슈들은 무사시에게 온갖 비방과 갖은 욕설을 퍼붓고 돌아
갔다.

"……."

무사시는 기꺼이 그들의 채찍을 맞으며 끝까지 침묵으로 일
관했다.

그러나 그에 대해 할 말이 없었던 것은 아니다.

'나는 떳떳해! 내 신념은 그릇된 것이 아니야! 그때 나는 내 신

념을 지키기 위해 그렇게 할 수밖에 없었어!'

그는 마음속으로 변명이 결코 아닌 변명을 했다. 지금도 그 신념에는 변함이 없었다.

그럼 왜 겐지로를 벤 것일까? 그것에 대해서도 무사시는 단호한 생각을 가지고 있었다.

'적의 명목상 대표자도 엄연히 적의 대장이다. 삼군의 수장과 같아.'

그런 자를 벤 것이 어째서 나쁘다는 말인가. 또 이런 이유도 있었다.

'적은 일흔 명에 이르렀어. 아무리 내가 전력을 다해 싸운다 한들 그중 열 명만 베도 선전했다 할 수 있을 거야. 하지만 만약 요시오카의 제자만을 가령 스무 명을 베었다 해도 남은 쉰 명이 결국엔 개가를 올리겠지. 그렇기 때문에 내가 이기기 위해서는 누구보다도 먼저 적의 수장인 겐지로의 목을 쳐야만 했어. 전군이 지키고 있는 중심부의 상징을 내 일격으로 쓰러뜨리기만 하면 설령 그 자리에서 죽어도 나중에 내가 이겼다는 증거가 될 테니까.'

그의 입장에서 말하면, 또 검의 절대적인 법칙과 그 특성을 고려하면, 이유는 얼마든지 더 댈 수 있었다.

하지만 무사시는 도슈들에게 수모를 당하면서도 끝끝내 한마디도 하지 않았다. 왜냐하면 그렇게 이유를 댈 수 있을 정도로 굳은 신념이 있었지만, 다른 사람이 아닌 자신의 마음속에서 뭐라고 형용할 수 없는 양심의 가책—애처로움과 부끄러움—을 그들보다 더 생생하게 느끼며 아파하고 있었기 때문이다.

"아아, 이제 수련도 그만둘까?"

무사시는 공허한 눈길을 들어 하늘을 올려다보며 한동안 문 앞에 서 있었다. 어스름이 깔리기 시작한 저녁 하늘 아래로 하얀 벚꽃이 흩날리고 있었다. 오늘까지 지녔던 굳은 신념이 벚꽃 꽃잎처럼 산산이 부서져서 허공을 헤매고 있는 심정이었다.

"그냥 오쓰와 함께……."

그는 문득 조닌들의 자유롭고 유유자적한 삶을 떠올렸다. 고에쓰와 쇼유가 살고 있는 세상을 생각했다.

'아니야!'

무사시는 무도 사 안으로 성큼성큼 들어가 모습을 감췄다.

방에는 이미 등잔불이 켜져 있었다. 여기도 오늘 밤을 마지막으로 떠나야 한다.

'잘 만들고 못 만들고는 중요치 않아. 공양의 마음가짐이 보리에 다다르면 충분해. 오늘 밤 안으로 완성해서 이 절에 봉납하고 가자.'

무사시는 등잔 앞에 앉아 깎다 만 관음상을 무릎 위에 놓고 조각칼을 들고 정신을 집중하여 다시 나무를 깎기 시작했다.

그때 자물쇠도 없는 무도 사의 넓은 복도를 몰래 기어 올라와 아둔한 고양이처럼 방 문 밖에 웅크리고 앉는 자가 있었다.

7

등잔 불빛이 어두워졌다.

심지를 잘라 불꽃을 키운 무사시는 다시 등을 움츠리고 조각
칼을 잡았다.

초저녁인데도 산은 이미 깊은 잠에 빠져 정적만이 감돌았다.
스걱, 스걱…… 날카로운 조각칼로 나무를 깎는 소리가 눈이 쌓
이는 소리처럼 희미하게 울렸다.

무사시는 조각칼 끝에 온 신경을 집중하고 있었다. 그의 성격
은 일단 무언가를 하기 시작하면 바로 그것에 몰두한다. 지금 칼
을 들고 관음상을 조각하고 있는 모습만 봐도 온몸의 기력이 다
빠져나가는 건 아닐까 싶을 정도로 열정을 태우고 있었다.

"……."

입 속에서 외던 관음경 소리가 조각에 몰두하면서 점점 커졌
다. 문득 그것을 깨닫고 황급히 목소리를 낮춘 무사시는 다시 심
지를 자르고 일도삼례一刀三禮(불상을 조각할 때 칼을 한 번 대는 데
세 번 기도를 올리고 새긴다는 뜻으로 진지한 자세와 진지하게 기원하
는 마음을 나타내는 것)의 마음을 관음상에 집중시켰다.

"음, 이만하면 됐어."

그가 등을 폈을 때는 동탑의 대범종이 이경二更(밤 9시)을 알리고 있었다.

"그래, 인사도 해야 하고, 이 조각상도 떠나기 전에 주지 스님께 부탁해놓자."

거칠고 투박한 관음상이었지만 무사시는 혼을 담고 참회의 눈물을 흘리는 심정으로 죽은 겐지로의 명복을 빌며 완성했다. 그것을 절에 봉납해두고 오랫동안 자신의 고뇌와 함께 겐지로의 영혼을 달래주기를 바랐던 것이다.

무사시는 완성한 관음상을 들고 방을 나섰다.

그가 방을 나가고 얼마 후 동자승이 들어와서 방 안에 어질러져 있는 나무 조각들을 비로 쓸어 치우고는 이불을 깐 후 빗자루를 들고 부엌으로 돌아갔다.

그리고 아무도 없는 방의 장지문이 스르르 열렸다가 다시 닫혔다.

얼마 지나지 않아 아무것도 모르는 무사시가 방으로 돌아와서 주지에게 이별 선물로 받은 듯한 삿갓이며 짚신 등의 행장을 머리맡에 놓고는 등잔불을 끄고 잠자리에 들었다.

문을 닫지 않아서 바람이 사방에서 들어왔다. 별빛을 받아 환한 장지문에 나무들의 그림자가 거친 파도처럼 일렁였다.

잠이 들었는지 무사시가 희미하게 코를 고는 소리가 들렸다.

잠에 깊이 빠질수록 숨소리가 길어졌다. 그때 방 한쪽 구석에 세워둔 작은 병풍의 가장자리가 조금 움직이더니 고양이처럼 등이 굽은 그림자가 무사시 쪽으로 살금살금 기어왔다.

그 순간 무사시의 숨소리가 갑자기 멈추자 그림자도 방바닥에 납작 엎드렸다. 그림자는 가만히 무사시의 숨소리를 가늠하면서 끈질기게 신중을 기하며 기회를 엿보는가 싶더니 돌연 풀솜을 뒤집어씌우듯 무사시를 위에서 덮쳤다.

"이놈, 죽어라!"

그는 어느새 와키자시脇差(일본도의 일종으로 큰 칼에 곁들여 허리에 차는 작은 칼)를 뽑아들고 그 칼끝을 잠든 무사시의 목을 향해 힘껏 내리꽂았다. 그러나 칼끝의 행방이 어디로 갔는지도 모를 정도로 검은 그림자는 순식간에 옆에 있는 장지문을 향해 날아갔다.

"꺄악!"

묵직한 보자기 꾸러미처럼 내던져진 검은 그림자는 외마디 비명을 지르며 장지문과 함께 어둠 속으로 굴러 떨어졌다.

무사시는 그림자를 집어던진 순간 그의 체중이 너무나 가볍다고 생각했다. 고양이 정도의 무게밖에 나가지 않는 침입자였다. 게다가 복면으로 얼굴을 가리고 있었지만 머리카락은 서릿발처럼 하얀 색이었다.

하지만 그는 그것에 대해 더 이상 생각하지 않고 곧장 머리맡에 둔 칼을 집어 들고는 마루를 뛰어내리며 소리쳤다.

"거기 서! 모처럼 이렇게 찾아왔는데 인사는 해야 하지 않겠나. 어서 돌아와!"

무사시는 어둠 속에서 울리는 발자국 소리를 향해 성큼성큼 쫓아갔다.

그러나 진심으로 쫓아갈 마음은 없는 듯 저편으로 허겁지겁 달아나는 칼날의 하얀 빛이며 중의 두건을 보고 웃으며 이내 돌아왔다.

8

내동댕이쳐진 순간 허리를 심하게 부딪쳤는지 오스기는 땅바닥에 엎어진 채 신음하고 있었다. 무사시가 돌아온다는 것을 알고 있었지만 달아날 수도 그렇다고 일어설 수도 없었다.

"앗, 할멈 아니시오?"

무사시는 오스기를 안아 일으켰다. 잠든 자신의 목을 노리고 온 자가 요시오카의 제자도 아니고 이 산의 도슈도 아닌 고향 친구의 늙은 어머니였다는 것은 그에게도 의외인 듯 보였다.

"음, 이제야 알겠네. 중당에 호소해서 내 집안이며 나에 대해 험담한 사람이 바로 할멈이었군. 불쌍한 늙은이의 하소연을 들고 도슈들은 곧이곧대로 믿었겠지. 또 동정도 했을 테고…… 그 결과 날 산에서 내쫓기로 결정하고 야음을 틈 타 할멈을 선발진으로 이곳에 보낸 거야."

"으음, 분하구나 무사시. 이렇게 된 이상 어쩔 수 없지. 혼이덴 가문의 무운이 다한 모양이구나. 자, 내 목을 치거라."

오스기는 신음하면서 간신히 그렇게 말했다. 자꾸 몸부림을 치기는 했지만 무사시에게 저항할 만한 힘조차 없었던 것이다. 땅바닥에 내동댕이쳐지면서 다친 것은 분명하지만, 산넨 고개의 여관을 떠날 때부터 이미 감기가 악화되어서 미열이 오르고 온몸이 나른해지는 등 어쨌든 건강 자체가 좋지 않았던 결과다.

게다가 사가리마쓰로 가는 도중에 마타하치에게 버림을 받아 늙은이의 마음에 큰 상처를 입은 일도 몸에 나쁜 영향을 주었음이 틀림없다.

"죽여라, 어서 내 목을 치란 말이다."

지금 그녀가 몸부림을 치면서 이렇게 말하는 것도 그러한 심리와 나약해진 육체를 고려하면, 약자가 궁지에 몰려 아무렇게나 내뱉는 헛소리가 아니라, 자신이 여기까지라는 것을 알고 실제로 빨리 죽여달라는 것일지도 모른다.

그러나 무사시는 이를 무시했다.

"할멈, 많이 아프시오? ……어디가 아프시오? ……내가 곁에 있으니 너무 걱정 마시오."

그는 양팔로 가볍게 오스기를 안아 자신의 잠자리로 데리고 가서 노파를 누인 후 머리맡에 앉아 밤새 병구완을 했다.

날이 새기 시작하자 동자승이 어제 부탁한 도시락을 가져다 주었다. 그러나 주지는 그를 재촉했다.

"너무 재촉하는 듯하오만 어제 중당에서 엄명을 받은 터라 되도록 서둘러 떠나주시길 바랍니다."

무사시도 애초에 그럴 생각이었다. 곧 행장을 꾸려 일어섰지만 병든 노파가 걱정이었다.

생각다 못해 절에 부탁해보았지만 절에서도 그런 사람을 두고 가는 것이 난감하다는 듯 이렇게 말했다.

"그럼 이렇게 하시는 것이 어떻습니까? 오츠大津의 상인이 짐을 싣고 온 암소 한 마리가 있는데, 그 상인이 소를 절에 맡겨놓고 다른 곳에서 일을 보고 있습니다. 그 소에 병자를 싣고 오츠로 하산하시는 것이 좋을 듯합니다. 그리고 소는 오츠의 선착장이나 그 주변에 있는 역참에 맡겨놓고 가시면 됩니다."

젖

1

시메이가타케四明ヶ岳의 봉우리를 따라 걷다가 야마나카山中를 거쳐 시가滋賀로 내려가면 미이데라三井寺의 뒤편으로 바로 갈 수 있다.

"아야야…… ㅇㅇㅇ……."

오스기는 고통을 참는 듯 이따금 소의 등 위에서 신음 소리를 냈다. 무사시는 노파를 태운 암소의 고삐를 잡고 앞에서 걸어가고 있었다.

"할멈, 힘들면 잠시 쉬었다 가시겠소? 서로가 급할 것 없는 길이니 말이오."

무사시는 위로하듯 말했다.

"……."

오스기는 소 등에 엎드린 채 말이 없었다. 그녀의 침묵 속에는 원수로 여기는 인간에게 오히려 보살핌을 받고 있는 것이 탐탁지 않다는 마음이 숨겨져 있었다.

그래서 무사시가 다정하게 위로할수록 속으로는 더 증오하려고 애썼고, 반감을 키우는 것이었다.

'너 따위가 그런다고 원한을 쉽게 잊을 내가 아니다.'

그러나 무사시는 마치 자신을 증오하기 위해 사는 듯한 노파에게 왠지 그렇게 강한 증오심이나 적개심은 생기지 않았다. 힘과 힘의 대결로 보면 너무나 약한 적이기 때문이기도 했지만, 사실 이제껏 무사시를 모함하고 함정에 빠뜨리면서 가장 괴롭힌 것은 가장 힘이 없는 이 늙은이의 적대행위였다. 그럼에도 불구하고 어쩐 일인지 무사시는 이 늙은이를 진심으로 적이라고 생각할 수 없었다.

그렇다고 전혀 안중에 없는 것도 아니었다. 고향에서 호되게 당한 적도 있었고, 기요미즈 사淸水寺의 경내에서는 사람들 앞에서 침을 튀겨가며 자신을 매도하는 등 지금까지 오스기 때문에 얼마나 많은 고생을 하고 고통을 받았는지 모른다.

그때마다 무사시는 당장에 사지를 찢어 죽여도 성에 차지 않을 정도로 그녀를 미워하며 분노에 치를 떨었다. 또 무사시는 자고 있는 틈을 노려 자신의 목을 치러 왔을 때만 해도 그녀의 가늘고 주름진 목을 비틀어버리고 싶은 마음까지 들었다.

그런데 지금은 오스기가 평소와 달리 기운이 없고, 어젯밤 다친 몸이 아픈지 신음 소리만 낼 뿐 신랄했던 독설조차 하지 못하자 무사시는 불쌍한 마음에 건강만이라도 빨리 되찾게 해주고 싶었다.

"할멈, 소 등이 불편하겠지만 오츠까지만 가면 무슨 방법이 생길 테니 조금만 참으시오. 아침부터 아무것도 먹지 않아 시장할 텐데 물이라도 마시지 않겠소? 뭐요? 필요 없다고요? 알았소."

이 봉우리의 꼭대기에서 사방을 둘러보니 북쪽의 먼 산들부터 비와 호琵琶湖는 물론이고, 이부키도 보이고 가까이는 세타瀨田의 가라사키唐崎 팔경까지 하나하나 셀 수 있을 정도다.

"쉽시다. 할멈도 내려와서 잠시 여기 풀 위에 눕는 것이 어떻겠소?"

무사시는 고삐를 나무에 매어놓고 오스기를 안아서 내려주었다.

2

"아이고, 아야, 아야."

오스기는 얼굴을 찡그리며 무사시의 손을 뿌리치고는 풀밭 위에 엎드렸다. 흙빛으로 변한 피부와 헝클어진 머리는 그대로 내버려두었다간 당장이라도 죽어버릴 것 같은 중환자로 보이

247

바람의 검 下

게 했다.

"할멈, 물은 마시고 싶지 않소? 뭐든 조금이라도 먹고 싶은 마음이 없는 거요?"

무사시는 걱정되어서 등을 쓸어주며 물었지만 고집불통인 오스기는 고개를 가로저으면서 물도 필요 없고, 음식도 먹고 싶지 않다고 했다.

"이거 참."

무사시는 어쩔 방도가 없었다.

"어젯밤부터 물 한 방울 마시지 않고, 약을 주고 싶어도 주위에 인가라곤 없으니……. 할멈, 절반이라도 내 도시락을 좀 나눠 먹읍시다."

"더러운 것."

"뭐요, 더럽다고?"

"설령 들판에 쓰러져서 새나 짐승의 먹이가 될지언정 원수 놈의 밥을 어찌 입에 넣을 수 있겠느냐? 시끄럽다, 치워라!"

등을 쓸어주던 무사시의 손을 뿌리친 오스기는 다시 풀밭에 엎드렸다.

"흐음."

무사시는 화가 나지 않았다. 오히려 오스기의 마음을 이해했다. 그는 오스기가 품고 있는 근본적인 오해만 풀어주면 오스기도 자신의 심정을 충분히 이해할 수 있을 텐데, 하고 안타까워했다. 무사시는 자기 어머니를 간호하듯 무슨 말을 들어도 기꺼이 감수하며 끈기 있게 병자를 달랬다.

"하지만 할멈, 이대로 죽어버리면 너무 허무하지 않겠소? 마타하치가 출세하는 것도 봐야 하고……."

"무슨 개소리냐!"

오스기는 물어뜯기라도 할 것처럼 이를 드러내며 말했다.

"누가 네놈에게 그런 걱정을 해달랬더냐? 마타하치는 나름대로 제몫을 다하며 잘 살고 있다."

"나도 그리 믿고 있소. 그러니 할멈도 건강을 회복해서 전처럼 그 아들을 격려해주어야 되지 않겠소?"

"무사시! 네놈은 위선자구나. 내가 그런 감언이설에 속아 원한을 풀 것 같으냐? 쓸데없는 소리는 집어치워라!"

어쩔 도리가 없었다. 아무리 호의를 가지고 말해도 오스기는 오히려 역정만 낸다. 무사시는 잠자코 일어서서 오스기의 눈에 띄지 않는 곳으로 가 도시락을 풀었다.

떡갈나무 잎으로 싼 주먹밥이었다. 밥 속에 된장이 들어가 있어서 맛있었다. 주먹밥이 맛있을수록 어떻게든 이 주먹밥을 반이라도 오스기가 먹어주기를 바라면서 남은 것을 다시 떡갈나무 잎으로 싼 다음 품속에 넣었다.

그때 오스기가 있는 곳에서 말소리가 들렸다. 바위 뒤편에서 돌아보니 지나가던 마을 아낙네인지 오하라메大原女(교토 교외의 오하라 마을에서 땔나무, 목공품 따위를 팔러 짐을 머리에 이고 교토 시내로 나오는 여자) 풍의 옷을 입고 푸석한 머리카락을 아무렇게나 묶고 있는 여자가 보였다.

"할머니, 저희 집에 얼마 전부터 병자가 묶고 있어서 그러는데, 이젠 많이 좋아지긴 했지만, 이 암소의 젖을 짜서 주면 더 좋아질 것 같아서요. 마침 항아리도 가지고 있으니 젖을 좀 얻을 수 있을까요?"

여자의 말이 크게 울렸다.

"흠, 암소의 젖이 병에 좋다는 말은 들었지만, 이 암소에서 젖이 나오려나?"

오스기는 고개를 들고 무사시를 대할 때와는 사뭇 다른 눈빛으로 그렇게 물었다.

여자는 오스기와 뭔가 이야기를 주고받으면서 암소의 배 밑에 웅크리고 앉아 들고 있던 항아리에 하얀 젖을 열심히 짜고 있었다.

3

"감사합니다, 할머니."

여자는 암소의 배 밑에서 기어 나오더니 젖을 담은 항아리를 소중히 안고 인사를 한 후 곧장 가려고 했다.

"아, 잠깐만."

오스기가 황망히 손을 들어 여자를 불러 세웠다. 그리고 주위를 둘러보며 무사시가 없는 것을 확인하고는 안심한 듯 말했다.

"여보게, 내게도 그 젖을 한 모금 주지 않겠나?"

여자가 흔쾌히 항아리를 건네자 오스기는 항아리 주둥이에 입을 대더니 눈을 질끈 감고 젖을 마셨다. 입술 끝에서 흘러내린 하얀 액체가 가슴을 타고 풀 위로 떨어졌다.

"……."

오스기는 배가 찰 때까지 마시고 나서 몸을 부르르 떨더니 이내 토할 것처럼 얼굴을 찌푸렸다.

"……아아, 속이 좀 메스껍긴 하지만 나도 이젠 나을지 모르겠군."

"할머님도 몸이 편찮으신가 보죠?"

"뭐 대단치는 않네. 감기 기운이 있는 와중에 좀 심하게 넘어져서."

말하면서 오스기는 혼자 일어섰다. 소 등에 엎드려서 끙끙 앓던 모습은 어디론가 사라지고 없었다.

"여보게……."

오스기는 목소리를 낮추고 아낙에게 다가가면서 다시 한 번 날카로운 시선으로 주위를 살폈다.

"이 산길로 곧장 가면 어디가 나오는가?"

"미이데라 위편이 나옵니다."

"미이데라라면 오츠구먼. 그곳에서 혹시 다른 뒷길로 빠지는 길이 있는가?"

"없는 건 아니지만, 할머니는 대체 어디로 가시려고요?"

"어디든 상관없네. 난 다만 날 붙잡고 놓아주지 않는 나쁜 놈의 손에서 도망치려는 게야."

"4, 5정 정도 더 가면 북쪽으로 내려가는 샛길이 있으니 그 길로 내려가면 오츠와 사카모토 사이로 나가게 됩니다."

"그렇군."

오스기는 안절부절못하며 말했다.

"그럼, 혹시 내가 간 뒤에 누가 쫓아와서 자네에게 뭔가 묻거든 아무것도 모른다고 말해주게."

오스기는 그렇게 당부하고 의아한 표정을 짓고 있는 여자를 지나 황망히 달아났다.

"……."

모든 것을 지켜보던 무사시는 쓴웃음을 지으면서 바위 뒤편에서 일어나 조용히 걸어 나왔다. 항아리를 안고 가는 아낙의 뒷모습이 보였다. 무사시가 불러 세우자 멈춰선 여자는 뭘 묻기도 전에 아무것도 모른다는 표정을 짓고 있었다.

그러나 무사시는 오스기에 대해서는 묻지 않고 다른 것을 물어보았다.

"아주머니 집이 이 근처요?"

"제 집이요? 제 집은 저 앞 고개에 있는 찻집인데요."

"고개의 찻집?"

"예."

"그럼 잘됐군. 아주머니께 수고비를 드릴 테니 지금 교토 시내까지 심부름을 해주실 수 있겠소?"

"가는 거야 어렵지 않지만, 집에 병자인 손님이 있어서……."

"그 젖은 내가 가지고 가서 아주머니의 집에서 답을 기다리고 있겠소. 지금 바로 가면 해가 지기 전에 돌아올 수 있을 거요."

"어려운 일은 아니지만……."

"걱정 마시오. 난 나쁜 사람이 아니오. 방금 전 할멈도 건강을 되찾은 듯하니 내버려둘 생각이오. 지금 여기서 편지를 써 줄 테니 교토의 가라스마루 댁까지 갖다 주시오. 답장은 아주머니의 찻집에서 기다리고 있겠소."

4

무사시는 붓통에서 붓을 꺼내 오쓰에게 보내는 편지를 썼다.

"그럼, 부탁하겠소."

며칠 동안 무도 사에 머물 때도 기회만 있으면 쓰려던 그 편지를 여자에게 건네고 자신은 소를 타고 5리쯤 유유히 갔다.

몇 자 안 되는 짧은 편지였지만 자신이 쓴 편지의 내용을 떠올려보고 그것을 볼 오쓰의 심정도 상상해보았다.

"두 번 다시 만나지 못할 거라 생각했는데."

무사시는 입속으로 중얼거렸다. 그의 미소 띤 얼굴에 밝은 구름이 환하게 비쳤다. 활기찬 여름을 기다리는 땅 위의 그 어떤 것보다도, 늦봄의 푸른 하늘을 물들이고 있는 허공의 어떤 녹음보다도 그의 얼굴이 가장 즐거워 보였고, 또 활기에 차 있었다.

"어쩌면 아직 병상에 있을지도 몰라. 하지만 내 편지를 받으면 당장 일어나서 조타로와 함께 날 쫓아올거야."

암소가 이따금씩 풀 냄새를 맡고 멈춰 섰다. 하얀 꽃이 꼭 땅에 떨어진 별처럼 보였다.

지금 무사시의 머릿속엔 온통 즐거운 생각밖에 떠오르지 않았다. 그러다 문득 '할멈은?' 하고 골짜기 사이를 둘러보며 혼자서 또 쓰러진 채 괴로워하고 있는 건 아닐까 걱정하곤 했다.

그 모든 것이 지금처럼 여유가 있으니까 할 수 있는 생각이었다. 만약 다른 사람이 본다면 부끄러워서 얼굴을 붉히겠지만, 무사시는 오쓰에게 보낸 편지에 이렇게 썼다.

하나다 다리에서는 당신을 기다리게 했지만

이번에는 내가 당신을 기다리겠소.

한 발 먼저 오츠로 가서

세타의 가라하시唐橋(중국식 난간이 있는 다리)에 소를 매어놓

고 기다리리다.

자세한 얘기는 그때.

무사시는 시를 읊듯 자신이 쓴 글을 입속에서 몇 번이나 되뇌
었다. 그리고 만나서 나눌 얘기까지 벌써부터 가슴속에서 그려
보고 있었다.

고갯마루에 찻집이 보였다.

"저긴가?"

무사시는 찻집으로 다가가 소에서 내렸다. 손에는 이 집의 아
낙에게 받은 젖이 들어 있는 항아리를 들고 있었다.

"계십니까?"

무사시가 처마 끝의 걸상에 걸터앉자 아궁이에 불을 지피던
노파가 느릿느릿 차를 가지고 왔다. 무사시는 노파에게 자초지
종을 얘기하고 젖이 든 항아리를 내밀었다.

"예, 예."

대답만 하며 듣고 있던 노파는 귀가 어두운지 항아리를 받아
들고는 의아한 듯 물었다.

"이게 뭐유?"

무사시는 항아리에 자신이 끌고 온 암소의 젖이 들어 있고, 이 집 아낙이 여기 묵고 있는 병자에게 먹이기 위해 짠 것이니 어서 병자에게 갖다주라고 다시 말했다.

"예? 소젖이란 말이우? 허어……."

아직 제대로 알아듣지 못했다는 표정으로 노파는 양손에 항아리를 든 채 안에 대고 갑자기 소리를 질렀다.

"손님, 이리 잠깐 나와보시구려. 난 당최 이걸 어떻게 해야 할지 모르겠수."

5

노파가 부른 손님이란 자는 안에 없었다.

"뭐요?"

대답이 들려온 것은 뒷문 쪽이었다. 잠시 후, 한 사내가 찻집 옆에서 얼굴을 삐죽 내밀었다.

"왜 그러슈, 할멈?"

노파는 젖이 든 항아리를 바로 그 사내의 손에 건넸다. 하지만 그는 항아리를 든 채 노파의 이야기를 들으려고도 하지 않고, 항아리 속을 들여다보려고도 하지 않았다.

넋이 나간 사람처럼 무사시의 얼굴에 시선을 고정시킨 채 멍하니 서 있을 뿐이었다. 무사시 역시 꼼짝도 않고 사내를 쳐다보고 있었다.

"어, 어?"

누가 먼저랄 것 없이 그렇게 신음 소리를 낸 두 사람은 앞으로 걸음을 옮기며 다가갔다.

"마타하치, 너냐?"

무사시가 소리쳤다. 사내는 바로 혼이덴 마타하치였다. 변함없는 옛 친구의 목소리에 마타하치도 어렸을 적 부르던 이름으로 무사시를 불렀다.

"야, 다케조!"

무사시가 손을 내밀자 마타하치도 들고 있던 항아리를 무심코 손에서 놓으며 무사시의 손을 덥석 잡았다. 땅바닥에 떨어진 항아리가 산산이 깨지면서 하얀 액체가 두 사람의 옷자락에 튀었다.

"아아, 이게 몇 년 만이냐?"

"세키가하라 전투, 그 이후부터야! 그 후로 만나지 못했잖아!"

"그럼?"

"5년 만이야. 내가 올해 스물두 살이 되었으니까."

"나도 스물둘이야."

"그래, 우린 동갑이니까."

서로 얼싸안고 있는 친구와 친구를 암소 젖의 달큼한 냄새가 감싸고 있었다. 두 사람은 그 냄새에서도 어렸을 적의 향수를 떠올렸는지도 모른다.

"다케조, 너 너무 유명해진 거 아니냐? 아, 아니지. 지금은 그렇게 부르면 자길 부르는 것 같지 않을 거야. 나도 무사시라고 부를게. 일전에 사가리마쓰에서 있었던 일은 물론이고 그전의 일들도 소문으로 다 듣고 있었어."

"부끄럽게. 난 아직 멀었어. 상대가 너무 약했던 거야. 그런데 마타하치, 이 찻집에 묵고 있다는 손님이 너냐?"

"응…… 실은 에도로 가려고 교토를 떠났는데 사정이 좀 있어서 열흘째……."

"그럼, 병자라는 사람은?"

"병자?"

마타하치는 말끝을 흐렸다.

"아, 내 길동무야."

"그렇군. 아무튼 이렇게 무사한 모습을 보니 반갑다. 예전에 야마토大和 가도를 따라 나라奈良로 가는 도중에 조타로한테 네 편지를 받았었지."

"……."

마타하치가 갑자기 눈을 내리깔았다.

그때 편지에 쓴 말 중에서 실행된 것이 하나도 없다는 것을 떠올리자 무사시 앞에서 차마 얼굴을 들 수 없었던 것이다.

무사시는 마타하치의 어깨에 손을 얹었다. 그냥 아무 이유 없이 예전이 그리웠다. 5년 동안 생긴 그와 자신의 인간적인 격차 따위는 안중에도 없었다. 마침 시간적으로도 여유가 있으니 그동안 못했던 이야기를 느긋하게 나누고 싶었다.

"마타하치, 길동무란 사람은 누구야?"

"뭐 딱히 누구라고 소개할 사람도 못 돼."

"그럼, 잠깐 밖으로 나가지 않을래? 여기서 이러고 있는 것도 실례가 될 테니."

"그래, 나가자."

마타하치도 그러길 바랐던 듯 냉큼 찻집 밖으로 나갔다.

나비와 바람

/

"마타하치, 요즘엔 뭐 하면서 지내?"

"직업 말이야?"

"응."

"영주의 녹을 먹기엔 글렀고, 이렇다 할 직업도 아직 없어."

"그럼, 지금까지 아무 일도 하지 않고 그냥 놀면서 지낸 거야?"

"사실 말이 났으니 말인데, 난 정말 그 오코 년 때문에 내 인생의 중요한 첫걸음을 잘못 내디뎠어."

둘은 이부키의 산기슭을 떠올리게 하는 초원으로 나왔다.

"앉자."

무사시는 풀밭에 책상다리를 하고 앉았다. 그리고 자신에게 왠지 열등감을 갖고 있는 것 같은 친구의 모습에 답답함을 느꼈다.

"오코 때문이라고 하는데, 마타하치 그건 남자답지 못한 비열한 생각이야. 자기 인생을 만들어가는 것은 자기 외에는 아무도 없어."

"물론 내 잘못인 것도 맞아. ……하지만 뭐랄까, 난 내 운명을 스스로 개척해나갈 수 없나 봐. 나도 모르게 자꾸 뭔가에 끌려다니게 돼."

"그래서 지금처럼 어려운 이 세상을 어떻게 헤쳐 나가려고? 설령 에도에 간다 한들 그곳은 지금 전국에서 출세에 눈이 먼 사람들이 너도 나도 모여드는 곳이야. 웬만한 노력으로는 출세하기 어렵다고."

"나도 일찌감치 검술이나 배워둘 걸 그랬어."

"무슨 소리야? 넌 이제 겨우 스물둘이야. 뭐든 이제부터라고. 그런데 마타하치, 너한테는 검술 수련이 맞지 않아. 차라리 공부를 해. 그래서 좋은 주군을 찾아 가신이 되라고. 그게 제일 좋을 것 같아."

"나도 꼭 성공할 거야."

마타하치는 풀을 꺾어서 입에 물었다. 진심으로 자신을 부끄러워하고 있었다.

같은 산골에서 같은 고시의 아들로 태어났고 나이도 같은 친구인데, 겨우 5년 동안 걸어온 길의 차이가 자신과 그 사이에 이렇게 큰 차이를 만들어버렸구나 하고 생각하니 견딜 수 없을 만큼 지난날들이 후회되었다.

지금까지 그저 소문으로만 듣고 무사시를 직접 볼 수 없었을 때는 대수롭지 않게 생각했는데, 5년 만에 이렇게 확 달라진 그의 모습을 실제로 보니 아무리 부정하려고 해도 마타하치는 그에게서 친구 같지 않은 위압감을 느끼며 열등감에 시달리지 않을 수 없었다. 그리고 늘 가슴속에 품고 있던 그에 대한 반감은 물론 기개와 자존심마저 잃어버리고 그저 자신의 나약함을 마음속으로 책망할 뿐이었다.

"무슨 생각을 그렇게 골똘히 하고 있는 거야? 야, 정신 차려!"

무사시는 친구의 어깨를 툭 치면서 그렇게 손만 대도 느낄 수 있을 것 같은 친구의 나약한 의지를 꾸짖었다.

"5년 동안 한눈 팔며 허송세월한 건, 그냥 5년 늦게 태어난 셈 치면 되잖아. 하지만 마음먹기에 따라서는 그 5년의 세월이 실은 소중한 수련이었는지도 몰라."

"면목이 없다."

"아아, 참. 이야기하느라 깜빡했는데, 마타하치, 방금 전에 실은 네 어머니와 요 근방에서 헤어졌어."

"뭐? 어머닐 만났어?"

"네가 어머니의 강단과 고집을 조금만 물려받았으면 좋았을 텐데 말이야."

2

무사시는 이 어리석고 못난 자식을 보고 있자니 그의 불행한 어머니인 오스기가 애처로워서 견딜 수 없었다.

'답 없는 놈.'

의기소침한 마타하치를 보고 있자니 남의 일 같지 않았다.

'어렸을 때부터 어머니와 헤어져서 지금까지 어머니 없이 홀로 지내온 날 보란 말이야.'

그렇게 말해주고 싶었다.

애초에 오스기가 노령에도 불구하고 자진해서 세상을 떠돌아다니며 온갖 고초를 겪고 있는 것도, 또 자신을 불구대천의 원수로 여기고 있는 것도 그 근본 원인은 단 하나, 마타하치에 대한 사랑 외에는 없었다. 맹목적인 사랑에서 비롯된 오해이고, 오해에서 생긴 집념일 뿐이었다.

어린 시절의 아련한 꿈속에서만 어머니를 느꼈던 무사시는 그것을 절실히 알고 있었다. 너무나 부러웠다. 그 노인네에게 욕을 먹고 위협을 당하고 함정에 빠져서 한때는 화가 치밀기도 했지만, 시간이 흐르자 그것이 오히려 가슴이 시리도록 그리웠다.

'그래서 할멈의 저주를 어떻게 풀지?'

무사시는 지금 마타하치를 보면서 속으로 자문자답했다.

'마타하치가 훌륭해지면 돼. 나를 뛰어넘는 인간이 되어서 고

향 사람들이 자랑스럽게 생각한다면 할멈은 내 목을 친 것 이상으로 원을 푼 것으로 생각할 거야.'

그렇게 생각하자 자신이 마타하치에게 품은 우정이 검을 대할 때처럼, 또 관음상을 조각할 때처럼 뜨겁게 달아오르는 것을 느꼈다.

"마타하치, 넌 생각해보지 않았냐?"

마타하치에 대한 우정이 그에게 말을 장황하게 늘어놓게 했다.

"그렇게 훌륭한 어머니를 넌 왜 기쁘게 해드리려고 하지 않는 거냐? 어머니 없이 자란 내가 보기에 넌 너무 과분한 사랑을 받고 있어. 과분한 사랑을 받고 있다고 부모를 존경하지 않는다는 말은 아니야. 자식으로서 가장 큰 행복을 누리고 있으면서도 너는 그 행복을 스스로 짓밟고 있다는 말이야. 만약에 나한테 그런 어머님이 계셨다면 내 인생은 지금보다 몇 배는 더 행복해졌을 거야. 수련을 쌓는 데도, 공을 세우는 데도 얼마나 신이 날까? 부모만큼 솔직하게 자식의 성공을 기뻐해줄 사람은 어디에도 없어. 자기가 한 일을 함께 기뻐해주는 사람이 있다는 건 정말 신나는 일이 아닐까? 이런 말을 하면 어떤 사람에겐 진부한 도의를 따지는 것으로 들릴지 모르지만, 나처럼 떠돌아다니는 신세가 아름다운 경치를 보고도 그것을 아름답다고 이야기할 사람이 아무도 없다는 걸 깨달을 때면 정말 사무치도록 외로워."

마타하치가 가만히 귀를 기울이고 있자 무사시는 단숨에 거기까지 말하고 친구의 손목을 잡았다.

"마타하치, 내가 무슨 말을 하는지는 너도 잘 알 거야. 난 친구로서 부탁하는 거야. 같은 고향에서 자란 친구로서 말이야. 그때 말이지, 세키가하라 전투에 참전하기 위해 창을 메고 고향을 떠날 때 말이야. 우리 그때의 마음가짐을 다시 한 번 되새겨보고 열심히 노력해보자. 전쟁은 지금 어디에서도 일어나지 않고 세키가하라 전투도 끝났지만, 평화의 뒷골목에서는 인생이라는 전쟁이 갖은 술책과 모략이 난무하는 와중에 실제 전쟁보다 더 치열하게 벌어지고 있어. 그런 시대를 헤쳐 나가기 위해서는 자신을 수련하는 길밖에 없어. 마타하치, 다시 한 번 창을 둘러메고 전쟁에 나간다는 심정으로 진지하게 세상과 맞서보지 않을래? 공부해라. 그래서 훌륭한 사람이 되어줘. 네가 그렇게 마음을 먹는다면 난 얼마든지 널 도울 거야. 네 노복이 되어도 좋아. 정말로 네가 그렇게 하겠다는 맹세를 하늘에 두고 한다면……."

마주잡고 있는 두 사람의 손 위로 마타하치의 뜨거운 눈물이 뚝뚝 떨어졌다.

3

마타하치는 만약 오스기가 그렇게 말했다면 귀에 딱지가 앉

바람의 권 下

을 정도로 지겹게 들었다며 콧방귀를 뀌고 말았겠지만, 5년 만에 만난 친구의 말에는 눈물까지 흘리며 고개를 끄덕였다.

"……알았다, 알았어. 고마워."

마타하치는 몇 번이나 그렇게 말하며 손등으로 눈물을 닦았다.

"오늘 난 다시 태어난 거야. 아무래도 난 검으로 성공할 소질은 없는 것 같으니 에도로 가든, 지방을 떠돌든, 좋은 스승을 만나면 공부에 전념하겠어."

"나도 같이 좋은 스승과 좋은 주군을 찾아볼게. 공부는 혼자 한가로이 할 수 있는 것이 아니고, 주군을 섬기면서도 할 수 있는 것이니까."

"왠지 이제야 넓은 세상으로 나온 듯한 기분이 들어. 그런데 한 가지 곤란한 일이 있어……."

"뭔데? 뭐든지 말해줘. 앞으로 내가 함께할 수 있는 일이라면, 그리고 너한테 도움이 되는 일이라면 무슨 일이든 꼭 할 테니까. 그것이 네 어머니에게 속죄하는 길이기도 하고."

"뭘, 어떻게 말해야 할지……."

"아무리 사소한 일이라도 숨기고 있다가 나중에 큰 문제가 될 수 있으니 다 말해줘. 잘못되는 건 한순간이야. 그리고 친구 사이에 부끄러울 게 뭐가 있겠어?"

"그럼, 말해버릴까?"

"그래."

"실은 찻집에서 자고 있는 길동무란 사람이 여자야."

"여자라고?"

"게다가…… 아아, 역시 말하기가 어렵다."

"사내답지 못하게."

"무사시, 기분 나쁘게 생각하지 마. 너도 아는 여자니까."

"그래? 도대체 누구야?"

"아케미야."

"……."

무사시는 깜짝 놀랐다.

5조 대교에서 만난 아케미는 더 이상 예전의 순백색 들꽃이 아니었다. 그렇다고 색정으로 가득 찬 독초 같은 오코처럼 천박하지는 않았지만, 위험한 불덩이를 물고 날아다니는 한 마리 새와 같았다. 그때 아케미는 자신의 가슴에 매달려 울면서 고백했고, 마침 아케미와 어떤 관계가 있어 보이는 젊은 무사가 그 모습을 다리 기슭에서 못마땅한 눈빛으로 노려보고 있던 일이 떠올랐다.

무사시는 마타하치가 지금 아케미와 함께 있다는 말을 듣고 불현듯 친구가 걱정되었다. 그렇게 복잡한 사정과 성격을 지닌 여자와 함께하는 나약한 친구의 앞날이 어떤 불행을 맞이하게 될지 너무나 훤히 보이기 때문이었다.

또 어떻게 된 게 마타하치에게는 늘 오코라든가 아케미 같은 위험한 여자들만 꼬이는 걸까?

"······."

마타하치는 아무 말도 하지 않는 무사시의 얼굴을 자기 나름대로 해석하며 말했다.

"화났어? 난 너한테 계속 숨기는 것이 미안해서 솔직하게 말한 건데 네 입장에서 보면 좋은 기분은 아닐 거야."

무사시는 측은해하는 표정으로 말했다.

"멍청한 놈. 불운이 널 찾아오는 건지, 네 스스로 불운을 만드는 건지 모르지만, 난 너 때문에 참 어이가 없다. 오코한테 그렇게 당하고도 왜 또······."

분노마저 느끼면서 무사시가 그동안의 일을 다그쳐 묻자 마타하치는 산넨 고개의 여관에서 만난 일부터 시작해서 우류 산에서 다시 만나 아케미와 에도로 함께 달아나기로 모의한 뒤 같이 다니던 어머니를 버리고 도망친 일까지 솔직하게 다 얘기했다.

"그런데 어머니를 버리고 달아난 벌을 받는 건지 아케미가 우류 산에서 미끄러졌을 때 다친 상처가 도져서 이 찻집에 드러눕게 된 거야. 나도 후회는 하고 있지만 이제 와서 되돌릴 수도 없는 일이고."

마타하치가 후회를 하는 것도 무리가 아니었다. 그는 위험한 불덩이를 물고 있는 새와 자신에겐 한없이 자애로운 어머니를 바꾸고 만 것이다.

4

"손님, 여기 계셨구려."

그때 어딘지 망령이라도 난 듯한 풍모의 찻집 노파가 양손으로 허리를 짚고, 날씨가 어떤지 보러 온 것처럼 하늘을 둘러보며 슬그머니 나타났다.

"일행이신 병자는 같이 있지 않으셨구려."

노파는 묻는 것도 아니고 묻지 않는 것도 아닌 애매한 말투로 말했다.

마타하치가 놀라며 물었다.

"아케미 말이오? 방에 없소?"

"없습니다."

"방금 전까지 있었는데."

무사시는 뭐라 설명할 순 없지만 직감적으로 짚이는 것이 있었다.

"마타하치, 빨리 가 봐."

마타하치의 뒤를 따라서 무사시도 찻집으로 뛰어가 아케미가 누워 있던 방을 들여다보니 노파의 말은 사실이었다.

"앗, 안 돼!"

마타하치가 당황하며 소리쳤다.

"옷이며 신발이며 죄다 없어. ……이런 내 돈까지."

"화장 도구는?"

"빗이고 비녀고 하나도 없어. 도대체 날 버리고 어디로 사라진 거야?"

방금 전에 새 출발을 다짐하면서 눈물까지 흘리던 마타하치는 분노에 찬 얼굴로 말했다.

노파는 토방 입구에서 기웃거리며 혼잣말처럼 말했다.

"뭣이여, 그러니까 그 여자는 손님께는 미안한 말이지만 처음부터 꾀병을 부린 게지요. 이 늙은이의 눈은 못 속인다오."

그런 말이 귀에 들어올 리 없는 마타하치는 찻집 옆으로 뛰어나가 봉우리에 꾸불꾸불 난 하얀 길을 멍하니 바라보고 있었다.

꽃조차 이미 검게 퇴색해서 지기 시작한 복숭아나무 아래에서 졸고 있던 암소가 그제야 생각난 듯 길게 울었다.

"……."

"마타하치."

"……."

"야!"

"응?"

"뭘 그리 멍하니 보고 있어? 이젠 도망간 아케미가 어서 안정된 삶을 찾을 수 있도록 기도나 해주자고."

"아아."

별로 내켜하지 않는 그의 얼굴 앞에서 작은 회오리바람이 떠돌고 있었다. 노랑나비 한 마리가 바람에 휩쓸려 절벽 아래로 위태롭게 날아갔다.

"아까 한 맹세는 진심이겠지?"

"진심이고말고. 진심이 아니면 어쩌겠어."

입을 꼭 다문 채 마타하치는 신음하듯 그렇게 중얼거렸다.

무사시는 멍하니 먼 산만 바라보고 있는 마타하치의 눈길을 돌리려는 듯 그의 손을 잡아당기며 말했다.

"너의 길이 저절로 열린 거야. 아케미가 도망간 길은 더 이상 네 길이 아니야. 지금 당장 짚신을 신고 사카모토와 오츠 사이로 내려간 어머니를 찾으러 가. 넌 어머니를 잃어버려서는 안 돼. 자, 어서 가."

무사시는 근처에 있는 짚신과 각반 등 마타하치의 행장을 집어서 처마 끝의 걸상까지 가져다주었다.

"여비는 있어? 얼마 되지 않지만 이걸 가져가도록 해. 네가 에도로 가서 뜻을 세울 생각이라면 나도 일단은 에도까지 같이 갈게. 또 네 어머니께 꼭 하고 싶은 말도 있고. 나는 저 암소를 끌고 세타의 가라하시에 가 있을 테니까, 넌 나중에 어머니를 모시고 꼭 그리로 와. 알겠지? 꼭 어머니를 모시고 와야 해."

도청도설

1

무사시는 뒤에 남아서 해질녘이 될 때까지 기다리고 있었다. 아니, 심부름을 보낸 여자가 돌아오기를 기다렸다.

오후 반나절은 지루하기만 했다. 해는 길고 몸은 엿가락처럼 자꾸 늘어지려고만 했다. 복숭아나무 아래에 누워 있는 암소를 따라 무사시도 찻집 구석에 있는 걸상에 누웠다.

오늘 아침에는 일찍 길을 나섰다. 지난밤에도 제대로 잠을 이루지 못했다. 어느새 깜빡 잠이 든 무사시는 나비가 되어 꿈속을 날아다녔다. 오쓰로 보이는 다른 한 마리와 함께 연리지를 뱅글뱅글 돌고 있었다.

문득 눈을 떠보니 어느새 햇빛이 토방 안까지 비쳐 들고 있었다. 자고 있는 동안 마치 다른 곳으로 옮겨진 것처럼 주위가 소란스러웠다.

아래쪽 골짜기의 채석장에서 일하는 석공들이 매일 이 시간이 되면 이곳으로 와서 차를 마시면서 한바탕 수다를 떨곤 한다.

"칠칠치 못한 것들."

"요시오카 쪽 말인가?"

"당연하지."

"정말 창피한 일이야. 제자들이 그렇게 많은데 제대로 칼을 쓸 줄 아는 놈이 한 놈도 없으니, 원."

"겐포 선생이 너무 대단해서 세상이 과대평가한 거야. 뭐든지 위대한 건 초대로 한정되고, 2대째가 되면 슬슬 평범해지다가 3대째에 몰락, 4대째는 자네처럼 묘비나 다름없는 자가 대부분이지."

"내가 뭐 어때서? 이래 봬도 난 아직 멀쩡하다고."

"그야 자네는 대대로 석공이니까 그렇지. 내가 말하는 것은 요시오카 가문이야. 거짓말 같으면 도요토미 가문을 봐."

그러다가 사가리마쓰의 결투를 근처에서 직접 보았다는 석공이 나타나자 이야기는 다시 원점으로 돌아갔다.

석공은 사람들 앞에서 이미 그 이야기를 수십 번이나 되풀이해서인지 이야기를 참 맛깔나게 했다. 백여 명이나 되는 적을 상대로 미야모토 무사시라는 사내가 어떻게 싸웠는지 마치 자신이 무사시가 된 양 한껏 과장해가며 이야기했다.

이야기의 주인공인 무사시는 석공의 이야기가 한창 절정으로 치달을 무렵에 한쪽 구석에 있는 걸상에서 깊은 잠에 빠져 있었던 것이 그나마 다행이었다. 만약 깨어 있었다면 웃음을 참지 못했거나 낯 간지러워서 그곳에 있을 수가 없었을 것이다.

그런데 아까부터 처마 끝의 다른 걸상을 차지하고 있는 한 무리의 사내들이 그 이야기를 못마땅한 표정으로 듣고 있었다. 중당의 데라자무라이寺侍(절의 업무를 보거나 절을 지키는 무사) 세 명과 그들의 배웅을 받으며 찻집에서 작별 인사를 나눈 미청년이었다. 미청년은 등에 긴 칼을 차고 있었고, 옷차림이나 눈빛, 자세까지 뭐든 화려해 보였다.

석공들은 그의 풍채에 주눅이 들어서 걸상에서 떨어진 멍석 쪽으로 차를 가지고 가 무례를 범하지 않으려고 조심하고 있었지만, 사가리마쓰의 후일담이 점점 재미있어지자 이따금 웃음을 터뜨리기도 하고, 또 때때로 무사시를 칭송하기도 했다.

그때까지 가만히 듣고 있던 사사키 고지로가 더 이상 참을 수 없었는지 석공들을 불렀다.

"어이, 이보게들."

2

석공들은 고지로 쪽을 돌아보며 무슨 일인가 하고 다들 앉은 자세를 고쳤다. 차림새가 화려한 젊은 무사가 아까부터 옆에 데라자무라이들을 두세 명 거느리고 위풍당당하게 있는 모습에 그들은 고개를 숙이며 대답했다.

"예."

"거기, 방금 아는 체하며 지껄이던 자네, 앞으로 나오게."

고지로는 쇠살 부채를 들고 그들의 우두머리로 보이는 자를 불렀다.

"다른 사람들도 무서워하지 말고 이리 와봐!"

"예, 예."

"방금 전까지 자네들이 하는 이야기를 듣다 보니 자네들은 덮어놓고 미야모토 무사시를 칭찬하던데, 그런 터무니없는 소리를 지껄이고 다니다간 앞으로 용서하지 않겠네."

"예. ……예?"

"무사시가 어째서 대단한가? 자네들 중에도 당시 상황을 목격한 자가 있다던데, 나 역시 그날 입회인으로 양쪽의 사정을 소상히 알고 있네. 더욱이 난 그 후에 에이 산으로 가서 중당의 강당에 사람들을 모아놓고 그날 보고 들은 것과 감상에 대해 이야기했고, 또 여러 절의 석학들에게 초대를 받고 내 의견을 기탄없이 이야기했네."

"……."

"그런데 검이 무엇인지도 모르는 자네들이 단지 승패만을 보고 어리석은 자들이 지껄이고 다니는 소문에 부화뇌동하여 무사시 같은 자를 희대의 인물이니 무적의 달인이니 하며 떠들어대는데, 그리 하면 내가 에이 산의 대강당에서 피력한 의견이 모두 거짓말이 되어버리네. 무지한 자들이 떠드는 말은 믿을 것이 못되지만, 이 자리에 있는 중당 분들도 일단 알아둘 필요가 있고, 또 자네들의 잘못된 견해는 세상에 혼란만 가중시킬 터. 내가 사건의 진상과 무사시의 인물됨을 소상히 들려줄 테니 귓구멍을 파고 잘 듣게."

"예."

"애초에 무사시가 무슨 속셈을 갖고 있었는지, 그 결투를 한 목적이 무엇인지를 헤아려보면, 그 결투는 무사시가 자신의 이름을 세상에 알리기 위한 것에 지나지 않았네. 자신의 이름을 알리기 위해 교토에서 가장 강한 요시오카 가문에 교묘하게 싸움을 걸었고, 요시오카 가문은 그 간교에 넘어가서 그의 발판이 된 것이라고 나는 보고 있네."

"……?"

"왜냐하면 초대 겐포 시대의 영광은 사라지고 교류 요시오카가 쇠퇴했다는 것은 누구나 알고 있는 사실이었네. 나무에 비한다면 썩은 나무요, 사람에 비한다면 빈사 상태의 병자. 그냥 놔둬도 자멸할 상대를 밀어서 쓰러뜨린 것이 바로 무사시란 자란 말이네. 그런 상대를 쓰러뜨릴 힘은 누구에게나 있지만, 굳이 그렇게 하지 않은 것은 이 시대의 무사들 사이에서는 이미 요시오카 가문 따위 안중에도 없었기 때문이야. 또 겐포 선생의 공덕을 기려 요시오카 가문은 너그럽게 보아 넘기자는 의식이 무사들에게 있었던 것도 틀림없지. 그런데 무사시는 의도적으로 일을 크게 만들어서 교토의 큰길에 팻말을 세우고 사람들 사이에 소문을 퍼뜨리며 연극을 한 것이네.”

“……?”

“그의 비열함과 비굴함을 열거하자면 끝이 없지만, 세이주로와 결투할 때는 물론이고, 덴시치로와 겨룰 때도 그자는 약속 시간을 지킨 적이 없네. 또 사가리마스 때도 정면에서 당당하게 싸우지 않고 간교한 술책과 전법을 사용했어.”

“…….”

“물론 수적으로 한쪽이 다수고 그가 혼자였던 것은 분명하지. 그러나 바로 거기에 그의 간교한 의도가 숨어 있었네. 그가 의도한 대로 세상의 관심은 오직 그에게만 집중되었어. 그러나 내가 볼 때 그 승부는 마치 어린아이의 장난 같았네. 무사시는 끝까지 약삭빠르고 교활하게 행동하다 결정적인 순간에 도망쳤네. 그가 어느 정도까지는 야만적이고 강한 것은 사실이야. 그러나 달인이라는 평판은 당치도 않은 소리지. 굳이 달인이라고 부른다면 무사시는 ‘도망의 달인’일 터. 재빨리 도망치는 것만은 분명 명인이라 할 수 있네.”

3

고지로의 말은 흐르는 물처럼 거침이 없었다. 에이 산의 강당에서도 이런 말솜씨로 연설을 했을 것이다.

"검에 대해 아무것도 모르는 문외한들에게는 혼자서 수십 명과 싸우는 것이 어려운 일로 보이겠지만, 수십 명의 힘은 결코 한 사람 한 사람의 실력이 수십 배가 된 것이 아니네."

고지로는 그날의 승부에 대해 전문적인 지식을 동원해서 멋대로 논파했다. 무사시의 그와 같은 선전도 강목팔목岡目八目(바둑에서 나온 말로 옆에서 보고 있는 관전자가 오히려 냉정하게 지켜보기 때문에 대국자보다 여덟 집을 더 본다는 것)의 입장에서 보면 얼마든지 비난할 수 있었다.

고지로가 다음으로 열변을 토하며 무사시에 대해 악담을 퍼부은 것은 명목상 대표로 내세운 소년까지 죽였다는 것이었다. 단순한 매도에 그치지 않고 인도적인 관점에서, 또 무사도와 검의 정신에서 봐도 용서할 수 없는 인간이라고 단언했다.

또한 무사시의 성장 과정과 고향에서 있었던 일들을 이야기하면서는 지금도 그의 목숨을 노리는 혼이덴 가의 노모가 있다는 말까지 하기에 이르렀다.

"거짓말이라고 생각한다면 그 혼이덴 가의 노모에게 물어보면 될 일. 난 중당에 머무르고 있는 동안 그 노모에게 소상히 들었네. 이미 예순이 다 된 순박한 노파에게 원수라고 불리는 자가 어찌 위대한 자란 말인가. 남의 원한을 산 자를 칭송하는 것이 세상의 인심에 어떤 영향을 미칠지, 그것이 난 너무나 한심해서 이렇게까지 말하는 것이네. 난 결단코 요시오카 쪽과 아무 연고도 없고, 무사시에게 악감정이 있는 것도 아니네. 다만 검을 사랑하고 무사의 길에 들어서서 수련하는 몸으로 옳은 판단을 하고 싶을 뿐이야. 무슨 말인지 알겠나?"

말을 마친 고지로는 목이 마른지 찻잔을 들어서 단숨에 들이켜고는 일행을 돌아보며 말했다.

"이런, 어느새 해가 기울기 시작했군."

"지금 출발하지 않으면 미이데라까지 가는 산길에서 날이 어두워질 것입니다."

중당의 데라자무라이들이 주의를 주며 자리에서 일어났다.

석공들은 어떻게 된 것이냐고 한 마디도 묻지 못하고 돌처럼 뻣뻣하게 있다가 그 틈을 타서 앞 다투어 골짜기 쪽으로 일하러 내려갔다.

자줏빛으로 물든 골짜기에서는 직박구리가 시끄럽게 울고 있었다.

"그럼, 이만."

"다음에 또 들러주십시오."

데라자무라이들도 고지로에게 작별을 고하고 중당으로 돌아갔다. 혼자 남은 고지로는 안쪽을 향해 소리쳤다.

"할멈, 찻값은 여기에 두겠소. 그리고 도중에 어두워졌을 때를 대비하려는 것이니 화승을 두세 개만 주시오."

노파는 저녁밥을 올려놓은 아궁이 앞에 웅크리고 앉아서 불을 때며 말했다.

"그쪽 구석에 걸려 있으니 필요한 만큼 가지고 가슈."

고지로는 찻집 안으로 들어가서 구석 벽에 걸려 있는 화승 다발에서 두어 개를 잡아 뺐다. 그 순간 못이 빠져서 화승 다발이 바닥에 떨어졌다. 그것을 줍기 위해 무심코 손을 뻗었을 때 고지로는 누군가가 걸상 위에 누워 있는 것을 비로소 깨달았다. 그는 다리 너머의 얼굴 쪽으로 시선을 올리다 깜짝 놀랐다.

무사시가 팔베개를 하고 자신의 얼굴을 빤히 쳐다보고 있던 것이다.

$$4$$

화들짝 놀란 고지로는 튕겨져 나가듯 뒤로 껑충 물러났다. 무의식적인 민첩함이었다.

"……어?"

무사시는 하얀 이를 드러내고 씩 웃으면서 이제 막 잠에서 깬 것처럼 천천히 몸을 일으키더니 걸상에서 일어서서 처마 끝에 있는 고지로 쪽으로 걸어갔다.

"……."

무사시는 미소를 머금은 입술과 마음속을 꿰뚫어보는 듯한 눈을 하고 고지로 앞에 멈춰 섰다. 고지로도 미소를 지어 보이려 했지만 생각과는 반대로 얼굴 근육이 묘하게 경직되어서 웃을 수 없었다.

무사시의 눈이 무의식적으로 뒤로 물러난 자신의 민첩함을 쓸데없이 당황한 것이라고 비웃고 있는 듯했기 때문이다. 또 자신이 아까부터 석공들에게 한 이야기를 무사시도 듣고 있었다는 생각을 하자 순간적으로 그 당혹감이 가슴을 뒤덮었기 때문일 것이다.

그러나 어쨌든 고지로의 낯빛과 행동은 곧 평소의 오만함을 되찾았지만, 잠깐 동안은 횡설수설했다.

"……이야, 무사시 님. 여기 계셨소이까?"

"지난번엔."

"아, 지난번의 눈부신 활약은 귀신같았소이다. 게다가 크게 부상당하지도 않은 것 같으니 참으로 다행이오."

속으로는 모순을 인정하면서도 고지로의 입에서는 이런 억지소리가 튀어나오고 말았다. 그리고 자신이 뱉은 말에 스스로 화가 치밀었다.

무사시는 왠지 모르게 고지로를 대할 때면 빈정거리고 싶어
진다. 지금도 은근히 비꼬듯 말했다.

"그때는 입회인으로서 여러모로 배려해주시느라 고생하셨소.
또 방금 전엔 저에 대해 이런저런 고언을 해주신 점 멀리서나마
감사히 여기며 듣고 있었소. 자신이 생각하는 세상과 세상이 보
는 자신의 진가는 분명 큰 차이가 있지만, 세상의 소리는 좀처
럼 들을 기회가 없는 것이 사실이오. 그런데 귀하가 낮잠을 자
는 제 귓가에 대고 그리 들려주시니 부끄러울 따름이오. 잊지 않
고 기억해두리다."

"……"

잊지 않고 기억하겠다는 무사시의 말에 고지로는 온몸에 소
름이 돋았다. 그냥 듣기에는 공손한 인사말 같았지만 고지로의
귀에는 머지않은 장래에 꼭 도전을 하겠다는 의미로 들렸다. 또
지금은 때가 아니라는 뜻도 담겨 있었다.

두 사람 다 무사다. 거짓을 용납하지 않는 무사이자 불명예를
묵인하지 못하는 검술 수련생이다. 시시비비를 말로 가리는 것
은 탁상공론에 불과하다. 또 그렇게 끝날 사소한 문제도 아니
다. 무사시는 적어도 사가리마쓰에서의 결투가 목숨을 건 일생
일대의 사업이자 검의 길에 정진하는 자의 정행淨行이라고 굳
게 믿고 있었다. 그 믿음에는 한 점의 부도덕도, 한 치의 거리낌
도 없었다.

그러나 고지로는 그것을 다른 관점으로 보았고, 그로 인해 그의 입에서는 방금 전과 같은 결론이 되었다. 그렇다면 해결책은 무사시가 '지금은 때가 아니지만 잊지 않겠다'고 한 말에 담겨 있는 의미에서 찾을 수 있다.

복잡한 감정이야 작용했겠지만 사사키 고지로도 전혀 근거가 없는 거짓말을 한 것은 아니었다. 그는 자신이 본 것에 따라 공정하게 판단을 내렸을 뿐이라고 생각하고 있었고, 아무리 무사시의 실력을 높게 평가해도 자기보다는 결코 위라고 생각하지 않았다.

"으음, 알겠소. 기억하겠다는 귀하의 말씀은 이 고지로도 반드시 기억하리다. 절대로 잊지 마시오, 무사시."

"……."

무사시는 아무 말도 하지 않고 또다시 미소를 지으며 고개를 끄덕였다.

연리지

1

사립문 입구에서 조타로가 큰 소리로 외쳤다.

"오쓰 님, 다녀왔어요."

안에 대고 자신이 온 것을 알린 그는 집을 감싸고 흐르는 맑은 시냇물에 발을 담그고 종아리에 묻은 진흙을 씻기 시작했다.

초가지붕 아래 '산게쓰 암山月庵'이라 새겨진 현판이 보였다. 제비 새끼들이 흰 똥을 싸놓고 지지배배 울면서 발을 씻고 있는 조타로를 내려다보고 있었다.

"으으, 차가워."

조타로는 눈살을 찌푸리며 발을 꺼낼 생각도 않고 물장구만 치고 있었다.

근처에 있는 긴카쿠 사 경내에서 흘러오는 시냇물은 중국의 동정호洞庭湖보다 맑았고, 적벽의 달보다 차가웠다. 하지만 흙은 따뜻했고, 조타로의 주변으로는 제비꽃이 흐드러지게 피어 있었다. 그는 눈을 감고 이곳에서의 유유자적한 생활을 한껏 음미하고 있는 듯했다.

이윽고 그는 젖은 발을 풀로 닦고 조용히 툇마루 쪽으로 돌아갔다. 긴카쿠 사의 관저였던 이 집은 우류 산에서 무사시와 헤어지고 이곳에 온 다음 날 마침 비어 있는 것을 오쓰를 위해 가라스마루 가문이 빌려준 것이었다. 오쓰는 그 후로 이 집에서 계속 병을 치료하고 있었다.

물론 사가리마쓰의 결투 결과도 이곳에 전해졌다. 그날 조타로가 결투 장소와 이곳을 몇 번이나 오가며 오쓰에게 결투 상황을 소상히 알려준 덕분이었다.

그는 지금의 오쓰에게는 무사시가 무사하다는 소식을 알려주는 것이 약보다 더 효과가 있을 것이라고 믿고 있었다. 그리고 예상대로 오쓰는 하루하루 혈색이 좋아져서 지금은 책상에 기대 앉아 있을 만큼 기력을 회복했다. 한때는 정말 어떻게 될지 몰라서 조타로도 걱정이 이만저만 아니었다. 혹시나 무사시가 사가리마쓰에서 죽었다면 그녀도 아마 그대로 죽어버렸을지도 모른다.

"아, 배고파. 오쓰 님 뭐 하고 있었어요?"

오쓰는 조타로의 건강한 얼굴을 바라보며 말했다.

"난 아침부터 그냥 이렇게 앉아 있었어."

"지루하지도 않아요?"

"몸은 움직이지 않아도 마음은 이런저런 생각으로 바빴으니까. 그보다 너야말로 꼭두새벽부터 어딜 갔다 온 거니? 그 찬합 속에 어제 받은 떡이 있으니 어서 먹어."

"떡은 나중에 먹어도 되고, 오쓰 님한테 먼저 기쁜 소식을 알려줄게요."

"뭔데?"

"스승님이요……."

"응?"

"에이 산에 계신대요."

"아, 에이 산에?"

"내가 매일매일 스승님의 소식을 수소문하고 다녔어요. 그러다 오늘 마침내 스승님이 동탑의 무도 사에 머물고 있다는 소식을 들었어요."

"그렇구나. 그럼 정말 무사하신 거구나."

"이제 어디에 있는지 알았으니 어서 가요. 또 어디론가 훌쩍 떠나버리면 안 되니까요. 나도 지금 바로 떡을 먹고 나서 채비할 테니까 오쓰 님도 어서 채비해요. 채비가 끝나는 대로 바로 무도 사로 가요."

2

오쓰의 눈동자는 먼 곳을 향하고 있었다. 암자의 추녀 너머로 보이는 하늘로 마음을 보내고 있었던 것이다.

조타로는 떡을 먹고 소지품을 챙겨 들더니 다시 오쓰를 재촉했다.

"자, 어서 가요."

하지만 오쓰는 자리에서 일어설 기색도 보이지 않고 하염없이 앉아 있었다.

"왜 그래요?"

조타로는 불평하듯 퉁명스럽게 물었다.

"조타로, 무도 사에는 가지 말자."

"예?"

조타로는 조금 놀라면서 되물었다.

"왜요?"

"그냥."

"쳇, 이러니까 여자들 보고 변덕이 죽 끓듯 한다고 하지. 날아서라도 가고 싶으면서 막상 어디 있는지 알고 나니까 이번엔 그만두자고요?"

"네 말대로 날아서라도 가고 싶지만······."

"그러니까 빨리 가자고요."

"하지만…… 하지만 말이야, 조타로. 난 그날 밤 우류 산에서 무사시 님을 만났을 때, 그것이 이번 생에서 마지막이라 생각하고 마음속에 있는 말을 다 해버리고 말았어. 무사시 님도 살아서는 다시 만나지 못할 거라고 말씀하셨고."

"그렇지만 살아 있으니까 만나러 가도 되잖아요."

"아니야."

"안 돼요?"

"사가리마쓰에서의 승부는 끝났지만, 무사시 님이 정말로 이겼다고 생각하고 있는지, 또 무슨 생각으로 에이 산에 계시는지 그 마음을 모르겠어. 그리고 나에게 한 말도 있고, 나도 필사적으로 잡고 있던 그분의 소매를 놓으면서 이번 생에서의 연은 끝났다고 생각했으니까, 설령 무사시 님이 계신 곳을 안다 해도 그분의 허락이 없으면……."

"그럼, 이대로 10년이고 20년이고 스승님한테 아무 연락도 없으면 어떡할래요?"

"이러고 있을 거야."

"앉아서 먼 하늘만 바라보며 살겠다고요?"

"응."

"오쓰 님은 정말 이상한 사람이에요."

"넌 모를 거야. 하지만 난 알아."

"뭘요?"

"무사시 님의 마음 말이야. 우류 산에서 마지막으로 헤어지기 전보다 그 이후에 무사시 님의 마음을 더 깊이 알 수 있게 되었기 때문이야. 그건 믿음이라는 거야. 전에는 무사시 님을 정말로 흠모했었어. 목숨을 걸 만큼 말이야. 네 앞에서 할 말은 아니지만 정말 힘든 사랑이었어. 하지만 무사시 님을 정말로 믿었는지는 나도 잘 모르겠어. ……지금은 그렇지 않아. 설령 살든 죽든, 같이 있지 못하든 서로의 마음은 비익조比翼鳥처럼, 연리지처럼, 굳게 연결되어 있다고 믿기 때문에 조금도 외롭지 않아. 단지 무사시 님이 그분의 신념대로 수련의 길에 정진할 수 있도록 기도할 뿐이야."

말없이 얌전히 듣고 있던 조타로가 갑자기 소리를 지르듯 말했다.

"거짓말! 여자들은 거짓말만 해. 좋아요, 그럼 이제부터 무슨 일이 있어도 스승님을 만나고 싶다는 말은 하지 말아요! 앞으로는 아무리 투정을 부려도 난 몰라요."

조타로는 지난 며칠간의 노력이 헛수고로 돌아갔다는 듯 화를 냈다. 그리고 저녁이 되도록 아무 말도 하지 않았다.

저녁이 되고 얼마 지나지 않았을 때였다. 암자 밖에 빨간 횃불이 비치더니 문을 두드리는 소리가 들렸다.

가라스마루 가에서 온 무사가 조타로에게 한 통의 편지를 전해주었다.

"이 편지는 오쓰 님이 아직 가라스마루 님 댁에 계시는 줄 알고 무사시 님이 보낸 것이다. 가라스마루 님이 들으시고 곧장 오쓰 님에게 전하라고 하셔서 급히 가지고 왔다. 그리고 가라스마루 님도 오쓰 님에게 몸조리 잘하라고 전해달라셨다."

편지를 가지고 온 무사는 그렇게 말하고 바로 돌아갔다. 조타로는 편지를 들고 중얼거렸다.

"아아, 스승님의 글씨다. 만약 사가리마쓰에서 돌아가셨더라면 이 편지도 쓰지 못하셨을 텐데. ······오쓰 님에게라고 쓰여 있네. ······하지만 내 이름은 없구나."

오쓰는 안에서 나오며 물었다.

"조타로, 방금 그 사람이 가지고 온 것이 무사시 님이 보낸 편지 아니니?"

"맞아요."

조타로는 심술궂게 편지를 등 뒤로 감추며 말했다.

"하지만 오쓰 님은 필요 없잖아요?"

"보여줘."

"싫어요."

"못됐어. 그러지 말고 어서 보여줘."

오쓰가 몸이 달아서 울상이 되자 조타로는 그제야 편지를 내밀면서 말했다.

"거 봐. 그렇게 보고 싶어 하면서 내가 만나러 가자고 해도 고집을 부리며 싫은 척하고."

오쓰의 귀에는 더 이상 조타로의 말이 들리지 않았다. 등잔 밑에서 펼쳐 든 편지와 하얀 손가락 끝이 등불과 함께 떨리고 있었다.

하나다 다리에서는 당신을 기다리게 했지만
이번에는 내가 당신을 기다리겠소.
한 발 먼저 오츠로 가서
세타의 가라하시에 소를 매어놓고 기다리리다.
자세한 얘기는 그때.

무사시가 보낸 편지였다. 생생하게 느껴지는 그의 필적, 그리고 먹향. 먹의 빛깔마저 무지갯빛으로 보이며 그녀의 속눈썹에는 반짝반짝 구슬 같은 눈물이 맺혀 있었다.

꿈인가 싶었다. 너무 기뻐서 머리가 멍할 정도였다. 오쓰는 자신이 딴 세상에 와 있는 것만 같았다.

안녹산安祿山의 난으로 양귀비楊貴妃를 잃은 당 현종은 훗날

귀비를 너무 그리워한 나머지 도사에게 양귀비의 혼백을 찾으라 명했다. 도사는 위로는 하늘 끝에서 아래로는 황천에 이르기까지 그녀의 혼백을 찾아 헤맨 끝에 마침내 바다 위의 봉래궁蓬萊宮에서 꽃처럼 아름답고 눈처럼 하얀 피부의 선녀를 발견하고 황제의 뜻을 전했다. 그 이야기를 그린 〈장한가長恨歌〉 속에 나오는 귀비에 대한 경악과 기쁨을 노래한 부분이 마치 자신의 이야기라도 되듯이 오쓰는 그 짧은 편지를 하염없이 읽고 또 읽었다.

"기다리는 사람의 처지에선 그 기다림의 시간이 너무 길어. 그래, 한시라도 빨리 만나서……."

오쓰는 조타로에게 그렇게 말할 생각이었지만, 너무 기쁜 나머지 이미 제정신이 아니었다. 그저 혼잣말로 중얼거릴 뿐이었다.

서둘러 채비를 마친 오쓰는 암자의 주지와 긴카쿠 사의 스님, 그동안 신세를 진 사람들에게 짧게나마 감사의 편지를 남기고 신발을 신고 먼저 문 밖으로 나섰다. 그리고 방 안에 불퉁하게 앉아 있는 조타로에게 외쳤다.

"조타로, 넌 아까 준비를 다 했으니 그냥 나오면 되지 않니? 자, 어서 나와. 문 잠가야 하니까."

"몰라요, 난. 어딜 가려고요?"

잔뜩 골이 난 얼굴로 조타로는 꼼짝도 않을 기세였다.

4

"조타로, 화났니?"

"화 안 나게 생겼어요?"

"왜?"

"오쓰 님이 너무 멋대로 굴잖아요. 내가 어렵게 스승님이 있는 곳을 알아내서 가자고 할 때는 안 간다고 하더니."

"그 이유는 내가 충분히 설명했잖니. 그런데 지금은 무사시 님이 편지를 보내주셨으니까."

"그 편지도 자기 혼자만 읽고 나한테는 보여주지도 않았잖아요!"

"아아, 그건 내가 정말 잘못했다. 미안, 조타로."

"됐어요. 이젠 보고 싶지 않아요!"

"그렇게 성내지 말고 이 편지를 봐. 정말 희한한 일 아니니? 무사시 님이 내게 편지를 다 보내고 말이야. 이번이 처음이야. 또 기다리고 있을 테니까 나 보고 오라고 다정하게 말해준 것도 처음이야. 태어나서 이렇게 기뻤던 적이 있었나 싶어. 그러니까 조타로, 기분 풀고 날 세타까지 데려다주지 않겠니? ⋯⋯응? 부탁이니까 그렇게 부어 있지 말고."

"⋯⋯."

"아니면 조타로, 무사시 님을 더는 보고 싶지 않은 거니?"

"⋯⋯."

조타로는 아무 말 없이 목검을 허리춤에 찔러 넣고 아까 꾸려
둔 보따리를 비스듬하게 메더니 암자 밖으로 뛰어나가 우물쭈
물하고 있는 오쓰에게 소리쳤다.

"갈 거면 빨리 나와요! 우물쭈물하고 있으면 밖에서 잠가버
릴 거예요."

"어머나, 무서워라."

그길로 두 사람은 시가 산을 밤새 넘어갔다. 적막한 길을 걸으
며 조타로는 아무 말이 없었다. 앞장서서 터벅터벅 걸어가면서
나뭇잎을 뜯어 풀피리를 불기도 하고 노래를 부르기도 하고 돌
을 냅다 걸어차는 등 아직도 화가 가시지 않는 듯한 모습이었다.
보다 못한 오쓰가 말했다.

"조타로야, 나 좋은 거 갖고 있는데, 줄까?"

"……뭔데요?"

"사탕."

"……음."

"그저께, 가라스마루 님께서 과자를 이것저것 보내주셨는데
그게 아직 남아 있어."

"……."

달라고도, 싫다고도 하지 않고 조타로가 말없이 걸어가자 오
쓰는 가쁜 숨을 참으며 조타로 옆으로 쫓아갔다.

"안 먹을래? 난 먹을 건데."

조타로의 기분이 그제야 조금 풀린 듯했다.

시가 산의 산마루에 다다랐을 때는 북두칠성도 이미 하얗게 빛을 잃고 있었고, 구름은 새벽 기운을 머금고 있었다.

"힘들죠?"

"응, 계속 오르막길만 나오네."

"이제부터는 내리막길이니 편할 거예요. 아, 저기 호수가 보여요."

"저게 니오 호鳰湖(비와 호의 별칭)구나. ……세타는 어느 쪽이지?"

"저쪽이요."

조타로가 손가락으로 가리키며 말했다.

"기다리고 있겠다고는 했지만, 스승님이 이렇게 빨리 나와 있을까요?"

"그래도 아직 세타까지 가려면 반나절 이상은 더 걸리지 않겠니?"

"그렇죠. 여기서 보면 코앞인 것 같지만."

"좀 쉴까?"

"예. 좀 쉬어요."

기분이 완전히 풀렸는지 조타로는 신이 나서 쉴 만한 장소를 찾아 다녔다.

"오쓰님, 오쓰님, 여기 이 나무 밑이 아침 이슬도 맞지 않고 좋겠네요. 이리 와서 여기 앉아요."

조타로가 두 그루의 큰 연리지 아래에서 손짓했다.

5

나란히 서 있는 두 그루의 큰 나무 아래에 앉은 조타로가 물었다.

"이게 무슨 나무죠?"

오쓰는 눈을 들어 올려다보면서 대답했다.

"자귀나무야. 나랑 무사시 님이 어렸을 때 자주 놀던 싯포 사라는 절에도 이 나무가 있었어. 6월이 되면 실 같은 연분홍 꽃이 피는데 달이 뜬 밤에는 잎사귀들이 서로 겹쳐져 있어서 꼭 부둥켜안고 자고 있는 것 같아."

"그래서 자귀나무를 합환목合歡木이라고 하나?"

"한자로 서로 합合 자에 기쁠 환歡 자를 쓴 거지."

"누굴까? 이름 참 잘 지었네."

"글쎄. 누군가는 지었겠지. 그런데 이 두 그루의 나무를 보고 있으면 그런 이름이 없어도 서로 너무나 기뻐하고 있는 모습처럼 보이지 않니?"

"나무가 기쁨이나 슬픔을 어떻게 알아요?"

"그렇지 않아. 나무에게도 마음이 있어. 잘 봐. 이 산에 있는 나무들 중에도 자세히 보면 혼자서 즐거워하고 있는 나무가 있고, 혼자서 슬픈 듯 한숨을 쉬고 있는 나무도 있어. 또 너처럼 노래를 부르고 있는 나무가 있는가 하면 다 같이 모여서 세상을 향해 화를 내고 있는 나무들도 있어. 사람에 따라서는 돌이 이야기하는 소리조차 듣는 사람이 있다고 하는데, 어째서 생명이 있는 나무에게 그런 마음이 없다고 할 수 있겠니?"

"오쓰 님의 말을 들으니 그렇게 보이기도 하네요. 그러면 이 합환목은 무슨 생각을 하고 있을까요?"

"내가 보기엔 부러운 나무야."

"왜요?"

"〈장한가〉라고 아니? 당나라의 백거이白居易라는 사람이 지은 시 말이야."

"예."

"그 〈장한가〉의 마지막 부분에 '바라건대 하늘에선 비익조가 되고, 땅에서는 연리지가 되기를.'이라는 구절이 있는데, 그 연리지가 이런 나무를 두고 하는 말이 아닐까 싶은 생각이 아까부터 자꾸 들어."

"연리가 뭐예요?"

"가지와 가지, 줄기와 줄기, 뿌리와 뿌리, 이렇게 두 개의 존재이면서 하나의 나무처럼 사이좋게 어우러지며 하늘과 땅 사이에서 봄과 가을을 즐기는 나무야."

"뭐야, 자기랑 스승님을 말하는 거잖아?"

"어머, 조타로."

"멋대로 갖다 붙이기는……."

"날이 새기 시작했네. 오늘 아침엔 구름이 정말 아름답구나."

"새도 지저귀기 시작했어요. 여기서 내려가면 우리도 아침 먹어요."

"너도 노래 좀 불러봐."

"무슨 노래요?"

"백거이 하니까 생각났는데, 언젠가 네가 가라스마루 님의 가신에게 배운 시 있잖아? 기억하니?"

"〈장간행長干行〉이요?"

"응, 그거. 그 시를 좀 들려줄래? 책을 읽듯이 말이야."

"제 머리칼이 이마를 처음 덮었을 때 꽃을 꺾어 문 앞에서 노니나니. 그대는 죽마를 타고 오시어 마루를 돌며 푸른 매화를 갖고 노니셨네."

조타로는 바로 흥얼거렸다.

"이 시 말이죠?"

"그래. 좀 더 계속해."

"함께 장간리에서 살며 서로 흉물 없이 지내나니. 열네 살에 그대의 아내가 되어 수줍어서 얼굴을 들지 못하고 고갤 숙이고

벽을 향해 앉아 천 번을 불러도 대답 한 번 못하네. 열다섯에 비로소 눈썹을 기르고 바라건대 생사를 함께하길. 늘 하늘같은 믿음을 품고 있건만 어찌 오르리오 망부대에. 열여섯에 그대 멀리 떠나니……."

조타로가 그때 갑자기 일어나서 가만히 듣고 있던 오쓰를 재촉했다.

"시보다 난 배가 너무 고파요. 빨리 오츠로 가서 아침 먹어요."

천둥

1

새벽안개에 천지는 아직 젖어 있었다. 마을의 집집마다 밥을 짓는 연기가 앞 다투어 솟아오르고 있었다. 호수의 북쪽에서 이시야마石山까지 감싸고 있는 새벽안개와 그 연기 아래로 오츠의 역참이 보였다.

어젯밤부터 신물이 날 정도로 산길을 걸어온, 아니 소를 타고 온 무사시는 여명 아래로 펼쳐진 인간들의 마을을 보고는 저도 모르게 감탄을 했다.

"오오!"

같은 시각, 오쓰와 조타로도 시가 산을 넘어가는 길 위에서 오츠의 마을을 바라보며 호수를 향해 발길을 재촉하고 있을 것이다.

고갯마루의 찻집을 떠나 봉우리를 돌아 내려온 무사시는 미이데라의 뒷산을 지나 팔영루八詠樓가 있는 비조 사尾藏寺 고개에 이르렀는데, 오쓰는 어느 길로 내려오고 있을까?

세타 호숫가까지 갈 필요도 없이 근처 어딘가에서 마주친다 해도 전혀 이상할 것이 없을 정도로 거의 같은 시간에 같은 길을 걷고 있었지만, 무사시의 눈에는 아직 그녀의 모습이 보이지 않았다.

그렇다고 무사시는 결코 실망하지 않았다. 만날지 모른다고도 생각하지 않았다.

가라스마루 댁에 심부름을 보낸 찻집 아낙네의 말에 의하면 오쓰는 그곳에 없었고, 편지는 가라스마루 댁에서 오쓰가 정양 중인 곳으로 어젯밤 안에 보내겠다는 소식이었다.

그렇다면 자신의 편지가 오쓰에게 전해진 것은 어젯밤이었다 해도 병중인 여자의 몸으로 채비를 하고 떠나려면 빨라야 오늘 아침 무렵일 테고 약속 장소에 나타나는 것은 오늘 저녁이나 되어야 할 것이다.

무사시는 속으로 그렇게 계산하고 있었다.

게다가 지금은 또 길을 서두를 이렇다 할 이유도 없었고, 소걸음도 느리다고는 생각하지 않았다.

암소의 큼지막한 몸은 밤이슬에 젖어 있었다. 소는 아침의 파릇한 풀만 보면 걸음을 멈추고 풀을 뜯어먹곤 했다. 그래도 무사시는 소가 하는 대로 내버려두었다.

얼마나 왔을까, 민가와 마주보고 있는 절의 네거리를 지날 때였다. 명승지에나 있을 법한 오래된 벚나무가 있고, 그 아래 무덤에 노래를 새긴 비석이 보였다.

누구 노래지? 생각날 것 같지 않아 그냥 지나친 무사시는 2, 3정쯤 가다 문득 생각난 듯 중얼거렸다.

"아, 《다이헤이키太平記》에 나오는……."

《다이헤이키》는 무사시가 소년 시절에 즐겨 읽던 책 중의 하나여서 어떤 대목은 암송하고 있을 정도였다.

방금 본 그 노래에서 소년 시절의 기억이 되살아났는지, 무사시는 소 등에서 그 노래가 실려 있는 《다이헤이키》의 한 장을 입 속에서 흥얼거리기 시작했다.

시가데라志賀寺의 고승이 손에 한 길 지팡이를 들고, 서리 같은 흰 눈썹을 팔八 자로 늘어뜨린 채 호수의 물결에 대고 수상관水想觀을 염원하고 있었는데, 때마침 시가 화원으로 돌아가는 교코쿠京極의 여인을 본 고승은 망상이 일어서 다년간의 행덕行德도 무너뜨린 채 번뇌의 불길에 사로잡히고 마는데…….

'그 다음이 뭐더라?'

무사시는 잠시 기억을 더듬다가 다시 흥얼거렸다.

암자로 돌아가 본존불을 향해 염불을 외도 번뇌의 불길은 꺼지지 않고 부처님의 이름을 외는 목소리와 번뇌의 숨소리만 들리는구나. 저물녘의 산 구름을 바라보면 그대의 꽃비녀인 듯 마음이 처량하고, 창문 너머 달을 보면 아름다운 여인이 나를 보고 미소를 짓는 듯하여 심란하기 그지없도다.

이번 생의 망념을 끊어내지 못하면, 저승길의 장애도 넘지 못하리니, 여인을 만나러 가서 자신의 깊은 연정을 전하고 마음 편히 죽음을 맞이하겠노라며, 고승은 지팡이를 짚고 궁궐로 찾아가 그 앞에서 일주야를 서 있는데…….

"이보시오, 소를 타고 가시는 무사님!"

그때 누군가가 등 뒤에서 부르는 사람이 있었다.

어느새 소는 마을 한가운데로 들어와 있었다.

2

역참의 인부였다. 무사시 쪽으로 달려온 그는 암소의 콧잔등을 쓰다듬으면서 소머리 너머로 무사시를 올려다보며 말했다.

"무사님, 무도 사에서 오시는 길이죠?"

신통하게도 정확히 맞혔다.

"허, 그걸 어떻게 알았나?"

"이 얼룩소가 얼마 전 짐을 싣고 무도 사로 간 장사꾼에게 빌려준 놈이니까요. 무사님, 삯은 주시겠지요?"

"자네가 소 주인인가?"

"제 소는 아니고 역참의 소입죠. 공짜는 안 됩니다."

"알았네. 소여물 값을 치르겠네. 그런데 삯만 치르면 이 소를 계속 타고 가도 되는가?"

"돈만 내신다면야 얼마든지 타고 가셔도 상관없습죠. 삼천리 길을 간다 해도 도중에 객줏집이나 역참에 맡겨만 주시면 돌아오는 손님이 짐을 싣고 오츠의 역참으로 돌아오게 되어 있으니까요."

"그럼, 에도까지는 얼마를 내면 되겠나?"

"그러시다면 역참에 들러서 성함을 쓰고 가십시오."

뭔가 준비를 하기에도 안성맞춤이라 무사시는 그가 말하는 대로 역참으로 갔다.

역참은 우치데가하마打出ヶ浜의 나루터 근처에 있었다. 그곳은 배를 타고 내리는 여행객들이 모여드는 곳으로 짚신을 파는 가게도 있고, 여행의 때를 벗기는 목욕탕이며 머리를 만져주는 가게들도 있었다. 무사시는 느긋하게 아침밥을 먹고 조금 이르다고 생각했지만 이윽고 소 등에 올라 다시 약속 장소를 향해 출발했다.

세타까지는 이제 얼마 남지 않았다. 호숫가의 화창한 풍광을 즐기며 소가 가는 대로 몸을 맡기고 있어도 오후에는 도착할 수 있다.

'아직 오지 않았을 거야.'

무사시는 그렇게 생각하면서 이번에 오쓰를 만나는 일에는 뭔가 마음이 편안해지는 것을 느끼고 있었다. 그것은 그녀에 대한 그의 안심감이었다. 사가리마쓰라는 사지를 넘기 전까지만 해도 그는 여자에 대해 마음을 굳게 닫아걸고 있었다. 오쓰에 대해서도 불편한 마음을 가지고 있었다.

그러나 그때 오쓰의 맑고 투명한 태도와 총명한 의사 처리를 보고 나서는 그녀에 대한 마음이 단순한 사랑 이상의 감정으로 깊어졌다. 평소 다른 여자를 대하는 불편한 시선으로 오쓰를 불편하게 대해온 자신의 소심함이 지금은 그녀에게 미안할 뿐이었다.

무사시는 오늘 그녀를 만나서 그녀가 바라는 것이라면 무엇이든 들어주리라 생각했다. 검을 부정하지 않는 일이라면, 수련의 길에서 벗어나지 않는 일이라면 말이다.

지금까지는 그것이 두려웠다. 여자의 검은 머리카락은 검도 무디게 하고, 길도 잃어버리게 한다고 우려하고 있었다. 그러나 오쓰 같은 각오를 하고, 이성과 정열을 적절히 절제할 수 있는 여자라면 절대로 남자의 길에 방해가 되거나 족쇄가 되지는 않을 것이다. 단지 나약해지는 것을 경계하고 자신만 무너지지 않는다면 말이다.

'그래, 그녀와 에도까지 같이 가서 오쓰는 여자로서 배워야 할 수양을 쌓게 하고, 나는 조타로를 데리고 더 높은 수련의 길에 오르자. 그리고 언젠가 때가 되면……'

그런 공상에 잠겨서 소를 타고 가는 무사시의 얼굴에 행복한 미소를 던지듯 호수의 파문이 넘실거리는 빛으로 반사되었다.

3

23간(1간은 약 1.8미터)짜리 소교와 96간짜리 대교를 잇는 나카노지마中之島에는 오래된 버드나무가 있었다.

세타의 가라하시를 청류교青柳橋라고도 부르는 것은 그 버드나무가 여행객들의 이정표가 되고 있기 때문일 것이다.

"앗, 오셨다!"

나카노지마의 찻집에서 뛰어나와 소교의 난간에 기댄 채 한 손은 무사시를 가리키고, 다른 한 손은 찻집을 향해 손짓하며 조타로가 소리쳤다.

"스승님이다. 오쓰 님, 스승님이 소를 타고 와요."

지나가는 행인들이 뭐가 그리 기뻐서 날뛰는지 곁눈질하며 의아해할 정도로 조타로는 펄쩍펄쩍 뛰며 좋아했다.

"어머, 정말이네?"

쏜살같이 뛰어나온 오쓰도 조타로와 나란히 서서 바라보다 소리쳤다.

"스승님!"

"무사시 님!"

삿갓을 흔드는 조타로와 손을 흔드는 오쓰. 무사시의 웃는 얼굴도 금세 가까워졌다.

무사시는 소를 버드나무에 묶었다. 강을 사이에 두고 멀리서 봤을 때는 기쁨에 겨워 손을 흔들거나 큰 소리로 이름을 부르던 오쓰도 막상 무사시의 옆에 서자 아무 말도 하지 못했다. 눈으로만 빙긋이 웃고 있을 뿐이고, 모든 이야기는 조타로 혼자 신이 나서 떠들어댔다.

"스승님, 이제 상처는 다 나았나요? 난 스승님이 소를 타고 오시기에 그때 입은 상처가 아직 낫지 않아서 걷는 게 불편해 소를 타고 오시는 줄 알았어. ……예? 어떻게 이렇게 빨리 왔냐고요? 그건 오쓰 님한테 물어보세요. 오쓰 님은 정말 제멋대로라니까요. 스승님의 편지를 받자마자 보시다시피 건강을 바로 회복하더라고요."

"음, 그래? 그렇구나."

무사시는 조타로의 말에 일일이 웃으며 고개를 끄덕이다가 다른 손님들도 있는 찻집 앞에서 막상 오쓰의 이야기가 나오자 마치 맞선을 보러 나온 신랑처럼 입을 꾹 다물고 말았다.

찻집 뒤편에는 등나무 덩굴로 뒤덮인 작은 객실이 있었다. 세 사람은 그곳에 자리를 잡았다. 오쓰는 여전히 주저하고 있었고, 무사시도 어색해하며 아무 말이 없었다. 마음 가는 대로 솔직하게 기뻐하고, 그 감정 그대로 신이 나서 떠들어대며 지금 이 순간을 오롯이 즐기고 있는 것은 조타로와 등나무 꽃 주위의 등에와 벌뿐이었다.

"저런 안 되겠군. 이시야마 사石山寺의 위쪽이 저리 어두워졌으니 한바탕 쏟아붓겠어. 안으로 좀 더 들어가시구려."

찻집 주인이 허둥대며 갈대발을 말아 올리더니 덧문을 닫기 시작했다. 아니나 다를까 강물은 어느새 잿빛으로 변했고, 물기를 머금은 바람에 등나무 꽃잎은 죽은 양귀비의 옷자락처럼 갑자기 흐느끼듯 꽃향기를 날리며 떨고 있었다.

쏴아…… 산 위에서 불어오는 바람을 타고 연약한 꽃 위로 빗방울이 떨어지기 시작했다.

"앗, 천둥이다! 올해의 첫 천둥이야. 오쓰 님, 비 맞겠어요. 스승님도 어서 안으로 들어오세요. 아아, 기분 좋다. 참, 기분 좋은 비야."

무엇이 좋다는 건지, 별다른 의미가 있어서 하는 말은 아니겠지만 조타로가 그렇게 말하자 무사시는 더욱 안으로 들어가기가 거북했다. 오쓰도 얼굴을 붉히며 비에 부서지는 등나무 꽃과 함께 툇마루 끝에 서서 비에 젖고 있었다.

"억수같이 퍼붓는군!"

쏟아지는 빗속에서 거적을 뒤집어쓰고 뛰어온 사내가 있었다. 그는 시노미야묘진四宮明神의 누각 문 아래로 뛰어들더니 머리의 빗물을 쓸어내리며 빠르게 흘러가는 구름을 보면서 중얼거렸다.

"엄청난 소나기야."

순식간에 시메이가타케와 호수, 이부키까지 우윳빛으로 변하더니 그저 쏟아지는 빗소리밖에 들리지 않았다. 그때 섬광이 번쩍하면서 어디 가까운 곳에 번개가 친 듯했다.

"앗!"

천둥소리를 싫어하는 마타하치는 귀를 막고 누각 문의 뇌신雷神 아래에 쪼그리고 앉았다.

구름이 갈라지고 거짓말처럼 햇빛이 비치기 시작했다. 비가 그치고 거리도 원래 모습으로 돌아오자 어디선가 샤미센三味線(일본 고유의 음악에 사용하는, 세 개의 줄이 있는 현악기) 소리가 들리기 시작했다. 그때 요염한 모습의 여자가 맞은편에서 길을 건너오더니 무슨 볼일이라도 있는 듯 마타하치를 보며 웃었다.

4

처음 보는 여자였다.

"마타하치 님이시죠?"

여자가 마타하치에게 말을 걸었다.

마타하치가 의아해하며 무슨 일인지 묻자 여자는 지금 가게에 계시는 손님이 2층에서 그를 보고 친구라며 꼭 데리고 오라고 했다는 것이었다.

여자의 말에 주위를 둘러보자 이 신사 일대에 기루로 보이는 건물이 몇 채나 있었다.

"볼일이 있으시면 바로 돌아가셔도 괜찮으니 잠깐만 오셔요."

심부름 온 여자는 마타하치가 주저하는 것은 무시하고 손을 잡아 끌었다. 그리고 근처의 기루에 도착하자 다른 여자들도 나와서 발을 씻겨주고, 젖은 옷을 벗겨주는 등 야단을 떨었다.

도대체 친구라는 손님이 누구냐고 물어보아도 여자들은 2층에 가면 안다며 알려주지 않았다.

마타하치는 비를 맞아 옷이 흠뻑 젖었기 때문에 잠시 이곳의 옷을 빌려 입겠지만, 실은 오늘 세타의 가라하시에서 만나기로 한 사람이 있어서 바로 돌아가야 하니 옷이 마르는 대로 떠나겠다고 몇 번이나 다짐을 두었다.

"예, 예. 때가 되면 보내드릴게요."

여자들은 건성으로 대답하고 마타하치를 계단 아래에서 밀어 올렸다.

'2층 손님이란 사람이 대체 누구지?'

아무리 생각해봐도 짐작이 가는 사람이 없었다. 그러나 이런 곳이 낯설지 않은 마타하치는 또다시 이런 분위기 속으로 들어오자 정신이며 행동거지가 희한하게도 맑아지면서 의젓해졌다.

"어이, 견犬 선생."

앞쪽에서 갑자기 누군가가 말했다. 마타하치는 사람을 잘못 본 것이라 생각하고 문지방에서 걸음을 멈췄는데, 객실에 앉아 있는 손님을 보자 결코 낯선 사람이 아니었다.

"어? 당신은?"

"이 사사키 고지로를 잊은 건가?"

"견 선생이라고 한 건?"

"자네를 두고 한 말이지."

"난 혼이덴 마타하치요."

"그건 알고 있지만 예전에 6조의 소나무 밭에서 들개 무리에 둘러싸여 오만상을 찌푸리며 짖어대던 것이 떠올라 견 선생이라 부른 거야."

"농담은 그만두시오. 그때는 정말 너무하셨소."

"그래서 오늘은 그때의 실례를 갚으려고 데리고 오라고 한 거야. 잘 왔어. 어서 앉아. 애들아, 이분께 술을 따라드려라."

"아니오. 세타에서 기다리는 사람이 있어서 곧 떠나야 하오. ……어이, 술은 마시지 않을 것이니 따르지 말거라."

"세타에서 누가 기다리고 있는데?"

"미야모토라는 어릴 적 친구인데……."

고지로는 마타하치의 말을 도중에 뚝 자르고 빠르게 말했다.

"뭐, 무사시? ……으음, 그렇군. 고갯마루 찻집에서 만나기로 했나?"

"어떻게 아시오?"

"자네의 과거는 물론 무사시의 과거에 대해서도 소상히 들어서 알고 있네. 자네의 모친이 오스기라고 했던가? 에이 산의 중당에서 뵌 적이 있네. 그때 노모에게 자세한 얘기를 들었지."

"흠, 내 어머니를 만났단 말이오? ……실은 어제부터 나도 어머니를 찾고 있는 중이오."

"참으로 대단한 분이시더군. 중당의 스님들도 모두 동정하고 있었어. 나도 필히 도움이 되겠다 다짐하고 헤어졌네."

고지로는 잔을 비우고 말을 이었다.

"자, 마타하치. 구원舊怨은 다 풀어버리고 잔을 받아. 무사시 같은 자는 겁낼 것 없어. 큰소리치는 것은 아니지만, 이 사사키 고지로가 있잖아."

취기에 얼굴이 붉어진 고지로가 잔을 내밀었지만 마타하치는 받지 않았다.

허세 부리기를 좋아하는 고지로도 술에 취하자 평소의 단정
하고 아름다운 태도며 몸가짐이 흐트러졌다.

"마타하치, 왜 마시지 않나?"

"그만 가야겠소."

고지로는 왼손을 쭉 뻗어 마타하치의 팔목을 잡았다.

"못 가!"

"하지만 무사시와……."

"바보 같은 소리. 자네 혼자서 무사시에게 덤벼들었다가는 그
자리에서 요절날 거야."

"이미 우린 싸우지 않기로 했소. 난 그 친구를 따라 에도로 가
서 입신할 생각이오."

"뭐? 무사시를 따라서?"

"세간에서는 무사시를 나쁘게 말하지만, 그건 내 어머니가 험
담을 하고 다녔기 때문이오. 어머니는 오해를 하고 있소. 난 이
번에 그걸 알았소. 동시에 나 스스로도 깨달았소. 비록 늦었지만
나는 그 친구를 따라 반드시 뜻을 펼칠 생각이오."

"아하하하, 와하하하."

고지로는 손뼉을 치며 웃었다.

"이런 어리석은 사람을 봤나! 자네 모친의 말대로 자네는 정

말 보기 드물게 어리석은 사람이군. 무사시한테 완전히 속아 넘어갔어."

"아니오, 무사시는……."

"닥치게! 그 입 다물고 내 말부터 들어. 우선 어머니를 배신하고 원수와 한패가 되는 불효자가 어디에 있는가! 남남인 나조차 노모의 말에 의분을 느끼고 앞으로 도움이 되려고 하는 마당에……."

"무슨 말을 하든 나는 세타로 가겠소. 이것 놓으시오. 여봐라, 거기 옷이 말랐거든 내오거라."

"내오지 마라!"

고지로는 술에 취한 눈을 치켜뜨며 소리쳤다.

"내왔다간 가만두지 않겠다. 이봐, 마타하치. 자네 생각이 정 그렇다면 일단 어머니를 만나서 허락을 받고 가게. 분명히 노모는 그런 굴욕에 허락하지 않을 테지만 말이야."

"어머니를 찾아봤지만 찾을 수 없어서 난 먼저 무사시와 함께 에도로 갈 생각이오. 내가 출세만 하면 모든 숙원은 저절로 풀릴 것이오."

"분명 무사시가 그리 말한 게로군. 내일 나도 자네 어머니를 같이 찾아볼 테니, 어쨌든 어머니의 의견을 들은 후에 가도록 하고, 오늘밤은 나와 같이 술이나 마시자고."

이곳은 물론 기루다. 여자들은 모두 고지로의 편을 들며 마타하치의 옷을 내주려고 하지 않았다.

　날이 저물고 이윽고 밤도 이슥해졌다. 맨 정신으로는 고지로 앞에서 고개도 들지 못했지만, 취하고 나니 마타하치는 완전히 돌변해버렸다. 마타하치는 오기를 부리듯 초저녁부터 술을 마시기 시작했다. 그러고는 술기운을 빌려 고지로를 골리며 한껏 울분을 풀더니 고꾸라지고 말았다.

　잠이 든 것은 새벽녘, 눈을 뜬 것은 정오가 지나서였다.

　고지로는 아직 다른 방에서 잠에 곯아떨어져 있다고 한다. 어제 내린 비로 햇빛은 더욱 눈부셨다. 마타하치는 아직도 귀에 생생한 무사시의 말이 떠오르자 간밤에 마신 술을 죄다 토해내고 싶어졌다.

　아래층으로 내려간 마타하치는 옷을 내오라 해서 그것을 입고 도망치듯이 밖으로 나와 세타의 다리까지 한달음에 뛰어왔다. 붉게 탁해진 강물에는 이시야마 사의 남아 있는 꽃들이 이제는 마지막이라는 듯 떠내려가고 있었고, 등나무 꽃과 황매화도 모두 땅에 떨어져 있었다.

　"소를 매어놓고 있겠다고 했는데."

　소교의 기슭에도, 나카노지마에도 소의 모습은 보이지 않았다.

　여기저기 돌아다니며 수소문한 끝에 나카노지마의 찻집에서 무사시의 소식을 들을 수 있었다. 소를 끌고 온 무사가 어제 가게 문을 닫을 때까지 여기에서 기다리다가 밤이 되자 여관으로 돌아가더니 오늘 아침에 다시 이곳으로 와서 한동안 누군가를 기다리는 듯했지만, 이윽고 쪽지를 써서 누군가 자신을 찾아오면 전해달라며 처마 끝 버드나무 가지에 묶어두고 떠났다는 것이다.

버드나무를 보니 정말로 가지 끝에 쪽지가 매달려 있었다.

"미안해. ……그럼 먼저 에도로 간 거구나."

마타하치는 쪽지를 펼쳐 보았다.

남녀 폭포

1

초여름을 향해 가는 여정이다. 무사시는 소를 타고 기소木曾 가도의 신록을 만끽하며 나카센도中山道를 가고 있을 것이다.

"기다릴 테니 곧 쫓아와."

버드나무 가지에 쪽지를 묶어두고 간 무사시를 생각하며 마타하치는 길을 재촉했지만, 구사쓰草津에서도 만나지 못했고, 히코네彦根에서도, 도리이모토鳥居本에서도 찾을 수 없었다.

"혹시 내가 앞지른 건 아닐까?"

스리바치 고개摺鉢峠 위에서는 반나절 동안 오가는 사람들을 지켜보고 있었는데도 아무 소득이 없었다. 소를 타고 가는 무사를 보지 못했느냐고 물어보았지만, 소나 말을 타고 가는 행인들은 부지기수였다. 게다가 마타하치는 무사시가 혼자라고 생각했지만, 무사시는 오쓰와 조타로와 함께였다.

미노美濃 가도에서도 무사시를 찾지 못하자 마타하치는 고지로의 말이 떠올랐다.

"역시 내가 어리석었나?"

의심이 들기 시작하자 끝이 없었다. 그런 의심에 왔던 길을 되돌아가기도 하고, 다른 길로 돌아가는 바람에 응당 만날 사람을 만나지 못하고 더욱 멀어지기만 했다.

하지만 결국 나카쓰 강中津川의 여관 근처에서 앞서 가고 있는 무사시를 발견했다. 며칠 만일까? 마타하치로서는 드물게 열의를 갖고 쫓아온 목표였다. 그러나 그는 무사시의 뒷모습을 보는 순간 안색이 바뀌며 무사시를 의심하기 시작했다.

소 등에 타고 가는 사람이 무사시가 아니라 싯포 사의 오쓰였고, 무사시는 그 소의 고삐를 끌고 가고 있었기 때문이다. 옆에서 함께 걸어가는 조타로는 마타하치의 안중에도 없었다.

다정해 보이는 두 사람의 모습에 마타하치는 질투심으로 몸을 떨었다. 지금껏 느껴보지 못한 증오와 질투심에 친구의 모습이 악마처럼 느껴졌다.

'아아, 역시 난 어리석은 놈이었어. 저 녀석의 꾐에 넘어가 세키가하라 전투에 나갔을 때부터 오늘에 이르기까지. 하지만 나도 이렇게 당하고 있지만은 않을 테다. 어디 두고 보자.'

"덥다, 더워. 이렇게 힘든 산길은 처음이야. 스승님, 여긴 어디죠?"

"기소에서 가장 험한 마고메 고개馬籠峠의 초입이다."

"어제도 고개를 두 개나 넘었는데."

"그래, 미사카御坂와 도마가리十曲였지."

"이젠 고갯길이라면 진절머리가 나요. 빨리 에도의 번잡한 곳으로 나갔으면 좋겠어요. 그쵸, 오쓰 님?"

오쓰는 소 등에 앉아서 대답했다.

"아니, 난 이렇게 사람이 없는 길을 걷는 게 좋아."

"쳇, 자기는 걷지 않으니까 그렇지. ……스승님, 저기 폭포가 보여요, 폭포가."

"그래, 조금 쉬었다 갈까? 조타로, 그쪽에 소를 매어두어라."

폭포 소리가 들리는 곳을 향해 샛길로 접어들자 폭포가 떨어지는 절벽 위에 인기척이 없는 작은 오두막이 보였고, 그 주변에는 안개에 젖은 화초들이 흐드러지게 피어 있었다.

"무사시 님……."

오쓰는 팻말에 적힌 글을 보다가 무사시에게 시선을 돌리며 미소 지었다. 팻말에는 남녀 폭포라고 쓰여 있었다. 크고 작은 두 줄기 폭포가 계곡으로 떨어져 하나가 되고 있었다. 부드럽게 떨어지는 폭포가 여자 폭포라는 것을 금방 알 수 있었다.

힘들다고 쉬자던 조타로는 잠시도 가만히 있지 않았다. 광란하는 용소와 바위 사이로 거칠게 흘러가는 계곡물을 보자 그 물

과 자신을 분간하지 못한 듯 신이 나서 절벽 아래로 뛰어 내려
갔다.

"오쓰 님, 물고기가 있어요."

대답이 없자 조타로가 다시 소리쳤다.

"돌로 잡을 수도 있어요. 돌로 치니까 배를 뒤집고 떠올라요!"

얼마 후 전혀 엉뚱한 방향에서 다시 "야호!" 하고 메아리가 들
렸지만 조타로는 돌아올 기미가 보이지 않았다.

2

산마루에서 햇빛이 쏟아졌다. 안개에 젖어 있는 화초 위로 작
은 무지개가 무수하게 떴다.

폭포 위의 오두막 옆에 나란히 선 두 사람은 폭포 소리에 휩
싸여 있었다.

"어디까지 갔을까요?"

"조타로 말이야?"

"예. 정말 못 말린다니까요."

"내가 어렸을 때랑 비교하면 나은 편이지."

"당신은 좀 유별났지요."

"반대로 마타하치는 얌전했어. ……이 녀석, 결국 오지 않았

군. 대체 어떻게 된 건지.”

“저는 오히려 다행인 듯싶어요. 만약 그 사람이 오면 전 숨어버릴 생각이었어요.”

“그럴 필요 없어. 설명만 잘해주면 알아들을 사람이니까.”

“혼이덴 가의 모자는 성격이 좀 다른 듯해요.”

“오쓰, 다시 한 번 잘 생각해봐.”

“뭘요?”

“생각을 고쳐먹고 혼이덴 가의 사람이 될 마음이 없는지 말이야.”

오쓰는 안색이 바뀌더니 단호하게 말했다.

“없어요!”

난꽃처럼 붉어진 두 눈에서 금방이라도 눈물이 흘러내릴 것 같았다.

무사시는 쓸데없는 말을 한 것 같아 마음속으로 후회했다. 새삼 물어볼 필요도 없는 말이었다. 자신이 다른 여자들처럼 시간이 지나면 마음이 식거나 흔들릴 것이라고 생각한 무사시에게 서운한 마음이 들었는지 오쓰는 손으로 얼굴을 감싼 채 가녀린 어깨를 떨고 있었다.

‘저는 당신 여자예요!’

하얀 옷깃이 그렇게 호소하고 있는 듯했다. 연녹색으로 물들기 시작한 주변의 어린 단풍나무가 사람들의 눈으로부터 두 사람이 있는 곳을 가려주었다.

무사시는 지축을 울리는 폭포 소리가 자신의 몸속을 흐르는 핏소리처럼 여겨졌다. 광란하는 용소와 사납게 흘러가는 물살을 보고 갑자기 뛰어간 조타로의 본능과도 같은 감정이 무사시의 온몸을 휘감았다.

게다가 요 며칠 동안 여관방의 등잔불 아래에서, 반짝이는 햇빛 아래에서, 무사시는 오쓰의 육체를 다양한 빛을 통해 봤다. 어떤 때는 부용꽃처럼 땀이 밴 살갗을, 또 어느 날 밤에는 병풍을 사이에 두고도 전해져오는 그녀의 검은 머리칼 향기를. 오랜 세월 반석 아래에 짓눌려 있던 애욕의 싹은 그렇게 갑자기 그의 가슴속에서 고개를 들었다. 풀숲에서 풍기는 훗훗한 열기처럼 음울한 기운이 솟구쳐 올라 눈앞이 아득해지기도 했다.

"……."

무사시는 홀연히 그곳을 떠났다. 아니, 도망치는 것 같았다.

오쓰를 남겨두고 길도 없는 수풀 속으로 들어갔다. 갑자기 가슴이 답답해졌던 것이다. 입에서 불꽃이라도 토해내듯이 뿜어져 나올 것 같은 피를 몸에서 조금이라도 버리고 싶은 심정이었다. 조타로처럼 날뛰고 싶었다. 무사시는 아직 남아 있는 마른 겨울 풀이 키 높이로 무성한 양지바른 곳에 다다르자 그곳에 털썩 주저앉았다.

"아아."

무슨 일인지 의아해하며 뒤쫓아 온 오쓰가 그의 무릎에 매달렸다. 굳은 표정으로 아무 말도 하지 않는 무사시의 얼굴이 무서워 보였다. 뭔가를 두려워하며 불쾌한 표정으로 어쩔 줄을 모른다.

"왜 그러세요? 무사시 님…… 무사시 님……. 제가 혹시 마음을 상하게 했다면 용서해주세요."

"……."

"무사시 님, 혹시……."

그의 표정이 어두워질수록, 또 무섭게 일그러질수록 오쓰는 그의 품에 더욱 필사적으로 매달리며 바람에 흔들리는 꽃잎처럼 자신도 느끼지 못하는 은은한 향기로 그를 숨 막히게 했다.

"에잇!"

무사시가 갑자기 소리를 지르며 우람한 팔로 오쓰를 끌어안고 마른 풀숲으로 쓰러졌다. 오쓰는 하얀 목을 젖히며 아무 말도 하지 못하고 그의 품속에서 버둥거렸다.

3

꼬리가 긴 줄무늬 새가 편백나무 가지 위에 앉아 아직 잔설이 남아 있는 이나伊那 산맥 위로 펼쳐진 하늘을 바라보고 있었다.

산철쭉이 빨갛게 타오르고 있었고, 하늘은 구름 한 점 없이 파랗다. 마른 풀 아래에는 제비꽃 향기가 떠다니고 있었다. 원숭이가 울고, 다람쥐가 뛰어다니는 원시의 자연이었다. 높이 자란 마른 풀들이 깊게 꺾여 있었다.

비명을 지른 것은 아니지만 비명에 가까운 소리가 오쓰의 입에서 튀어나왔다.

"안 돼요, 안 돼! 무사시 님!"

오쓰는 놀란 고슴도치처럼 몸을 잔뜩 움츠렸다.

"이러시면 안 돼요. 당신 같은 분이……."

슬픔에 가득 차서 오열하는 그녀의 목소리에 무사시는 퍼뜩 정신이 돌아왔다. 그녀의 목소리는 불덩이처럼 타오르는 무사시의 몸을 차갑게 식혀주었다.

"왜, 왜 이러지? 도대체 뭣 때문에?"

신음과도 같은 그의 목소리는 금방이라도 울음을 터뜨릴 것 같았다. 아무도 모르는 비밀이라 해도 남자에겐 견딜 수 없는 모욕으로 느껴졌다. 억누를 수 없는 분노와 부끄러움에 그는 자신에게 화를 내듯 고함을 지른 것이었다.

그런데 손을 놓은 순간 오쓰는 이미 그곳에 없었다. 끈이 끊어진 작은 향낭 하나만이 떨어져 있을 뿐이었다. 무사시는 멍하니 그것을 바라보며 눈물을 흘리기 시작했다. 천박한 자신의 모습을 제삼자의 입장에서 냉정하게 볼 수 있었다. 다만 알 수 없는 것은 오쓰의 마음이었다. 오쓰의 눈동자, 오쓰의 입술, 오쓰의 말, 오쓰의 머리카락까지, 그 모든 모습이 끊임없이 자신의 정열을 유혹하며 오늘에 이르지 않았던가.

스스로 남성의 가슴에 불을 지피더니 정작 그 불길이 타오르자 놀라서 도망치고 말았다. 고의가 아니었다 해도 결과적으로는 사랑하는 사람을 속이고, 타락시키고, 고통을 주고, 부끄럽게 만든 것이 아니고 무엇이란 말인가.

"아, 아……."

무사시는 풀숲에 쓰러져 울었다.

지금까지의 절차탁마도 일패도지하고 모든 정진과 고행도 한 순간에 물거품이 되어버렸다고 생각하자 서글픔이 밀려왔다. 어린아이가 손에 쥐고 있던 나무열매를 잃어버린 것처럼 서글펐다.

그는 자신에게 침이라도 뱉어주고 싶은 혐오감에 몸서리를 치면서 울며 땅바닥에 엎드려 있었다. 해를 향해 얼굴을 들지 못하겠다는 듯 그렇게 하염없이…….

'난 잘못한 게 없어!'

무사시는 마음속으로 자신의 행동에 대해 몇 번이고 그렇게 외쳐보았지만 마음을 달랠 수가 없었다.

'모르겠다. 정말 모르겠어.'

지금의 무사시에겐 처녀의 청순한 마음을 불쌍히 여길 만한 여유가 없었다. 가령 유리구슬처럼 깨지기 쉽고, 느끼기 쉽고, 다른 사람의 거침없는 손길에 공포를 느낀다 해도 그것이 여자의 일생에서 어느 한 기간에만 존재하는 지고지순한 아름다움이라거나 고귀한 것이라는 측은지심을 갖고 배려하는 마음을 지금의 무사시에게는 바랄 수 없었다.

무사시는 한동안 그렇게 엎드려서 흙냄새를 맡는 사이에 마음이 조금 진정된 듯 벌떡 일어섰다. 그의 눈은 방금 전처럼 충혈되어 있지 않았다. 그의 얼굴은 오히려 창백했다.

"그래!"

그는 바닥에 떨어진 오쓰의 행낭을 밟고 가만히 산의 목소리를 듣는 듯하더니 폭포를 향해 곧장 걸어가기 시작했다. 사가리 마쓰의 시퍼런 칼날 속으로 몸을 던질 때와 마찬가지로 짙은 눈썹을 잔뜩 찡그린 채.

작은 새 한 마리가 날카롭게 울며 날아갔다. 바람 탓인지 폭포의 굉음이 갑자기 들리더니 햇빛이 한 조각 구름에 가려 주위가 어둑해지는 듯했다.

오쓰는 무사시와 있던 곳에서 불과 스무 걸음 정도밖에 떨어져 있지 않았다. 그녀는 자작나무에 몸을 바싹 붙인 채 아까부터 무사시 쪽을 가만히 보고 있었다.

자신이 무사시를 얼마나 괴롭게 했는지 알게 되자 무사시가 다시 한 번 자신이 있는 쪽으로 와주기를 바랐다. 그가 오지 않으면 자신이 달려가서 사과하려고 주저하는 모습을 보이기도 했지만, 겁에 질린 새의 심장처럼 강한 전율은 여전히 멈추지 않았고, 몸은 남의 몸 같았다.

4

비록 울지는 않았지만 오쓰의 눈에는 울고 있을 때보다 더 심한 공포와 혼란과 슬픔이 소용돌이치고 있었다.

그 누구보다 신뢰하던 무사시는 그녀가 자신의 가슴속에서 멋대로 그리던 환상 속의 남자가 아니었다. 환상의 한가운데에서 느닷없이 알몸뚱이의 남성을 보게 된 그녀는 그야말로 경악을 금치 못했다. 또 너무나 큰 슬픔에 몸을 떨었다. 하지만 그녀는 그 공포와 통곡 속에 미묘한 모순이 남아 있는 것을 아직 깨닫지 못했다.

만약 방금 전의 뜨거운 압박이 무사시가 아니라 다른 남자였다면 그녀는 결코 스무 걸음이나 서른 걸음 만에 도망가는 발길을 멈추지 않았을 것이다.

그녀는 왜 스무 걸음 만에 발길을 멈추고 무사시에게 마음을 쓰고 있는 것일까? 뿐만 아니라 동요가 다소 진정되자 그녀의 마음속에는 추한 인간의 본능을 무사시의 그것과 다른 남자의 그것이 다르다고 생각하려는 마음조차 있었다.

'화났어요? 화내지 마세요. 당신이 싫어서 그런 것이 아니에요. ……화내지 마세요.'

폭풍이 휩쓸고 지나간 자리에 홀로 남겨진 듯한 외로움을 느끼면서 그녀는 마음속으로 오로지 그 말만 되풀이했다. 무사시가 자책하거나 괴로워하는 만큼 오쓰는 그가 한 뜨거운 행동을 추하게 생각하지 않았다. 다른 남자처럼 천박하다고 생각하지도 않았다.

오히려 '왜, 난?' 하고 자신의 맹목적인 공포가 서운하기까지 했고, 시간이 흐를수록 그 찰나의 불꽃같은 피의 광란이 그립기조차 했다.

'응? ……무사시 님은 어디로 갔지?'

어느새 자신의 시야에서 무사시가 사라지자 오쓰는 자신이 버려진 게 아닐까 하는 생각이 들었다.

'분명히 화가 난 거야. 그래, 화가 나서……. 아, 이제 어쩌지?'

그녀는 주뼛주뼛 오두막으로 돌아왔다. 그곳에도 무사시의 모습은 보이지 않았다. 다만 하얀 물보라가 용소에서 안개가 되어 바람을 타고 온 산의 나무들을 적시고 있었고, 끊임없이 이어지는 폭포의 굉음만이 귓전을 때리고 있을 뿐이었다.

그때 어딘가 높은 곳에서 조타로의 목소리가 들렸다.

"앗, 큰일이다. 스승님이 폭포에 몸을 던졌어. ……오쓰 님!"

조타로는 계곡 건너편의 산마루에 서 있었다. 거기서 남자 폭포의 용소를 내려다보고 있었는지 갑자기 이렇게 큰 소리를 질러 오쓰에게 급보를 알렸던 것이다.

　폭포 소리에 잘 알아듣지 못한 듯했지만, 조타로가 보고 있자니 오쓰도 뭔가를 보았는지 갑자기 낯빛이 변하더니 안개와 이끼로 미끄러질 것 같은 절벽 길을 바위에 붙어서 내려가는 모습이 보였다.

　조타로는 원숭이처럼 맞은편 산의 절벽 끝에서 덩굴을 타고 쭉쭉 내려오고 있었다.

5

　오쓰도 보았다.

　조타로도 보았다.

　용소의 한가운데였다.

　울부짖는 물보라와 새하얀 물안개 때문에 처음에는 돌인지 사람인지 분간하기 어려웠지만, 알몸으로 두 손을 가슴 앞에서 합장하고 다섯 길이 넘는 폭포 아래에서 고개를 숙인 채 가만히 서 있는 것은 돌이 아니라 무사시였다.

　오쓰는 절벽 길 중간에서, 조타로는 맞은편 용소의 기슭에서 그것을 보고 정신없이 소리쳤다.

"앗, 스승님! 스승님!"

"무사시 님!"

그러나 무사시의 귀에는 폭포 소리 외에는 그 누구의 목소리도 들릴 리가 없었다. 용소의 시퍼런 물은 무사시의 가슴께까지 닿아 있었다. 폭포수는 수많은 은빛 용이 되어 무사시의 얼굴과 어깨를 물어뜯고 있었다. 천만 마리 악마의 눈이 되어 미쳐 날뛰는 소용돌이는 그의 다리를 죽음의 늪으로 끌어당기고 있었다.

"……."

단 한 번이라도 숨을 잘못 쉬거나 방심했다가는 그 순간 발이 이끼에 미끄러져 영원히 돌아올 수 없는 요단강을 건너버릴지도 모른다.

게다가 머리 위에서 떨어지는 폭포는 몇 천 관이라는 무게의 압력을 가하는 것 같은 느낌이었다. 폐와 심장이 태산에 깔려 있는 것처럼 고통스러웠다.

그럼에도 아직 무사시는 방금 전에 뿌리치고 온 오쓰의 모습을 뜨거운 핏속에서 지워버릴 수가 없었다.

시가데라의 고승도 똑같은 피를 지니고 있었다. 호넨法然의 제자인 신란親鸞도 똑같은 번뇌를 가지고 있었다. 예로부터 어떤 일을 성취하고자 하는 사람일수록, 삶에 대한 의지가 강한 사람일수록, 태어나면서부터 짊어지게 된 고뇌도 강하고 컸다.

약관 열일곱 살의 촌놈이 창 한 자루 둘러메고 세키가하라의 풍운 속으로 뛰어든 것도 바로 그 뜨거운 피 때문이었다. 다쿠안의 포승줄에 깨달음을 얻고, 부처의 자비에 감격의 눈물을 흘리며 어렴풋이 인생에 눈을 뜨고 뜻을 세운 것도 그 피의 힘이었다. 홀로 야규 성의 전통을 기어올라 세키슈사이와 맞서려고 했던 그 기개도 그 피 때문이었고, 또 사가리마쓰로 가서 수많은 적들과 맞선 것도 이 뜨거운 피가 있었기 때문이다.

하지만 그 치열함이 오쓰라는 여인을 통해 인간의 본능으로 타오르자 그가 타고난 야성은 몇 년 동안 조금씩 쌓아온 수련과 이성의 힘으로는 도저히 제어할 수 없을 정도로 강한 것이 되어 미쳐 날뛰었던 것이다.

그 적에 대해서는 검도 아무 소용이 없었다. 보통 적은 외부에 있고 형태도 있었지만, 이번 적은 자기 내부에 있었고 형태도 없었다.

무사시는 당황했다. 그는 분명히 자신의 마음에 있던 커다란 구멍을 깨닫고 당황했던 것이다.

그리고 없어도 곤란하고 있어도 괴로운, 모든 인간이 똑같이 가지고 있는 피를—특히 비상식적인 정열로 타오르는 피를—어떻게 처리하면 될지 몰라서 미친 듯이 폭포 속에 몸을 던진 것이 틀림없다. 조타로가 그 순간에 본 눈도, 오쓰를 향해 스승님이 몸을 던졌다고 소리친 말도, 그렇게 틀린 것은 아니었다.

"스승님! ······스승님!"

조타로는 울먹이면서 계속 소리쳤다. 그의 눈에는 살려고 하는 무사시의 모습이 꼭 죽으려고 하는 모습으로밖에 보이지 않았다.

"죽으면 안 돼요. 스승님, 죽지 마세요."

조타로는 무사시가 겪고 있는 고통을 자신도 함께 겪고 있는 듯 두 손을 꼭 잡고 울부짖었다. 그러다 문득 맞은편 절벽을 바라보니 그 중간쯤에서 함께 슬퍼하던 오쓰의 모습이 어느새 어디론가 사라지고 없었다.

6

"어? 이상하다. ······설마 오쓰 님도?"

순간 조타로는 하얀 물거품을 일으키면서 흘러가는 폭포수를 바라보며 슬픈 듯 우왕좌왕했다. 그는 무사시가 무슨 이유에선지 폭포에 뛰어들어 죽기 전에는 올라올 것 같지 않은 모습을 보이자 오쓰도 함께 죽으려고 물에 몸을 던진 것은 아닌가 하고 의심했다.

하지만 그는 그것이 성급한 생각이었다는 것을 곧 깨달았다. 왜냐하면 무사시는 여전히 다섯 길이 넘는 폭포 아래에 서서 폭포수를 맞고 있었지만 그의 어깨에서부터 온몸으로 흘러넘치는 힘, 원석 같은 젊은 생명의 힘은 결코 시가데라의 고승처럼 죽기를 바라며 서 있는 모습이 아니었다. 오히려 대자연의 이끼 아래에서 마음의 때를 씻고 더 견실하게 살고자 용수철처럼 튀어 오르려고 하는 모습이라는 것을 조타로도 어렵지 않게 이해할 수 있었다.

그것을 증명하기라도 하듯 마침내 평소와 다름없는 무사시의 목소리가 용소에서 들려왔다. 무슨 말을 하고 있는지는 알 수 없었지만, 불경을 외는 소리 같기도 했고 자신을 꾸짖고 있는 소리 같기도 했다.

봉우리 끝에서 비쳐오는 저녁 햇살이 용소의 끝자락에 흘러넘치자 무사시의 불끈 솟은 어깨 너머로 작은 무지개가 무수하게 피어올랐다. 그중에서 그래도 큰 무지개 하나가 폭포보다 높이 떠올라 하늘에 걸렸다.

"오쓰 님!"

조타로는 은어처럼 펄쩍펄쩍 뛰며 바위 사이를 지나고 격류를 뛰어넘어서 맞은편 절벽으로 왔다.

'그래, 오쓰 님이 안심할 정도라면 내가 걱정할 건 없어. 스승님의 마음이라면 오쓰 님이 나보다 더 잘 알고 있을 테니까.'

조타로는 절벽을 타고 아까 그 오두막에서 조금 떨어진 곳까지 올라왔다. 묶어두었던 줄이 풀어졌는지 암소는 줄을 질질 끌면서 주변의 풀을 먹고 있었다.

문득 오두막 쪽을 바라보자 처마 아래에서 오쓰의 뒷모습이 얼핏 보였다.

'뭘 하는 거지?'

조타로가 의아해하며 발소리를 죽이고 다가가서 보니 오쓰는 오두막 한쪽에 벗어놓은 무사시의 옷가지와 칼을 가슴에 부둥켜안은 채 꺼이꺼이 소리를 내며 울고 있었다.

"……?"

조타로는 여기에도 속을 알 수 없는 사람이 또 있구나 하는 표정으로 입에 손을 댄 채 멍하니 서 있었다. 오쓰가 가슴에 안고 있는 물건도 그렇거니와 혼자 울고 있는 모습도 평소와 다르자 조타로의 어린 마음에도 심상치 않다고 느껴진 모양이다.

조타로는 오쓰에게 아무 말도 걸지 않고 소가 풀을 뜯고 있는 곳으로 조용히 돌아왔다. 암소는 풀과 꽃 속에서 졸린 눈을 껌벅껌벅하고 있었다.

"이러고 있다가 에도에는 대체 언제쯤 갈 수 있을까?"

조타로도 하는 수 없이 암소 옆에 벌렁 드러누웠다.

(6권으로 이어집니다)

요시카와 에이지 대하소설

미야모토 무사시 | 5 | 바람의 권 下

한국어판 ⓒ 도서출판 잇북 2019

1판 1쇄 인쇄 2019년 12월 10일
1판 1쇄 발행 2019년 12월 16일

지은이 | 요시카와 에이지
옮긴이 | 김대환
펴낸이 | 김대환
펴낸곳 | 도서출판 잇북

책임디자인 | 한나영
인쇄 | 에이치와이프린팅

주소 | (10893) 경기도 파주시 와석순환로 347, 212-1003
전화 | 031)948-4284
팩스 | 031)624-8875
이메일 | itbook1@gmail.com
블로그 | http://blog.naver.com/ousama99
등록 | 2008. 2. 26 제406-2008-000012호

ISBN 979-11-85370-30-9 04830
ISBN 979-11-85370-25-5(세트)

이 도서의 국립중앙도서관 출판예정도서목록(CIP)은 서지정보유통지원시스템 홈페이지(http://seoji.nl.go.kr)와 국가자료종합목록 구축시스템(http://kolis-net.nl.go.kr)에서 이용하실 수 있습니다. (CIP제어번호 : CIP2019049521)